水上勉 社会派短篇小説集

無縁の花

水上 勉

大木志門
掛野剛史
高橋孝次
編

田畑書店

カバー作品　角りわ子
装　幀　田畑書店デザイン室

刊行にあたって

本書は水上勉が一九六〇年から一九六三年の間に書いた短篇小説から九作品を選んで編んだものである。

この時代の水上は『霧と影』（一九五九年）でいわば二度目のデビューを飾り、『海の牙』（一九六〇年）で日本探偵作家クラブ賞を、『雁の寺』（一九六一年）で直木賞を受賞、そして『飢餓海峡』（一九六三年）を発表するという充実期に入っていた。読書界は推理小説ブームを迎えており、その中で過去の『フライパンの歌』（一九四八年）のような私小説路線から松本清張と並ぶ社会派推理小説（当時の言い方だと「社会派」）の作家へと転じた水上は、一躍売れっ子作家となったのである。

本書に収めたのは、この「社会派」時代に数多く発表された短篇小説である。『飢餓海峡』が代表的だが、水上の社会派推理小説には長篇に傑作が多いことが知られている。しかし、これらと並行して矢継ぎ早に発表された短篇にも、現代から見て価値の高いものが多い。これらは多くが絶版でまたおそらく水上の意思で全集未収録であったが、そのまま埋もれさせるには惜しいと考え新編集での単行本化を企画した次第である。

現代の推理小説はトリックの面白さ、謎解きの見事さを競ういわゆる「本格」の系譜に人気の中心があるようだが、これに対して「社会派」は犯罪者がその事件を起こした動機を重視するもので謎解きに主眼はない。さらに、当時の「社会派」は純文学と大衆文学の間を狙った「中間小説」の成立の中で、間口の広い芸術小説を目指した、言うなれば戦後の「純粋小説」（横光利一）運動であり、ルポルタージュなど小説以外の作品をも包含する呼称であった。とりわけその一翼を担った水上の「社会派」小説は、純粋なジャンル小説とは異なる物語性や問題意識に満ちている。そのような認識から、本書のタイトルには現在一般に用いられている「社会派推理小説」「社会派ミステリー」ではなく「社会派」のみを冠すこととした。

作品が描かれた戦後の高度経済成長期は、敗戦国である日本に大きな自信を取り戻させたが、その裏側には繁栄から取り残された地域や多くの落伍者たちが存在していた。また、「もはや戦後ではない」というかけ声のもとに直前の戦争や占領の記憶は急速に風化されようとしていた。水上の作品にはそのような忘れ去られた者たちへの深い慈愛の念が込められている。

本書には衰退する地方やそこに生きる人々や習俗、占領期の屈辱、戦争の記憶などを描き、狭義のミステリーに収まらない水上の「社会派」作品の多彩な魅力を存分に味わえる作品をセレクトした。水上の出身である岡田部落を舞台にした「無縁の花」、輜重兵（しちょうへい）の体験を生かした「宇治黄檗山」（単行本初収録）をはじめ、全五編が全集未収録である。特に『雁の寺』以降に顕著になる自伝的要素を巧みに盛り込んだ作品が多く、疎開中の代用教員時代の体験を元にした「雪の下」に始まり、幼少期から学生時代を過ごした京都を舞台にした「西陣の蝶」を経て、妻に逃げられた体験を占領下の日米関係に重ねた「崖」へとつながってゆく。「本格推理小説」に対して「変格」に位置づけられる「社会派」の中でも、「変格」性が際立つ作品ばかりである。このうち「西陣の蝶」「うつぼの筐舟」「案山子」は、その後の水上の芸術的短篇を集めた単行本やいくつかのアンソロジーにも再録されているが、同時代の作品の中で読み比べることで、これらが「社会派」の枠内で書かれたことと、その特異性を体感していただけるはずである。

編者らはこれまで水上勉文学の再評価を目指して研究活動を続けてきており、水上の生誕一〇〇年記念として刊行した『水上勉の時代』（二〇一九年）に引き続き今回も田畑書店に出版の労をとっていただいた。また、高度な文学的問題を開かれた表現で描けるという意味で水上勉と共通する現代作家の角田光代さんによる素晴らしい序文と、水上と親交が深くその文学的特徴を中上健次と比較して見事に表現した野口冨士男の文章（『面白半分』臨時増刊「かくて、水上勉」』所収一九八〇年）を併せて収録することができた。執筆でご多忙の中を寄稿してくださった角田さんと、著作物の使用をお許しいただいた平井一麥さんに心より感謝申し上げる。なお、水上の同じ時代の短篇から「都市」を舞台にした「犯罪」に焦点を当てた『水上勉社会派短篇小説集　不知火海沿岸』が刊行予定であり、併せてお楽しみいただければ幸いである。

編者代表・大木志門

目次

序　時代と場所と水上勉

角田光代

私は水上勉と誕生日が同じだ。そのことを知ったときから、なんとなく親近感を覚えそうになるのだが、しかし私は水上勉がどんな作家なのか把握ができずにいる。あまりにも膨大な、しかも多岐にわたるジャンルの著作があり、小説にとどまらず戯曲もあり、児童文学もある。じつは私は、『飢餓海峡』の水上勉と『ブンナよ、木からおりてこい』の水上勉と、障がい者の自立を目的として日本ではじめて設立された「太陽の家」の命名者の水上勉は、みな同姓同名の違う人だとなんとなく思っていた。そのくらい私は水上勉にたいして無知であるが、ひっくり返せばそれは、水上勉がそのくらい長い年月、広範囲にわたって活動していた、ということでもある。

この『無縁の花』は、水上勉作品のなかでは、初期作品集ということになるらしい。

しかし、『水上勉の時代』（田畑書店）でおさらいしてみると、水上勉の投稿した文章がはじめて活字となったのは一九三九年、二十歳のときだ。その翌年に上京し、同人誌に参加する。その後、教員となったり徴兵されたり、出版社を興したり喀血したり、幾度もの転居をくり返しながら生活のために書き続け、世のなかの注目を浴びるのは一九五九年、四十歳になってからだ。

そのきっかけは、というと、松本清張の小説に影響を受け、推理小説を書きはじめたことだという。二年後の一九六一年には直木賞を受賞している。

『無縁の花』は、一九六〇年代に発表された短編小説が中心になって編集されている。おさらいから鑑みると、専業ではないとはいえ、文章を書きはじめて二十年もたっている。初期というより、爆発的にブレイクしはじめた時期の作品群、としたほうがいいような気がするけれど、どうだろう。

年表を見ると、松本清張作品に出合って以降のこの作家の書きっぷりはすごい。相変わらず転居をくり返しながら、短編・長編と次々と書き、書いたものは高く評価され、また、映画化され、舞台化されている。そして十年もたたないうちに全集まで出ている。それを思うと、とても脂ののった時期であることがわかる。二十年間積み重ねてきたものが一気に、かつ次々と花開いたのだろう。

ここにおさめられた作品群を、私はどれもはじめて読んだ。松本清張の小説に影響を受けたというだけあって、全作品、時代を反映したミステリー小説である。けれども、社会派ミステリーと、それだけではくくれないような余韻と魅力がある。

私がまず驚いたのが、この作家の文章が視覚に強く訴えてくることである。文章で描かれたある場面が、映像のように鮮明に浮かび、記憶に刻まれる。わかりやすい例を挙げると、「西陣の蝶」の、終盤に描かれるきんぽうげの花だ。読み手によって構図は違っても、この強烈な色彩を持つ光景は、映画の一場面のようにぱっと浮かぶはずだ。あざやかに咲き誇る花々がその場面の音を吸いこみ、描かれていることのショッキングさをも吸いこみ、ただただ、光るような黄色とかなしみが広がる。そしてそれは、ラストの一文で読み手の心に永遠に刻まれる。

なんだろう？　この感じ、と不思議に思う。

「奥能登の塗師」ならば、やはりこれも終盤の、六百年大遠忌の場面だ。荘厳な法要の描写ののちに、輪島塗の器を用いた盛大な斎食の会が描かれ、そうして会が終わったあとの意外な展開に、輪島塗の朱が用いられる。私はここで色をなくした器ではなく、朱に染まった湯涌を、見たかのように思い浮かべてしまう。そしてその色合いのなかに、岩ばかりの、作物のろくに育たない貧しい土地から、十四歳で塗師屋へ弟子入りしたまじめな青年の、声になることのない憤怒と諦めと絶望を見るのである。

それらとはうってかわって、「真徳院の火」の火事の描写のはじけるような色彩は、動的である。けっして長々と書かれているわけではないのに、火にのまれていく朱色の打敷き、金襴の柱かけ、黒々とした煙を吸いこむ天井画がありありと見えてきて、一枚の迫力ある地獄絵図の前に立っているように、見入ってしまう。きよが内に秘めた業の強さにたじろぎながら、身動きもできず見入ってしまうのだ。この箇所に、私は芥川龍之介のまさに「地獄変」のあの残酷な場面をつい重ねてしまう。

そういう点において、この作家の小説が多くの映画やテレビドラマになっているのが理解できる。映像にする前から映像的すぎる。

今挙げたようなドラマチックな場面でなくても、この作家の筆はやはり映像的である。この短編集を読んでいて、おかしな感想だけれど、日本はなんと広いのかと私は感じ入った。水上勉が描くのは、明るい場所ではなく、日のあたらない、陰の宿る場所だ。雪深い日本海側の村、十軒しかない部落、けわしい崖と海を越えたところにある村、能登半島の突端に近い寒村、渓下の日陰の田圃、桐畑の渓谷、黒い断崖にそって波しぶきのあがる浜——と、「貧村」「北の果ての貧しさ」を体現するような、はなやかな都会とは対極にある暗い土地である。

作家は、そうした、観光とは無縁である土地を、ときにことこまかく、ときに簡潔に描き、私はその、日本の襞をめくって見せるような光景に引きこまれる。「蓆一枚ぐらいしかない田圃が、幾百となく区切られて」いる光景に、目をみはってしまう。夏でも寒い日蔭田など私は見たこともないのに、臍の下まで泥水につかって作業をする若い夫婦の姿は、通りかかった村人の目を借りたように記憶に残る。

こうした土地の描写もまた、ひどく映像的だと私は思うのである。そうして目の前に展開される土地土地の、陰とはいってもその暗さは一色ではなく多種多様で、その地の貧しさも、貧しさを享受して暮らす人たちも多種多様であることを、私たちは知る。

土地と同様に具体的に言及されるのが、時代である。

「終戦の年、日本海沿岸は大雪に見舞われた」と「雪の下」ははじまるし、「宇治黄檗山」には「昭和二十年八月一日、まだこの日は広島には原爆は落ちていない」とある。「奥能登の塗師」の冒頭にもこまかい時代の説明がある。この初期短編集においては、小説に書かれる時間軸の基準に、太平洋戦争がある。戦前か、戦中か、戦後か。戦争の影響をどのようにどの程度受けているか、あるいはいないかが、注釈のように書かれている。

私はこの短編集を読んでいて、痛烈に思うことがある。人は、生まれた土地と時代から逃げることができない、ということだ。この短編小説に登場するだれもが、貧しい土地に縛られ、閉じこめられ、そこから都会へ逃げても追いかけられ、逃げおおせるということがない。あるいは戦時の理不尽に人生を乗っ取られ、戦後の食糧難や就職難に追い詰められる。水上勉は時代と土地から逃げおおせた人を書かない。搾取する側にまわる人を書かない。時代と土地にがんじがらめにされたちいさな存在を描く。それでいてこの短編集の印象は、なぜか陰鬱でも陰気でもない。じめついていない、乾いたかなしみがある。「うつぼの筐舟」「案山子」といったおどろおどろしい題材の小説であっても、その謎解きのグロテスクさよりも、胸に詰まるようなせつなさのほうが印象に残る。彼らが愛した女の死の原因よりも、おそろしい死の後始末よりも、愛する女をなくした彼らの深いかなしみに引き寄せられる。事件ではなくて、事件を起こさざるを得なかった「人」の姿ばかりが心に残る。

そのことは、もしかしたら、この作家の文章が映像的であることと、関係しているのではないか。時代からも土地からも、貧しさからも搾取からも逃げおおせることのできない人間の無念さ、かなしさ、せつなさ、憤怒を、この作家はみごとな色彩を持つ光景に、託す。トリックではなく謎解きではなく、そのことに、読み手ははっとさせられ、しみじみと見入ってしまう。どうにもならない人の情念を閉じこめたその光景を、強烈に記憶してしまう。

それが、この短編集の大きな魅力だと思う。作家が描いた時代はどんどん遠ざかっていき、ときの流れに取り残されたような村々も次第に減りつつあるのかもしれない。けれども、時代と土地から人が逃れられないことには変わりがないし、ちいさき者がつねに搾取される構図も変わらない。何より、思うようにいかない人生のなかで、かなしみ、苦しみ、怒り、絶望し、あるいはそれらを引き受ける、人間のありようも、この先ずっと変わることがない。それはつまるところ、水上勉作品が古びることなく、そこに描かれた鮮やかな光景の色合いが褪せることもない、ということだ。

角田光代（かくた　みつよ）
一九六七年、神奈川県生まれ。早稲田大学第一文学部文芸専修卒業。九〇年、「幸福な遊戯」で海燕新人文学賞を受賞。九六年『まどろむ夜のUFO』で野間新人文学賞、二〇〇五年『対岸の彼女』で直木賞、二〇二一年、『源氏物語』訳で読売文学賞を受賞する。ほか主な作品に『八日目の蟬』『ツリーハウス』『紙の月』などがある。

水上勉 社会派
短篇小説集

無縁の花

雪の下

昭和20年2月24日の大雪の朝、日本海側のP県S郡にある猿ヶ嶽国民学校の家政科教師津見菊枝は山上にある分教場に向かっていた。出発したはずの津見が、助教水島勇吉と生徒が待つ分教場に着いていないことがわかったのは雪がやんだ27日のことだった。津見は分教場に向かう途中の山の窪地で死体となって発見された。

昭和19年4月から、途中入隊除隊を挟んで20年9月まで、故郷の青郷国民学校高野分校に代用教員として勤めた水上自身の体験を基に書かれた作品。

※

初出＝『サンデー毎日』1961年5月特別号
初収単行本＝『死の挿話』（河出書房新社、1962年6月)。その後『那智滝情死考』（講談社、1966年3月)、『日本海辺物語　上』（雪華社、1967年6月）等に収録された。全集未収録。本文は初収単行本のものに拠った。

1

終戦の年、日本海沿岸は大雪に見舞われた。

二月二十四日、金曜日、東京とその周辺都市に大空襲があった。アメリカ空軍の本土攻勢は激しくなり、この日を前後にして全国にわたる主要都市がグラマンやB29の襲撃をうけていた。も早や、本土決戦の様相が色濃くなりつつあった。

日本海辺にあるP県S郡の猿ヶ嶽国民学校の校長寺島幸助は、その朝、雪におおわれた校門を入ってくると、大雪によろこんだ子供たちが雪合戦に興じているのを眺めていた。この時、子供らの投げる雪つぶての中を津見菊枝という家政科の教師が黒マントをかぶって、びっこをひきながら歩いてくるのに出合った。

「お早うございます。校長先生」

津見菊枝はマントの中で頭を下げながらあいさつした。と、この時、校長は何げなく津見菊枝の顔をみておやと思った。津見菊枝はひどく蒼い顔をしていた。食糧事情の窮屈な折だから、さして気にすることはなかったが、しかし、この朝の津見菊枝は少しかわっていた。おくれ毛が二、三本彼女のひろい額に濡れかぶさっていた。吹きしきる雪がそれに舞い散っているのだ。ところが心もちその顔全体がつかれてみえたのである。黒眼の大きな特徴のあるまつ毛の長い眼を菊枝はしていたが、わずかばかり、その両眼の下がはれぼったくみえる。泣いたような顔なのだった。

「校長先生、えらい雪になりました」

と津見菊枝は心なし、校長から視線をそらすようにしていった。

寺島は頭にやどったかすかな不安をおいやり、下顎の出た彼の蒼い顔をほころばせると
「お早よう、えらい雪になりよった」

といった。

「ほんとに、子供たちは大喜びですわ」

津見菊枝はそういうと寺島幸助校長とすれ違いに校門を出てゆく。

津見女教師が、この日、猿ヶ嶽国民学校の分校になっている、山上の分教場へ裁縫を教えに

ゆくのだとは、うかつなことに校長は気づいていなかった。気がかりになりだしたのは、寺島がコの字なりに建っている本校舎の出入口のタタキで靴の雪を落しているときだった。

〈津見さんは山へのぼるのか！〉

寺島はふとそれに気づくと、雪の校庭に皺のよった眼を投げた。もう津見菊枝の姿はなかった。白銀一色の山麓は、巨大な灰色の壁になって雪風の中にそびえていた。彼女の姿は小指の先ほどになって野面の中にあった。

〈御苦労だな！〉

毎週金曜日は分教場へゆく日なのである。山の中腹にある分教場は複々式分教教育で、水島勇吉という若い助教が一人いた。一年生から四年生まで併せて十七名の生徒を一教室で教えているのだった。水島は若い助教だったから、四年生の女生徒に裁縫を教えるわけにゆかなかった。いくら、山の上でも、文部省の規定によって正課だけの授業はすまさねばならないのだった。

〈御苦労だな！〉と思ったのは、校長の心に、津見が先年、足をわずらって跛（びっこ）をひいているということが気になったからでもある。〈こんな雪風の日ぐらいは、別の誰かをふり向ければよかった……。〉教頭の広岡は臨機応変にどうしてその処置をとらなかったのだろう〉

雨天体操場を横切って、御真影の安置されてある正面の裏側の職員室に入ると、ストーブを中心に集まっていた職員たちが一せいに校長にあいさつした。

「津見クンは山へのぼったのか……」

校長は不機嫌そうにいった。

「はあ」

と広岡教頭が輪になったその列からはずれてきて、髭面の眼玉のとび出た顔をむけた。

「雪がひどいので、水島さんも授業を変更しとるじゃろいうて、足どめしたのですがね。どうしても津見先生はゆくといってききません」

広岡の眼には光りがあった。何かほかの意味がこめられていた。それは、今しがたストーブのまわりで話題になっていたことと関連していることらしいことは校長にもぴんときた。

「足がわるいのに気の毒じゃが」

「ところが、先生は、ラジオの放送で、雪は小降りになるというとったといいましてね。それに、子供たちが自分を待っているといって、いくらみんながとめてもきかんのです」

「山には、きみ、女の子は三人しかおらん。その子らも、この大雪ではとても母親が学校へ出すまい。三時間もかかって山をのぼったはいいが、肝心の生徒が休んどるようではくたびれもうけだからな」

「通信簿の相談もあるというとられました」

「水島君にか」

「はあ、学期末でもありますし、運針の試験もなさるつもりじゃなかったかと思います」

校長はますます不機嫌になった。教頭や教師たちの顔の色は、津見菊枝が無欠勤で、山の分教場に精出してゆくのは、何か意味があるといいたげである。

〈津見と水島が恋愛でもしているというのか……〉

しかし、この思いはすぐ打ち消された。水島勇吉は独身だった。しかし、山にいてもう三年になる。真面目な好青年だし、信用もおける。まさかと思うのだ。

校長は窓ガラスの方に歩いた。雪が凍てついているのでガラスはくもっている。いま、その窓は風で鳴っている。遠くの野面の樹が頭を下げてしなっていた。積雪一メートルはあるだろう。横しなぎにふきつけてくる山麓を、足のわるい津見菊枝が歩いてゆく小さな姿が頭にうかぶのだ。

風がひどい。野面のところどころに激しい竜巻が起きていた。

〈あの中に津見がまき込まれたらどうなるか……〉

寺島幸助は瞬間顔いろをかえた。だが、彼は不安なものをすぐ追いやると、なぜかゆっくり瞼をとじた。

「撃ちてし止まん」

いま職員室のガラスを通してみえる壁という壁には、生徒のかいた墨書の半紙がベタベタと貼りつけてあった。今日もまた授業は午前中でやめて、陸軍に献納する縄ない作業がはじまるはずである。

「まあええわ。ことが起きなければいいんだ」

寺島校長はぬれた防空頭巾の雪をはらい落しながら、この言葉を自分にいいきかせるようにつぶやいた。

やがて始業のベルが鳴る。炭を散らしたように校庭で遊んでいた子供たちが入りこんでくる。朝礼は雨天体操場で行われた。このとき、校長は、ますます雪降りのひどくなりだした外をみながら、津見菊枝が、今日にかぎって疲れた顔をしていたのがまた頭をよぎった。新しい不安が襲った。

その不安はあたったのである。津見女教師は分教場へつく途中の山の中で消えていた。

2

雪はそれから二日間荒れつづいたのだが、山上分教場に到着していなかった津見教師の消息が知れたのは皮肉なことに、雪が小降りになった二十七日のことである。山麓の本校は、すでに女教師が出発しているのを知っていたから、荒れだした山を眺めて、先生は二日間を分教場で籠城しなければならなくなり、本意なくも下山してこないのだと思っていた。分教場にはもちろん電話もなければ、一切の通信はなかった。誰かが下りてきて本校にそのことを知らさなければわからないのであった。

しかし、分教場では、水島勇吉教師が十七人の子供らと麓の吹き荒れる雪を見下ろしながら〈津見先生は、校長先生の指図で、雪のために上ってこないのだ〉と思っていた。二十四日は裁縫の時間を変更して、水島は算数を教えている。

いっさい辺鄙な分教場であった。この校舎は海抜千メートルの猿ヶ嶽の中腹にあった。山が日本海に向ってつき出ている裏側に位置している。山上にある今寺と高野というわずか四十戸たらずの部落の低学年だけの子供を収容しているのだった。横五間、奥行き四間の四角い平家建てであるが、大正初期に建てられた校舎はずいぶん古びていた。だが、校舎は天気のいい日は、山麓から豆つぶのようにみえた。距離は二里半。雪道は大人の足で三時間かかるのである。教室一つと、それにコブのようにくっついた六畳ひと間の教師の住宅があるきりで、それは山壁が大きくえぐられた渓谷にひっそり建っている。

水島勇吉教師は二月二十七日の朝、雪のはれあがった分教場の庭に十七人の子供をあつめ、うす陽のさした空の下に、二日間の嵐にかくれた山々が悪夢のように晴れわたっている景色を見ていた。

「先生、津見先生は今日みえるじゃろか」

生徒たちが心配げにたずねる。

「先生は雪があがれば登ってみえる」

水島はまだこのとき、まさか津見菊枝が二十四日に出発しているとは思っていなかった。のんびりとそんなことを生徒にいった。ところが、昼ごろ、水島が屋根の上の雪を下ろしていると、郵便配達夫が本校のある村から上ってきた。

「先生、津見先生はもう下りられましたかいな」

郵便配達夫は下から屋根を見あげてきいた。屋根の上の水島はきょとんとして、妙なことをきくと思った。一本道だから、かりに津見教師がきたものなら、配達夫と出合うはずである。しかし、津見教師は来ていない。

「先生は来とられんぞ、大雪じゃから、授業は変更されたと思うとったが」

水島は大声でどなった。しかし顔は蒼白であった。

「校長先生は聞いてこいといわれました。津見先生は二十四日に出発しとられます。こっちについて休んどられたと思うとられますよ」

水島は屋根の上で棒立ちになっていた。この教師も、雑炊しか食っていない。頬が角ばり、眼がとび出している。顎の骨を二、三ど大きくふるわせると大急ぎで梯子(はしご)から下りてきた。

「えらいこっちゃ、先生は、どこへ行きんさったやろ」

大騒ぎになった。水島は心配げに集まってきた生徒たちをいったん家に帰した。自分は長靴をはいて、郵便配達と一しょに山を下りた。本校の職員室に駆けこんだのは三時すぎである。このとき、あかあかと燃えたストーブのわきに、顔をほてらした教師たちが相かわらず円い輪をつくっていた。水島教師が頭から湯気をたちのぼらせて入ってくると、教師たちはいっせいにふりむいた。

「郵便屋さんにきいたのですが、津見先生が二十四日に上られたちゅうのは、そらほんまですか」

教師たちは、顔を見合わせた。

「ゆかれましたよ。二十四日に……」

広岡教頭がいった。校長の寺島幸助の顔は見えない、近くの町で催されている増産対策に出かけて留守だった。

「来とられません」

と、水島教師は汗をふきながらきっぱりいった。

「すると、先生は途中で……」

教師たちの顔は意外なことだと驚きに変わる者と、まさかと疑いをうかべる者とに分れた。だが、それぞれの顔には、水島助教の報告のうらには、大げさなわざとらしいものがかくされていないかという猜疑の光りも宿っていた。教頭がストーブからはなれていった。

「津見さんは、あんた、二十四日にいつもと変わらず本校を出なはった。八時ごろじゃったが、わしらは、大雪なので心配してとめたんじゃが、あんたと通信簿の相談があるというし、生徒に運針を教えんならんというてのう……。するていと、困ったことになったな。先生は、あともどりして、風邪でもひいて、村の家へ帰んで寝とられるんじゃなかろうか」

顔いろをかえたのは、保科という津見菊枝の同僚の女教師である。

「そんなことありませんでしょう。かりに家へ帰られたのじゃったら、何か報らせがありますでしょう。三日も無断欠勤ですからね」

「遭難されたか」

わきから別の教師が口をはさんだ。するとにわかに職員室の空気は静寂になった。三日前の荒れた雪景色が各々の教師の頭にうかぶのだ。

「やっぱり、遭難か」

教頭の顔がまず蒼ざめた。皆の顔にそれが伝染したようにうつって色が失われてゆく。

「大急ぎで津見さんの家をたずねてくれ」

若い三田という教師が村に走って、山麓の泊木という部落の津見教師の家にゆくと、そこには兄の定次郎と母親のかねが製縄機にむかっていっしんに縄をなっていた。三田は、二人の顔色で津見教師がもどっていないことを悟った。聞くとやはり女教師は二十四日に出たままだという。

「増産増産で、学校でもいろいろ会議があるでしょう。それに、金曜日は分教場へゆく日じゃから、あっちで泊っとるんじゃろと思うとりましたがいな」

母親は足踏みをやめてのんきな返事をした。三田は息をのんだ。分教場には姿がみえていない。老母はわきで藁の束をほどいている兄の定次郎にいった。

「兄、大急ぎで、捜してけれや」

顔が紙のように白くなった。

3

捜索隊は村の青年団、在郷軍人分会員、婦人会有志など、約四十名からの人数で、組織された。もちろん、学校からも全職員が参加した。生徒たちは、そのため臨時休校であった。

猿ヶ嶽の麓から、高野部落、今寺部落に向って曲折しながら登る一本道を、各班に分れた男女は、竹の棒で雪の上をつついて歩いた。

「津見先生ーェ。津見せんせえーッ」

人びとの声は陽をうけて銀色に光っている雪の山壁にこだました。

水島勇吉助教も、分教場の子供たちをつれて、山上から麓の方へ捜索しながら下っていた。子供らもやはり手に竹杖をもっていた。何しろ、雪は上に登るほどひどくなる。普段なら、まがりくねった小道がついていてわかるけれど、降りつもった綿雪は小道も林もいちめんに白銀一色にぬりつぶしていたし、よほど通いなれた者でも、踏み迷ってしまうのだ。おそらく津見菊枝は、たかをくくって麓から登りはじめたものの、途中で猛吹雪に会い、ひっかえすわけにもゆかず、あるいはひっかえしたにしても道を迷ったか、どちらかして、雪中に凍死したものにちがいない。

捜索隊員の誰もが頭に思いえがいた風景は、跛の足をひきずりながら、吹雪の山道をゆく女教師の哀れな姿であった。

「校長先生も、校長先生だな、よくも足のわるい先生を雪の山へ出したもンだ。いくら授業だといってな、一日ぐらいは休んだっていいのに……」

わけ知り顔にいう者があると、隊員の誰もがうなずかざるを得ない。

「んだ、だいいち、裁縫を四年生の女の子に教えるいったって、分教場には三人しかおりゃせん。しかもな、通信簿をつけるいうたって、運針てのは、雑巾を縫わせて、縫いあとがまがっているかいないかぐらいを見てやるぐらいが試験だからよ、男の先生だって教えられるはずだが」

婦人会の農婦が口をはさんだ。

「あたしらのときには、四年生にはお針はなかったよ。たぶん、高等科にいってからお針はあったたな。文部省も妙なことに改めたもんだ。あんな、お前さん、男先生一人きりの分教場で、お針教えろいったって、どだい無理じゃないかねえ」

学校当局に対する不満はさらにつのるばかりである。文部省がきめたからといって、雪の最中に跛の先生をおくり出すのはむごい話ではないか。先生方は何をしていたのか。毎週金曜日にその裁縫を教えに女教師をどうしてもさしむけねばならないのなら、雪の日は誰かを代りに登らせばよかったわけだ。

「ほかの先生わョ、ストーブにぬくぬくとあたっていなさったっていう話だ」

山に向って叫んでみても、津見先生の死体は出てこなかった。捜索隊は徒労のまま正午をむかえ、雪の上で焚き出しの昼食となったが、それはにぎり飯とも芋飯ともつかぬぼろぼろの団子飯であった。

昼食後の捜索隊は次第にだれてきた。疲労もあった。彼らは学校当局に対する不満を喋り切ってしまうと、もう無口になり、不機嫌にさえなった。

　三時ごろになった。男たちばかりの在郷軍人分会員と青年団の集まりの中で、ふとつぶやくものがいた。

「お前たち、考えてみろよ。足のわるい娘さんが、雪の中を出かけたのは、何か無理をしてでも分教場へゆきたかったんじゃないのか」

　ふふふと笑う者がいた。

「するていと、子供の裁縫がダシで、向うで男の先生に会えるよろこびがあったってわけか」

そういうと、みんなはゲラゲラ笑いだした。なるほど、うがった見方でもある。みんなは笑いをとめると分別くさいうなずき方をして、新しい雪の中を竹棒でつついてあるいた。

「津見せんせーえッ。津見せんせいーッ」

　しかし、なかなか女教師の姿は見つからなかった。

　入り組んだ猿ヶ嶽は、麓からみると壁のようにそそり立っていたが、道は渓(たに)をぬけたり、小尾根へ出たりしていた。渓に入ると雪は浅くなる。あるいは雪のあさい岩陰だとか、樹木の下に風をよけて凍えた軀(からだ)を休めながら、津見女教師はうとうとと睡魔におそわれ、そのまま死んだのではないか。いろいろ考え出す者がいて、雪のない黒い渓の奥までが探索された。しかし、津見女教師の姿はなかった。

捜索隊から少しはずれて、学校の教師たちばかりが一団になって、竹棒で雪をつついて回っていた。広岡教頭が汗だくの顔を教師たちにむけていった。

「どうだね。やっぱり、こら、津見先生が、水島クンに会いたい一念で登ったと思わんかね」

「そういえば」

とオールドミスの女教師が汗にまみれた額に手をあてて、

「津見先生は、水島先生が好きだいうてなさいましたよ」

教頭の顔がぴくりとけいれんした。

「保科さん、そら、ほんとうか」

「はあ」

と、この女教師はどこかたよりなげな返事でもある。しかし、このことは、いまの場合、ある切実感をともなって皆の耳を打ったから妙である。

「するていと、水島先生にも責任があるってことですかな」

「それはありますなァ」

と別の教師がいった。津見と水島との間を疑っていることは歴然としている。

「いや、そんなら、わたしは、そのことを校長先生に報告せんならん義務がありますな」

広岡教頭は髭面のとび出た眼をギロリと光らせていた。

次第に、捜索隊は上にのぼりつめた。分教場の見える坂道の角にきた。と、そのときであった。麓から上ってきた隊員の耳に、山襞を縫ってきこえてくる、遠い響音があった。

「待て、あら、何じゃ」

人びとは足をとめた。それはたしかに大ぜいの人間の唱和する何かの声であった。声は次第にこちらへ近づいてくる。ちょうど、その箇所は、中腹の部落の方に入る平坦地になっていて、新しい道が村に向ってはじまる地点だった。

「おかしいな」

教頭は足をとめ、耳をすまして教師たちをふりかえった。

「子供たちの泣くような声じゃが」

と誰かがいった。若い教師の一人が、その声の方へ走り出していた。走るといっても、激しい積雪の上であるから、ころげるような進み方である。人びとはそのあとにつづいた。

分教場を背景にして、大杉の林立した尾根がつき出ていた。その白い杉林の下を眺めたとき、黒く点々と雪の上にならんだ子供たちがいた。その子供たちは竹棒を雪につきさし、大声で泣いていた。

津見女教師は杉木立にさしかかる窪地で発見されていたのだ。水島勇吉の引率する分教場の子らが見つけ出したのだった。津見菊枝はマントにくるまり、窪みで段状になって高低をつくっている雪の上に安らかな格好で瞳を下ろし、顔に手をあててうつむいていた。雪がその上にふり積っていた。まるで女教師の死体は腹痛でもおこして、膝をかがめ足休みしているような姿にみえた。裁縫の教科書と、三枚の木綿の雑巾を抱いていた。

「風がひどいところじゃけんな。海風をよけて、木立ちの中で休もうと思うて逃げる途中じゃったのじゃな」

隊員の一人がそういった。隊員中に混っていた兄の定次郎がかき分けて出ると妹の冷えた軀を抱いた。

津見菊枝は二十四歳であった。

4

津見菊枝の死体は泊木部落に担架で運ばれた。翌日、菩提寺の住職の読経で雪どけの村で葬式が営まれた。誰もが、津見菊枝の死について疑いをさしはさまなかった。学校当局が、足のわるい教師を雪の山へさしむけたことは勿論非難はうけたけれど、それは、しかし、学校側にも理由はあった。教師の不足と、決戦体勢下の教師の生き方というものとそれは結びついていた。つまり、津見菊枝が、雪にくじけて、勤務をおろそかにすることは、当時の児童教育への影響があると慮られたのであった。当時の農村の子供は、国民学校を終えると満州開拓義勇軍か、志願兵になることを先ず政府から要請されていた。挺身報国という言葉が七、八歳の子供から教えこまれてゆく必要のあった頃である。

その証拠に、津見菊枝は、殉職者という名誉をになない、葬式の日は、在郷軍人分会長、県視学代理、近隣各学校長、町長、村長など多数の焼香の列がつづいて盛大だった。雪の二里の山道を下りてきて、十七人の分教場の子供らが焼香をしている姿は、国防婦人会員の瞼をうるませた。

ところが、葬式がすんで、三日目のことである。猿ヶ嶽国民学校の職員室へ現われた泊木部落の新田ちか枝という津見菊枝と幼友達になる女が、寺島校長に面会を申し込んだ。このとき校長は欠員教師の新人事について県労務課に緊急要請書を草文していた。

「ちか枝さんが校長先生にお目にかかりたいというてきました」

女教師の一人が取りついだ。寺島は、職員室の奥の応接にちか枝を通した。紅い大柄の綿入はんてんを着て、防空頭巾をかぶってきた新田ちか枝は、職員室を通るとき、教師たちの方をジロリと一べつしてから校長の座っている机の向い側に立ったが、すぐ小声でいった。

「校長先生。菊枝さんが妊娠しとったのを御存じですか。菊枝さんは、わたしにそのことをいいました」

寺島は煙管につめかけていた配給のきざみを拇指の上で小さくころがしていたが、ぼろぼろと机にこぼした。

「それは、ほんとうかね」

「はあ、毎日、げえげえ吐いとられましたし、お母はんにも、そんなことというわけにいかんいうてはりました」

新田ちか枝は白眼をむいてそういうと、校長のどぎまぎした表情をさらに強くにらんで、

「こんなことをいいにきましたのはほかでもありまっせん。小使いさんの口から、教頭先生と菊枝さんの噂が村に知れわたっているからです。二、三の人が問題にしていますよ。校長先生はお気づきにならないのです。どうぞ、これを機会に、先生方の不謹慎なふるまいに気をつけ下さい」

そういったかと思うと、新田ちか枝は椅子をずらせて立ちあがっていた。

「きみ」

校長はよびとめようとした。しかし、ちか枝はふりむかなかった。高等科を出るときも優等生であったちか枝の勝手で男まさりな性格を寺島は知っていた。家庭にあって、いまは一家の主婦でもあった。この女がいいかげんなことをいいにきたとは思えなかったのだ。出てゆくち

か枝に校長はいった。

「ありがとう、御忠告ありがとう」

ちか枝は赤らんだ顔をわずかにほころばせただけで、また職員室を腰をひくくして通りぬけていく。

寺島幸助は、しばらく、応接室でタバコをすっていたが、彼の顔は大きくふるえていた。広岡教頭に対する憤怒であった。

〈なるほど、広岡は宿直室で、津見菊枝を手ごめにしたんだな！〉

怒りはすぐ具体的な広岡の行動に寺島の空想を駆りたてたのである。

よくあることであった。女子職員の当直はある。しかし宿直はみとめられていない。男子職員のみが宿直にあたる。教頭以下の教師が日割りをきめて順番に小使室から少し離れた廊下のつき当りの六畳の宿直室に泊ることになっていた。女子職員と恋愛沙汰になって、男子教師が、相手を妊ませたり、生徒に嗅ぎつかれて噂にのぼったりしたことは県下にも少なからず起きていたのである。

いま、新田ちか枝が忠言にきた広岡教頭と津見菊枝の情事の話は小使から漏れているという。小使室は宿直室とはなれているといっても廊下一つしかへだてていない。あり得ることであった。

寺島は煙管を火鉢にコンコンとたたき落とすと、不審げに見送っている教師たちに背をむけ、だまって職員室を通りぬけていった。小使室にきた。井本すてという五十八になる片眼の女が永年小使いとして働いている。彼女は児童の便所のわきの三畳の間の上り口に腰を下ろし、陽当りのわるい台所のタタキ湯沸しの釜の火を見つめていた。寺島校長がスリッパの音をたてて下りてくるのをみると、ヤニのたまった片眼をむいて、不安そうに校長を見あげた。

「すて婆さん、あんた、広岡さんと津見さんが、仲がよかったいうて、ふれ回ったかね」

「へ」

すては腰をひいて、悪いことをした子供みたいに口ごもった。

「どうかね。いうとくれ、たしかに、そんなことがあったかね」

「へ」

すて婆はちょっと間をおいたが、すぐいった。

「二どばかりありましたよ。広岡先生が宿直の日でしたわな。家政科の部屋でのう。裁縫おしえていなさった津見先生が、高等科の生徒がいんでしまうと、なかなかいなはらへん。どうしたんじゃろ思うて、二階の戸締りしてから、暗がりになった宿直室をのぞいてみますとな。障子の向うにあんた、津見先生の声がして赤い腰巻きが見えてましての、声かけると、しんとしとるです」

「みたのかね」

寺島校長は息をつまらせてきいた。

「へえ」

すて婆は、はっきり見たと、白髪まじりの頭をふってこたえた。

「ありがとう、婆さん、もう、そんなことは村へしゃべらんようにしてくれんかの」

校長はしゃがみこんだ。椎茸のように黒ずんだ小使いの耳もとに口をつけると哀願するようにいった。

「いいかの、それはもう、いわんようにしてくれの、婆さん、ええかのう」

「へえ」

すて婆さんは深くうなずいていた。校長にさからえば進退にかかわることでもある。小使いを辞めさせられれば孤独の身の行先がないのだった。老小使いは片眼にためていたヤニとも涙ともつかぬ液体をこのとき瞼の上にぽとりと落すと何どもうなずいた。

5

寺島幸助はその夜、広岡教頭とおそくまで職員室で話しこんでいた。広岡教頭を寺島はなじるわけにはゆかないのだった。というのは、広岡はこの村でも有数の素封家の長男であったし、広岡の父の甚五郎はこの学校の二代前の校長をつとめた教育者であった。寺島には先輩にあたる人である。しかも、いま、広岡甚五郎は村の助役をしていた。村長もつとめたことがある。このような家柄の広岡に津見菊枝が誤ちを犯した理由は寺島にもわからぬことではなかった。広岡は三十九歳だが、やせていて精悍だった。眼がぎょろりとして髭面をしていたが、きりっとしまった女好きのする容貌でもあった。広岡は妻も子もあったが教師仲間では一ばん好色な男であることは寺島幸助もよく知っていた。眼尻を下げて女教師をからかうことも度々あった。井本すてから聞かされた一件は信じられたのである。

しかし、いま、寺島は、新田ちか枝の忠言をそのまま広岡に告げただけでほかになじる言葉は出さなかった。それどころか、寺島はちょっと卑屈なひびきのこもった物言いでこんなことをいった。

「死んでしもうた人には口はない。津見クンが生きておればそれは困るが、死人には口はないんだよ。ね、いいかね。あとは村の人の口をどのようにふさいでしまうかということだ」

「いや、まったく申しわけありませんなア。わたしの不始末かも知れません。しかし、校長先生、噂は私一人に向けられているかも知れませんが、これは心外なんです。じつは、津見クンは、山の上の水島クンとも寝とりますよ」

「なんやと」

寺島幸助はチョボ髭をふるわせた。

「本人からきいたのですから間違いありませんよ。水島クンは独身ですしなア。生徒が帰ると、分教場の住宅で一人で寝とりますわな。去年の夏でしたかな。津見クンが、汗が出たので、裸になって軀を拭いていると、うしろから羽搔いじめにして、津見クンを押し倒して接吻したちう話です。」

「それだけか、つまりキスだけか」

「あの若い教師がそれだけでやめるはずがないじゃありませんか、校長先生。津見クンも足がびっこだという劣等感もありましてね。しかしあれで、なかなかの美人だったしするし、男あそびも好きでしてなア……」

広岡は津見菊枝との情事を思いだすふうに顎のはったうすい皮膚をうごかした。そうして校長の眼をみていった。

「噂は私に集中しとるようですが、校長先生、これは連帯責任ということです」

「なるほど、なるほど。そうじゃったか」

と、寺島幸助は風の出てきた窓から夜の底の白い雪をみやってつぶやいたが、

「とすると、水島クンの子供（タネ）だったかも知れんことになりゃせんか」

「わたしは、そう思いますな。そうでなければ、あの大雪に、無理を押して山へのぼることは考えられません」

「なるほど」

「げえげえ吐いていなさったというが、わたしは校長先生、正直いって二どしか津見クンとは関係しとりません。その回数も正月があけてからですから、その日取りでゆくと、まだ吐気をもよおすようなつわりの症状になるのはずいぶんあとですて、……いや、ひょっとしたら、これは水島クンの子供ですよ」

「きみ、そらまちがいないな」

「天地神明に誓います。校長先生、わたしは水島クンと津見クンとの噂は前から知っていました。職員室でもたえずみんなの口にのぼっていたものですからね。その真相を訊きただそうと思って、あの夜、宿直室に津見クンをよんだんです。するていと、彼女は、そのことを認めましたよ。わるびれもしないでね、そうしてこの私を誘惑したのですよ。小使い婆さんに見られたことは申しわけありません」

広岡教頭はペコリと校長の光った眼をみて頭を下げた。ストーブの火が音をたて下の灰皿に火塊を落している。

校長と教頭は夜更けて、自分たちでこの火の始末をして下校していった。

6

水島勇吉助教が、県学務課からの指令で、P県の北端にあるC郡沼垂（ぬまたれ）海岸の小部落沼垂国民学校に異動を命じられたのは三月一日のことである。

水島勇吉は異動の理由は何であるか知らなかった。しかし、水島は、県からの辞令が寺島幸助校長から届けられたとき、住みなれた猿ヶ嶽分教場の住宅の六畳で校長に向ってこんなことをいった。

「校長先生、わたしは、三年間、ここに奉職させてもらいましたが、忘れられないのは雪の下に埋れて死んだ津見先生の思い出であります。あの先生はいい先生でしたよ。ほんとうにこの高野、今寺の子供たちを愛してくれました。春になると、山の道がかわいてぱんぱんに光りますな。その道をあの先生がびっこの足をひいて登ってこられるのを、子供たちは、どれだけ嬉しくむかえたことかしれません。あのたもの木の峠まで、子供たちは先生の姿がみえると毎週迎えに走りましたよ。先生の手にぶら下がったり、裁縫箱をもちあげたり、いやもう、子供たちのはしゃぎようといったらありませんでした。私のような男教師一人の教育ではどこか堅い一方の人間味のない教育に走りがちであったかも知れませんね。私はいつもそんなことを反省していたものです。しかし、校長先生、その津見先生も死んでしまっていまはいません」

寺島幸助は二十七歳で独身の水島勇吉が、この山の上に馴染んだ浅黒い顔をほころばせ、そんなことをいう表情をみて、ふと、たずねてみたくなった。

「あんたは、好きじゃったのじゃないかね。あの津見先生が」

眼を見つめると、水島の澄んだ眼に光りがともった。しかしすぐ、それは消えた。

「校長先生」

水島勇吉はぽつりといった。

「好きでしたよ。たしかに好きでしたよ。でも、あの先生は、ああして、山へ登ってこられるのがいちばん美しかった。オルガンもひいて下さって、歌をきかせてもらったこともありますが、私にはただもう好きだというだけで、あの先生にそれをいいだす勇気も機会もありませんでした。足がわるかったせいもありますが、清潔な感じがしましたね。とても私には手出しが出来ませんでしたよ。校長先生、あの人はいい人でしたよ」

水島勇吉は次第に顔を紅潮させてくると涙ぐんできた。寺島幸助は、水島の言葉に真実があると思った。いや、水島の方に本当の津見菊枝の姿が生きているようにも思われた。

とすると、広岡のいったことは水島の件に関しては嘘ではないのか。広岡は自分だけで罪を着るのがイヤなので、この水島にも罪のいったんを担わせたのではないのか。死人に口はない。

なるほど、水島がいくら否定しても、それははじまらない話だ。寺島は狡猾な広岡のやり口が判る気がしたと同時に、しかし、今となってはどうすることもできないことを知って暗然とした。寺島は一枚の辞令をわたしていった。

「県の命令だから仕方がない。もう少しながくあんたともつきあいたいと思うたのだが、それも今となっては仕方がない。田舎教師というものの運命だね。まあ、向うへいったら、また、手紙を下さいや」

水島勇吉は、翌日のうちに荷造りをして、下山せねばならなかった。あわただしい転任であった。水島には、また北国の海岸で待っている新しい子供がいるはずなのであった。水島勇吉は十七人の子供たちにかんたんな別れのあいさつをしたが、その言葉は非常時における少年の生き方はどうあるべきか、という元気にみちた教訓に終始していた。水島は山を下っていったん本校の職員室に入った。教師たちの白眼がちな雰囲気の中で彼はせっかちな別れを告げた。その日、広岡教頭は部屋にはいなかった。

「惜しい先生をわれわれは失いますな。しかし、同じ県下で働いておられるのだから、また会うことも出来るというもんでしょう。水島先生、元気で行ってらっしゃい」

寺島幸助が、一同を代表して挨拶すると、教師たちも一せいにうつむき、水島は餞別金の包みを校長から手渡されて、本校を出た。

これが、水島勇吉が猿ヶ獄国民学校をみた最後である。

やがて、戦争は終った。八月十五日以後、教育は百八十度に転換したが、沼垂海岸の国民学校で天皇の詔勅をきいた水島は、九月になって、教職の身をひいた。敗戦直後の動乱時代が過ぎ、水島はP県を離れて、東京にきたが、あのとき自分が、どういう理由で、転勤を命ぜられたのかわけを知らなかった。猿ヶ嶽村の津見菊枝に関する風評は、あれから新しく水島勇吉との間が噂されてひとしきり話題をさらったが、それもやがて絶えた。

雪の下で死んだ津見菊枝の姿は、東京で暮しはじめた水島勇吉の胸の中で生きているだけである。

西陣の蝶

昭和12年11月末の夜、京都の六孫王神社で起きた殺人事件。偶然現場を通りかかった近所の屑物回収業の田島与吉は、落ちていた兇器の包丁を拾ったことから殺人犯として逮捕される。冤罪は晴れたが、厳しい検事の取り調べで衰弱した与吉は、釈放後一人娘で6歳の蝶子を残し死亡。20年後、成長した蝶子は上七軒で芸妓となっていた。

※

初出＝『別冊文藝春秋』1962年6月号
初収単行本＝『西陣の蝶』（中央公論社、1963年5月）。その後『新日本文学全集34』（集英社、1964年1月）、『京都物語　一』（全国書房、1966年8月）、『水上勉選集　五』（新潮社、1968年10月）、『水上勉社会派傑作選　五』（朝日新聞社、1972年12月）などに収録された。本文は『水上勉全集』第五巻（中央公論社、1976年9月）収録のものに拠った。

一

はじめに古いはなしを書いておかねばならない。

昭和十二年というと二十五年も前である。十一月末の夜のことだ。京都市下京区八条通り坊城の角にある六孫王（ろくそんのう）神社という古い社の境内に数人の人かげが見えた。

時刻は八時三十分ごろ。神殿と社務所の建物の前にある瓢簞池（ひょうたんいけ）の浅い水面に欅（けやき）の梢（こずえ）を通してもれてくる三日月が映っている。池に架かったくさりかけたような木製の太鼓橋の近くである。

四人の若者だった。いずれもはっぴ姿で、メリヤスシャツの上に、毛糸の腹巻をしたり帯をまきつけたりした男で、いい合せたようにねじり鉢巻をしている。

この日の昼、六孫王神社は、市がたっていた。毎月二十一日にきまって市がたったのである。

源経基（つねもと）を祭神とするこの社は、武運の神ともいわれているので、出征兵士の安泰を願う参詣客がかなり多かった。遠くは鳥羽（とば）、久世（くぜ）、西院（さいいん）などからも女子供が集まってくる。近くの東寺（とうじ）の市のようににぎやかではないけれど、かなりの人出であった。せまい境内に、旅芸人が小屋がけしたり、一銭洋食や、綿菓子を売る屋台店がならんだ。近在の参詣客は、広くもない白砂利の境内を埋めるのだが、それは明るいうちのことで、日が暮れると、境内は潮が引いたようにひっそりした。屋台店もたたまれ、七時すぎになると、商人たちは帰ってゆく。

　鼻腔（びこう）につきささるようなアセチレンガスの匂いと、一銭洋食の安ソースの匂いがまだ紙屑（かみくず）の散らかった境内にただようていた。森かげの池のあたりは、ひどく暗い。四人の男はだまって池畔に立っていた。と、このとき、坊城通りに面した御影石（みかげいし）の鳥居の下から、境内にむかって入ってくる三十七、八の男がいた。やはりこの男もメリヤスシャツの上にはっぴを着ている。兵児帯（へこおび）を胴にまきつけている。ボタン数の多い裾の細まった別珍（べっちん）のズボンをはいている。池畔の男たちと似通った職人風である。少し酔っているとみえ、足もとがふらついていた。

　男は池と鳥居の中間にある絵馬堂（えまどう）の下までくると、歩速を落した。ついこの二時間ほど前、そこに見世物小屋のテントがはられていて、旅興行の男が声を嗄（か）らして、客をよびこんでいた木戸口跡の、紙屑がちらかっているあたりをとろんとした眼で眺めていたが、まもなく、男は大股（おおまた）で欅の下の暗がりへ歩を早めた。この時、池畔の男たちの姿はどこかへ消えていた。

ほろ酔いの男は太鼓橋にさしかかった。と、この男の足が橋にかかった時、うしろから、黒い影が二つ走りよっていった。みるまに、男の躯がぐいっとひきよせられた。橋にかけた男の足は二、三歩うしろしざりに、ひきずられるように後退した。と、う、う、うッと男の口からうめき声がもれた。酔った男であった。仰向けに倒れた。すると、二つの影はさっと離れて手前の欅の下にかくれた。静寂がきた。

倒れた男は、地べたに両手をひろげ、しばらくうめき声をたてていた。苦しそうであった。左手を空にあげ、右手ではっぴの襟を摑み、ひくいうめき声をたてながら、躯をよじるように横転しはじめた。しかし、そのもがき苦しんでいる時間もほんの二、三分であった。男はやがて、あげている片手を力なく落し、もう一方の手を胸の上にのせると、動かなくなった。

欅の蔭から、ふたたび二つの影が走ったのはこの時である。太鼓橋を猿のように渡り終えると、八条通りの裏門へ瞬時にして消えた。池畔にいた、もう二人の男の姿はその時はなかった。境内にはその他に人影はなかった。この六孫王神社の裏に在って「六孫裏」といわれている貧民窟の一郭から、京の町々へ屑物買いに出かけている田島与吉が、五歳の蝶子を、蛇の目籠のあいだにのせて、この境内にさしかかったのはそれから二分ほどのちのことである。

与吉は坊城の鳥居をくぐった時に、すっかり屋台店が姿を消しているのを見た。絵馬堂の前から瓢簞池のあたりをすかしみた。地面には欅の梢が落葉の上に影をおとしている。細い三日月ながら、うす明るい光線をさしのべている。しかし、この時、与吉は太鼓橋の上を、灰いろの二つの人影が走り消える瞬間をみている。

〈まだ、店をしまわん男がいたのか……〉

与吉はそう思った。

毎月のことである。市のたつ日の夜は、八条通りを車を曳かないでわざわざ帰り道を六孫王の境内にぬけることにしていた。拾い物があったからである。行商人や旅芸人たちは、次の場所へ走らねばならないから、めんどくさいものは残してゆく。忘れ物もあった。空罐や、空箱の類がもっとも金目のものである。針金など落ちていることがある。与吉は、ギシギシと砂を嚙む鉄輪の音をさせ、梶棒を心もち下へさげて左右にふりながら、太鼓橋の方にきた。と、地べたに何やら、チカリと光るものがあった。与吉は梶棒を下ろした。蛇の目籠と蝶子がのせられている車体は、斜めになって、落ちついた。蝶子は軀を大きくゆすぶられたが、これには馴れている。父の与吉が何か拾い物をする時は、ガタンと音がして車体が前方にかたむくのである。

与吉は二、三歩走って、光ったものを摑んでいる。それは七寸近くもある光った庖丁である。摑んだ瞬間、与吉は、柄についていたぬるりとした生温かいぬめりを感じて、ぎょっとなった。思わず地べたに獲物を捨てていた。手についたのは血ではないか。与吉は気持わるげに汚れたはっぴの裾で、まず、血らしいよごれを力強く拭きとった。

〈まさか、血やないやろ……〉

思いかえした。きっと、洋食屋が忘れたんだ。肉切庖丁ではないか。ソースの匂いがまだこの境内にのこっている。思いかえしてふたたび地面の庖丁を摑むと、ぽいと、蝶子の手前の金目の屑鉄を入れている石炭箱へ投げ入れた。与吉は車にもどって、梶棒をあげた。また、砂利の中を左右に梶棒をゆすりながら曳きはじめた。

与吉が、職人風の男の死体をみたのは、それから二分後である。太鼓橋のかかり口に仰向けになっていた男は、どこにそんな力がのこっていたものか、十メートルほどはなれた欅の根もとの池の岸にまで這(は)いよったらしく、砂地に黒い影をひいて、細長くのびたまま岸に手をさしのばして硬直していた。背中は血だらけであった。

与吉はぎょっとなった。

「蝶、蝶、お父ちゃんが殺(や)ったンやないぞ、蝶、蝶」

と与吉は叫んだ。蝶子はきょとんとして父をみていた。やがて与吉は五歳の娘が坐った車をそこに捨て置くと、まだうすい明りの残っている八条通りの片側町の商店街へ向けて走り消えていった。

東寺の朱塗りの門の近くに交番があった。そこまで走りこむのに、田島与吉は五分ほどかかった。蝶子は、車の上の、父親がずり落ちないようにくくりつけた紅柄の座蒲団に坐って、急にどこかへ走り消えていく父親の姿を呆然とみていた。しかし、おとなしく待っていた。もうすぐ、境内を出れば家に帰りつくのであった。夜の境内は静かだった。蝶子は朝から荷車の上にのせられて京の町を歩いてきたから、車が止っていると、急に疲れと空腹をおぼえて睡気におそわれた。

近くの東海道線梅小路の貨物駅で、連結する機関車の音がしている。ポッと短い警笛が鳴った。

それは聞きなれた夜の貨物駅の音である。警官と田島与吉が、この境内に走ってきた時には、蝶子は車の上で眠っていた。

二

東海道線梅小路貨物駅の引込線にへばりついたようにしてある、六孫王という神社の名が新聞に出たのは、その翌朝のことだ。世間は、死んでいた男が、六孫裏といわれる、貧しい人びとの密集する地帯の住人であったことを知ると、べつに驚きはしなかった。またか、と思っただけである。荒くれ者や、渡世人も住んでいる一郭だったからである。

殺されていたのは飯山市助という三十九歳の建築請負業の職人で、六孫裏の六畳ひと間しかない掘立小屋のような家に住んでいた。飯山は、この貧民窟が八条通りに面した地点にある「一二三(ひふみ)」という安酒屋の常連で、日ごろから酒ぐせがわるく、酔うと女子供にでも暴行するので、嫌われ者だった。警察へも時々厄介になったことがある。飯山は六寸五分の肉切庖丁で背中から心臓をひと突きにされて死んでいた。発見者は同じ町に住む屑物回収業の田島与吉である。

現場検証にあたった七条署の渡部警部補の指揮下にある鑑識班と刑事たちは、死体をみたときに、仲間喧嘩の結果、飯山がひと突きにされたと判断した。飯山の仕事先や、六孫裏一帯に調査が開始された。しかし、犯人は出てこなかったのである。飯山が殺されたことで喜んだ者はいても、殺した犯人を憎む者がいなかったということも珍しい。町民たちは、口をつぐんで、警官の聞込み捜査に、あまり資料をあたえなかった。

しかし、田島与吉は、発見者であったから、当夜はもちろん、翌日も七条署によばれ、訊問をうけた。彼は、八時三十分ごろ、鳥居の下へさしかかった時、太鼓橋を走った人影についてこんな風にいった。

「灰いろにみえました。はっぴかなんぞ着てはったんどっしゃろな。頭には鉢巻してたようどすな。うしろ姿やので、年恰好も何もさっぱりわからしまへん。ぱあーっと走って、太鼓橋の上を社務所のわきの暗がりィぬけると、あそこにあります石の裏門へ、消えたンどす。八条の方で、まんだ明りがみえましたさかい、走ってゆくのンをみた人があったにきまってますわ」

その八条通りは、ちょうど、六孫王の神社の塀から、大きな欅が枝をさしのべていて、塀にそうた三尺幅ぐらいの溝があった。片側町に家はあるといっても、店は少ない。すでに、灯を消して戸をしめている家が多かった。警官が訊ねまわったけれど、与吉のいうような目撃者はなかったのである。

「ちょっと、きみ」

とこの取調室へ顔を出した、四十すぎてはいるが、てかてかに光った丸顔なので一つ二つ若くみえる渡部警部補が、与吉のよごれた寸づまりの顔をみていった。

「お前さんも、飯山といっしょに『一二三』で酒を呑んだことがあるそうだね」

「へ」

と与吉はおびえた眼をむけた。

「飯山が呑んどる時に、わても呑んだことはあります」

とこたえた。警部補はきいた。

「飯山にからまれたことがあったかね」

「へえ、あいつは誰にでも、いっしょに呑んどるもンにからみよりましたわ。ときどきわてもからまれました。ほれで、わてらァ、あいつの呑んどる時は、もうそばへよらんようにしとりました」

警部補は疑いぶかげな眼をしはじめた。

「庖丁がお前さんの屑箱から出てきている。お前さんは、庖丁を拾ったというが、どうして、それを家にまでもち帰ったのかね」

「へえ」

与吉のくちびるは上下にふるえた。

「わては金目のもンちゅうと、つい拾うくせがついとります。何も考えんと、手ェのばして、地べたに落ちてる庖丁を拾たンどすわいな。一銭洋食屋が忘れたんやろ、そない思うて拾たンどすねや。せやけど、持った時に柄ェに何やら、とろりとした血ィみたいなもンがついとりましたさかいな、すぐほかしました。まだ、その時、飯山が死んどることには気がつかしまへん。ほれで、庖丁を捨て箱ィ入れたンどす。死体をみたんはそれからすぐどした。もう腰がぬけて、あんた、八条の交番までゆくのが、せい一杯どした。拾た庖丁みたいなもん、何もかも忘れてしもてなァ……娘が眠ってますさかいに、車ひいてひと先ず帰ったンどす」

「それから、すぐにまた現場にもどったンだね」

「へえ、家は近こおすし、子ォを寝かしといてから、また出てきて、説明したんどす。その時に自分から庖丁のことはいいました。警察のひとがすぐうちィとんでいって、屑箱から、庖丁をとって来やはりました」

「その庖丁には、お前さんの指紋しかついていない」

と警部補はいった。

「なんどすて」

田島与吉はますます寸づまりの顔を怒ったようにふくらませた。

「飯山を殺(や)った奴の指紋がなくて、発見者のお前さんの指紋だけがついとる。それに、お前さんが着ていた半纏(はんてん)の裾にもべったり飯山の血がついていたぞ」

と警部補は語気をつよめてにらんだ。

「そ、それは、わしがあとで、手ェ拭いたんどすがな」

「何のあとで拭いたンだ」

渡部警部補の眼はするどく光った。丸顔だけれど、怒りだすと、陰険な眼つきになる。警部補は、六孫裏の聞込みに成果が上らなかったので、腹をたてていた。

「田島」

と警部補はよび捨てにした。

「本当のことをいった方がいいぞ。本当のことをいえば、罪はかるくなるんだ。かくしだてすると、ためにならんぞ」

田島与吉はうッとうなってふるえた。

「何いわはりますねや。わいが飯山をやったとでも思うてはるのンどすか。そんな阿呆（あほ）な。わいは通りかかっただけどすがな。わいは、六孫市のたった日ィだけは毎月、車曳いて六孫さんを通ることにしてましたンや。何やったら、うちの子ォにきいてみとくりゃす。うちの子ォは何もかも知っとりますわいな」

「蝶子さんかね」

警部補は軽蔑したような眼をなげた。

「娘さんには、もう訊問はすんでいる。しかし、小さい子ォやからね。証言も不確かなンだ。容疑者は今のところ、お前さんしかいない。たった一つの物証の凶器にお前さんの指紋がついている。被害者の血も半纏についている。警察の眼はフシ穴やないぜ」

怒鳴りつけるようにいうと、警部補は、部下の一人に、

「調書だッ」

とどなった。まだ軍国主義はなやかなりし頃の話である。警察官も軍隊と似ていて、今日のように公僕といった控え目な態度をとる者はいなかった。嫌疑があれば、片っ端から留置場にたたき込んで、拘留期間も、担当警部補の口先一つで、どうにでもなったおそろしい時代で

あった。

屑物回収業田島与吉は、六孫裏住人ということで、同番地の住人飯山市助殺しの容疑者として、七条署に留置された。兇器についていた指紋によったのである。

三

蝶子は父が帰らなくなった日のことをおぼえていた。父は袖ぐちのほころびたようかん色の厚司（あつし）の上に、細い人絹の兵児帯をしめ、八つ割草履をはいて出た。この姿は問屋へゆく時の父の盛装だった。警官のうしろから、父はだまって尾（つ）いていったが、この時、あとに残って、蝶子のところへきた男の顔に、蝶子は何ともいえぬ恐ろしさを感じた。

その男は黒い背広を着ていた。皺くちゃのソフト帽を阿弥陀にかぶり、四角に脂ぎった顔をしていた。眼つきがわるかった。とくに忘れられないのは口もとである。厚い下くちびるが、つき出るように出ていて、顎がしゃくれ、猿の面のようなひどい受け唇（くち）だった。この男は、二十八、九だったろう。しかし、警官がいた時は、自分より年上の警官をも顎で使った。

「ちょっと、こっちへおいで」

と戸口に立って、低いひさしに頭をうちつけないようにかがみ腰になると蝶子をさしまねいた。

蝶子は、六畳の上り口から板の間になっている台所の七厘（しちりん）の横に坐っていた。

「お母ちゃんはいないのだね」

「去年の春に亡くなっています」

とわきで手帳をもってついてきている警官が答えている。表は人だかりだった。隣近所の顔見知りのおばはんや、おっさんが立っていた。みんな蝶子の方をじろじろ見ている。背広の男は、敷居をまたいでくると、タタキに入った。猫なで声をだしてまたたずねる。

「毎日、お父ちゃんと町へ出かけたのかな」

「………」

「車にのって出かけたのかね」

「………」

蝶子はこっくりうなずいた。男の顔が恐ろしい。泣き出したくなった。しかし、泣いてはいけないと思った。

じっとこらえていると、

「あの晩」

と男はさしのぞくように顔を近づけていった。

「お父ちゃんと六孫の鳥居の下へきた。その時、お父ちゃんといっしょにいたおっさんをおぼえているね」

「だあれもいやはらへなんだ」

と蝶子はこたえた。

「お父ちゃんが瓢簞池にきて、庖丁を拾ったのをみているね」

「………」

蝶子はその時のことをたしかにおぼえていた。

「お父ちゃんがな、車をガタンと前へつけはったんや。ほしたらな、うちのからだが、こないになってずり落ちそうになったんどす。蝶、蝶、お父ちゃんがやったんやないでェいうて、八条の方へとんでゆかはったんどす。ほてしてたら、うち、眠とうなってしもて……あとのことは何にも知らんねや」

蝶子は、このことは前にも警官にいっていた。だから恐ろしい男の前でもすらすらと口から出たのである。じっさい、そのほかのことは何も知らない。寝てしまっていたのだから。

「大きな音がしたり、人の泣き声がしたりしなかったかね」

「ううん、お父ちゃんが走っていかはったあと誰もいやへなんだ。汽車の音がしてただけや」

梅小路で貨物車を連結するガチャンという音が、その時もきこえていた。引込線にへばりついた貧民窟の一郭だ。機関車が罐を焚く音と、ポッと短い警笛を発して、緩慢な音をたてて動いてゆく貨車のレールをきしませる音は、昼も夜もしていた。

黒い背広服の男は蝶子のおかっぱの頭に、うちわのような大きな手をおいて左右にうごかした。

「かしこう待っとるンやな、ええか」

といった。大きな眼はギロリと蝶子をにらんでいた。男は外へ出ると、家のまわりをまた警官をつかって調べはじめた。

父はひくいトタン屋根の上にまで、箱をならべて、鉄屑、真鍮屑、銅屑といったように分類して置いていたし、軒の下は針金や鉄棒や、古鍋、ヤカンなどがいっぱい積んであった。空瓶は床下にならんでいた。すべて、父が京の町で拾ったものだったり、家々の台所口からわけてもらったものばかりであった。蝶子は、それらの屑物を、雨がふると、父に手伝ってより分けた。

警官と背広服の男は、それらの屑物をいちいち点検していた。帰ったのはそれから一時間もしてからである。

父は帰らなかった。

橋爪のおばはんとよんでいる五十すぎの女が夜になって蝶子の家をのぞいた。蝶子は裸電球の下でじっとしていたが、おばはんが、白髪染めの薬品にかぶれて、頭半分が火傷のようになった日のことをおぼえていたし、何くれとなく、蝶子に親切にしてくれてもいたので、蝶子は戸口へ走っていった。

「お父ちゃんはな、警察ィいってはンのや。お父ちゃんはな、検事さんに訴えられて、ひどい目ェにおうてはんのや。せやけど、蝶子ちゃんのお父ちゃんは、わるいことをするような人やない。じっとおとなしゅう待ってたら、戻ってきやはるえ。ええな」

　上りはなに腰かけると、前かけの下にかくしてもってきた焼芋を茣蓙（ござ）の上において、

「さあ、これおたべ、おなかへったやろ」

蝶子はこくっと腹がなった。何にもたべていなかったから、おばはんのさし出した芋にかぶりついた。

　まだ、そのときは悲しみというものが、瞼の裏につきぬけてくる感情はもっていなかった。この焼芋と、頭半分をはげにしたざんばら髪の橋爪のおばはんの顔を思いだして泣いたのは、ずっと後のことである。

四

京都地方検事局が、六孫王神社境内で殺された建築工飯山市助の下手人を、屑物商田島与吉と断定して起訴したのは、それから十日目である。七条警察から検事局送りとなった田島与吉は、無実を主張しつづけていた。すなわち、与吉は、兇器についていた指紋について、次のように否定している。

「わては、屑物買いですねや。地べたに落ちてるもンを、つい拾うくせがありますねや。金目のものやったら、何でも拾うてもって帰りますねや。うちィいってみとくれやす。人さんのほかしはったもんやったら、なんでも大事に集めてきます。それをわては問屋はんへもってゆきます。庖丁やら、鍋やら、針金棒やら、何でも拾います。錆びたもんはみがいて、問屋へ売ります。せやさかい、あの晩も、地べたに落ちてた庖丁みたときに、ああ、これは一銭洋食屋が忘れてゆきよったンや、そないに思いましたンや。つい、金目のもンやさかい、拾うてしもたンどす。血ィがはっぴについとりましたンは、びっくりして、べっとりしたもンを拭うたンどすがな。わてが飯山を殺したやて……そんなこと、絶対にあらしまへん、わてとちがいます」

検事局は、屑物回収業の与吉が、金目のものなら、何でも拾うくせがあるということは理解出来た。しかし、その習慣と犯行とは別だと考えた。現場ならびに、六孫裏の貧民窟に数度の調査聞込みを行った担当検事の出水俊三は、次のような第一次調書を作成している。

「被告人田島与吉は、被害者飯山市助とは同番地に居住し、飯山が日ごろから居住地一帯の嫌われ者で、酒ぐせもわるいことをよく知っていた。夜おそく、飯山が『一二三』で酒を呑み、せまい露地をどなりちらしながら帰ってくる音に、いつも田島は舌打ちしていた。罵言（ばげん）をあびせたことも再々あった。田島は、数回、『一二三』で被害者と酒を呑んでいる。喧嘩になったこともしばしばである。飯山も、また、田島のことを『拾い屋』と軽蔑していた。二人は途（みち）であってもにらみあって通りすぎるのを習慣とした。田島に被害者を殺す直接動機はなくても、殺してやりたいと思ったことがあったことは、田島が同番地の居住者、神戸三郎にもらした事実でもわかっている。田島与吉は、去る十月二日、被害者が九条大宮の仕事場から持ち帰った三寸釘十貫を買い取っている。この釘は、飯山が仕事場から主人のものを盗んだもので、飯山は田島から代金として八円受けとっている。田島はこれを問屋に売りさばき、十一円に売り、三円の利益を得ているが、問屋明石屑鉄商（七条大宮下ル）では、十貫もの三寸釘を釘桶に入れたまま売りにきた田島の顔をみて不思議に思ったものの、信用して買った。ところが、飯山の主人衣田三造から七条署へ釘十貫の盗難届があり、これが飯山の盗んだものと判明した。飯山は七条署にあがり、窃盗犯として留置された。主人衣田三造の身柄ひき取りで、釈放となった。その飯山が、田島が問屋へ売った時、自分の名を出したのではないかと逆うらみをしていた事実がある。十一月二十一日午後七時ごろ、六孫裏の『一二三』で焼酎七杯を呑んだ飯山は、いったん家に帰ったが、七時二十分ごろに、田島の家の戸をどんどんたたいていた。（神戸氏証言）田島は不在だった。飯山はまた外に出て、八条通りを大宮に出、ガード下の呑み屋『助六』で焼酎二杯を呑み、六孫裏に向って帰った。この途中、飯山は坊城通りにさしかかり、酔いをさます必要からか、境内に入った。八時すぎである。このとき、田島与吉は、車上に長女蝶子をのせて境内に入った。田島がなぜ、この日にかぎって八条通りを通らずに境内に入ったか。飯山と何か示し合せてあったのではないか、という疑いがある。すなわち、六孫王の境内は白砂利が敷かれてあり、屑金の荷車をひくには大変である。そんな中へ、どうして車を入れたか。八条通りをゆけば、十分で自宅へ帰れるものを、わざわざ、境内に入った理由は何か。被告人は、市のたつ日は拾いものが多いからと奇言を弄している。八時すぎに飯山と談合する打ち合せがあったと判断される。飯山は酒代に困っていたから、あるいは再び、棟梁の目をぬすんで仕事場から釘を提供するから金を貸せといったかもしれない。それを田島は断わった。そうしたら、飯山は怒ったかも知れぬ。酔っていると兇暴になる性質である。飯山が暴行に及んだ。田島は自己防衛から酔った相手を押し倒したということも考えられる。急にこの時、殺意がわくかもしれぬ。庖丁は、田島が、京の町で拾ったものである。屑籠の中に入れておいた。それをとりだし、つっかかってくる飯山を押し倒し、うしろからひと突きにして、殺した。田島は一年前に妻せきを亡くし、五歳の女子を育てている。妻を亡くしてから酒も呑むようになり、粗暴で短気になったという証言もある。働き者で、律義なおとなしい性格だった男が、愛妻の急死で変質者となった例はある。飯山に対する殺意が生じた場合、急に思いがけない兇暴性を発揮するということも考えられないではない。当検事局は、その物証として庖丁を重視する。他に犯人がいるとすれば、庖丁に別の指紋がついておらねばならない。指紋は被告人のものなのである。半纏の裾に付着した血も飯山の血液型に符合し、返り血をあびた形跡がなくもない。被告人に計画的な殺意はなくても、発作的な殺意の発生によって兇行をなしたと判断される……」

調書はさらに、六孫裏の田島与吉の家から押収された十数点の錫棒、銅板など、田島が西院の酒井伸銅工場跡を徘徊して盗んできたと思われる品々を列記している。田島に窃盗の疑いもあると述べている。

田島与吉の拘留期間はきれたが、検事起訴によって京都刑務所に身柄をひき渡された。昭和十二年十二月三日のことである。

五

白髪染めの薬品にかぶれて、左耳上をすっかりはげ頭にしている橋爪のおばはんは、性懲り(しょうこ)もなく、染料をかえて、残りの毛を染めていた。「黒かみ」という小瓶に入った黒粉末を、橋爪は、蝶子の家の軒下で七厘の上においた洗面器に溶かして、下から火をおこして煮た。

蝶子は、このおばはんの面容が左眼尻から耳上にかけて火傷あとのようにひきつっているにかかわらず、心はやさしくて、自分のことを町内で一ばん親身に思っていてくれていることを知っていた。

橋爪のおばはんの家は、蝶子の家の真向いにあった。やはりトタンぶき屋根のひしゃげたような六畳ひと間しかない家である。戸がいつもあいているので、中は丸見えだった。八条の漬物屋へ配達夫にいっている、虎次郎という夫がいた。虎次郎は朝から出ている。おばはんはその留守を所在のない退屈さをまぎらわして毎日を送っていた。蝶子がひとりぼっちで家にいると、何かと世話をやきにきた。町内を代表して、刑務所へ会いにいったのもこの橋爪夫婦である。

刑務所では与吉はすっかりやせてしまい、頬骨の出た無精髭の生えた蒼い顔を面会所にはこんできたが、虎次郎夫婦をみると、つばをとばしていいつづけた。

「わいが飯山を殺したやて、検事の阿呆たれはええかげんなことをいいよる。わいはただ通りかかっただけやがな。たしかに、二人づれの男が太鼓橋を走ってゆくのンをみたんや。それをはっきり調べもせんで、わいが殺したもンやとばっかりきめてかかりよる。とうとう殺人犯にしてしもうた。わいは口惜(くや)しゅうてかなん」

面会時間のありったけを、声を嗄らして叫ぶようにいう与吉をみていると、虎次郎は思わず漬物くさい手で洟水（はなみず）をこすった。

「もうすぐ官選弁護人が決定するこっちゃ。ほしたら、わいら、弁護（べんごっ）士さんにくわしゅうあんたのことをはなすつもりや。あんたは犯人やない。あんな小さいお蝶がおるんやもンなァ。人殺しなどでけるもンやないわ。与吉っつぁん、辛抱してな。ヤケおこさんように……弁護士さんのきまるまで待ってるこっちゃな」

なぐさめるようにいって、夫婦は帰ってきた。別れるときに、与吉はきいた。

「お蝶はどないしとりますねン」

「もうすぐお正月や。みんな、町内の人らァは、おこぼ買（こ）うてやらんならんいうてなァ、大騒ぎやった。嬶（かか）が飯（めし）してやってるし、毎日、お蝶は陽なたへ出てあそんどるわ。心配せんでええ、与吉っつぁん。お蝶のことはひきうけたさかいなァ……短気おこさんと、じっと辛抱しといで。裁判がひらかれさえしたら、正しいもンがきっと勝つ。世の中は悪いもンばっかりの集まりやあらせん、いまに、お前の見た真犯人が自首して出てくるにきまったァるさかいな……」

虎次郎は与吉のしょぼついた眼から涙がいく筋もこぼれてくるのをみて、妻の肩をつついた。

「あの涙は嘘や狂言で出る涙やないわ」

と刑務所の門を出てからもいった。

しかし、町内の中には、与吉が真犯人かもしれぬと疑う者もいた。それは、出水検事が主張している兇器と血痕によったものであることはいうまでもないけれど、人びとは、二十一日の六孫市の夜に、わざわざ、白砂利に埋まった境内へ屑車をひき入れた与吉の思わくについて、ある疑問をもったのである。

旅芸人や、一銭洋食屋がならんでいた昼のうちならいざ知らず、日が暮れてしまうと、もう、社務所のわきの外燈は消えてしまうし、神殿の燈明もついていない。ひっそりした境内に何が落ちていよう。毎月の市の夜に、そこへ拾い物にゆく習慣だと与吉は警察で述懐しているそうだが、そんな与吉が、これまでにいちどだって市のすんだ夜、車をひいて入りこんでいく姿を見た者はなかった。

〈ええかげんなことをいうとる……〉

そんな判断も生じた。金目のものを見つけたら与吉には必ず拾う習性があった。兇器とは知らずに拾ってしまった、と与吉はいっている。しかし、それでは、血らしいものを手に感じた時、どうして、すぐに捨てなかったのか。いや捨てたにしても、なぜ、またすぐに拾ったのだろう。警察にいわれるまで、庖丁を屑鉄入れの木箱にしまいこんでいたのだ。

〈習性やたら何やたら、ええかげんなことというて……たぶらかしとるようにもおもえるやないか……〉

飯山市助が生きている時分に、毎夜、酒を呑み、通り途でもあったためか、与吉の家の戸をドンドンたたいていたこととも思いあわせて、二人の間に、人にいえぬ関係があったのかも知れぬという噂が大半を占めだしたのである。

蝶子を見る人びとの目は、半々に分れた。同情する者と、白い眼でみるものとあった。橋爪夫婦だけは無罪を信じていた。

年があけて、第一回公判があった。担当検事の出水俊三が懲役六年を求刑したことが新聞にのった。殺人罪としては軽罪である。それは蝶子という六歳になったばかりの娘がひとりで留守居をしているという事情があったからである。

しかし、田島与吉は無罪を叫びつづけていた。

官選弁護人は、久留島誠という四十年輩で小柄な胡麻塩頭の温顔の男だった。久留島誠は、六孫裏にもきて、橋爪夫婦や、蝶子からも、当夜の模様をきいた。法廷にたって無罪を主張した。しかし、久留島は、検事の提出する物証について反論の余地のないことを知った。与吉一人の否定では力がよわかったのである。しかも、情況証拠ではかなり容疑が濃厚であるし、被害者と怨恨関係にあった事実も否定できない。

久留島は担当検事の出水俊三をあまり好いてはいなかった。出水俊三は、検事から弁護士になった久留島にしてみれば、まだ青二才に思えたたし、大阪から京都へ廻ってきて一年ほどしかたっていない。それまでは司法官試補として見習生だったのである。いってみれば、京都ではじめて検事になった。こんどの仕事は彼の初仕事といえた。検事が仕事熱心なことに文句をいう筋合いはないのだが、出水が、他の検事にくらべて、立身出世欲の強い男であるということをきいて、久留島はまずい男に担当されていると先ず思った。法廷における検事の論告は理非をつくしていた。なかなか熱をおびてもいる。それは久留島も経験のあるところである。若いころは、法廷に出ると、指先がふるえるほど興奮して、弁論を開始したものだ。それにしても、出水には、初仕事という情熱が見えはするけれども、被告に対する人間的な判断は皆無といっていい。ただ、求刑が六年となっていることに、情状の酌量がみえているだけで、与吉の主張について、頭から否定するのである。だいいち、検事は、与吉が目撃したという、二人の影を追跡してもいない。ろくに聞込みもしていない。頭から与吉と決めてかかっているのであった。いってみれば、この事件は、犯人を与吉であるとする第三者の目撃者あるいは証言者が一人もいない。ただ物証がこれを有力化しているだけに、法廷に持ち出される資料は与吉にはあくまで不利であった。

久留島は与吉の家にきて蝶子の顔をみていると、哀れをおぼえた。

「蝶子ちゃん。あんた、こわい晩のことをおぼえてるかな。お父ちゃんが庖丁を摑んで、蝶、蝶、お父ちゃんがやったンやないでェいうてとんでいった時に、誰もそばには人はいなかった……その時、あんたは、ほかに何にもみなかった？」

「うちはお父ちゃんが走ってゆかはるのんをみただけやった。すぐ、車の上で寝てしもたンや」

蝶子は久留島の微笑している顔をじっとみつめた。この証言では、空しいのである。久留島はサジを投げねばならない日の近づいていることを知った。しかし、久留島は、蝶子にこんな質問をしてみた。

「お父ちゃんがいなくなってから、親切にしてくれる人は誰ですか」

「橋爪のおばはん」

と蝶子はこたえた。

「それから」

「運送屋の寺西のおっつぁん」

と蝶子はこたえた。運送屋の寺西というのは、八条通り千本にある野田運送店につとめている男で、寺西助市という二十三歳の運転手であった。同じ六孫裏に住んでいるのだ。

「そのおっつぁんが、親切って、どんなことをしてくれたんかね」

「お菓子くれはったんや」

と蝶子はいった。久留島の眼に光がやどった。橋爪の家にいってたずねてみると、トラックの運転手の寺西が、いつ蝶子にお菓子などくれてやったのか知らない、といった。いっそう不審がつのった。久留島はその足で、千本通りまで行って、野田運送店に寺西をたずねた。運送店主は久留島をみると、

「しゃない奴ちゃ。また、やめてしもて、どこへいったもンやら、さっぱりわからんのどす。どこぞ、給料のええとこへいったンとちがいますか。けつの軽い男で、あちこち、出たり入ったりする男どすねや」

と顔を歪めていう。

「いつから出社していませんか」

「そうどすな。去年の十一月の二十三日どすわ」

指を折るまでなく、六孫殺人から間のない日である。

「ありがとう」

久留島はいったんそこを出てから、寺西の家を捜した。ごみごみした六孫裏の、やはり、蝶子の家と似たような掘立小屋に、父親とのふたり暮しであった。助市は帰っていなかった。

「どこへいったかわかりませんか」

「あんな奴の行先は知りまへんで」

とそっけない返事である。中指のない手を茣蓙の上についている六十近い渡世人上りの父親

は、じろりと久留島をみて、よけいなことは喋らないぞという顔をした。陰気な顔立ちだった。

この男の息子の人相も想像できるような渋い浅黒い顔をしている。

「ありがとう」

久留島は家に帰ると、トラック運転手の寺西助市の身元調査と行方捜査に乗りだした。意外なことが判明した。

六

寺西助市は前科六犯であった。最終犯の業務上横領は、野田運送店につとめる前に勤務していた御池押小路の丸三運送店で、名古屋へ運ぶ途中の貨物から抜き取りをやっている。運送店につとめながら、抜き取りをやったわけである。六つの前科はすべて抜き取りだった。

このような前科者と承知の上で運送店主が使用していたのはほかでもない。その当時、日本の陸軍は北中支に出兵していて、戦野に自動車兵を必要とした。だから、運転手は、国内では払底の兆がみえていた。二十三、四歳で、運転免許のあるものなら、いち早く召集の対象となった。だから、寺西助市は、就職口にこと欠かなかった。体軀もまた六尺ちかく、岩乗だった。上乗り荷役もすれば、運転もするという技術者であってみれば、誰もが欲しがった。寺西は傭主(やといぬし)の足もとをみて、横着なつとめ振りを発揮しながら、京都市の運送店を転々したのち、野田運送店へは一昨年の十月にきている。しかし彼はここではまだ悪事をしていなかった。悪事をしないのに、とつぜん、野田から姿を消したのだ。久留島弁護士が疑問に思ったのはこの点である。何か原因がなくてはならない。

久留島は書生を派して、さらに寺西助市の身元調査をさせた。すると、助市が、野田につとめているうちに、かなり大がかりな悪事をやっていることが判明した。助市は、以前につとめていた所で知りあった上乗りの葉山良夫、中野秀次、三木晶一の三名と談合して、上京区烏丸(からすま)下総(しもうさ)町にある曙建設倉庫から、セメント袋等建築資材を山科へ運搬の途中、セメント一台分を横領して、沢田組という建築業者に売りとばしていたのだ。これには助市が野田のトラックを使用しないで、友人の三木晶一のトラックを使っていたことも判明している。野田の線から調査してもわからないのはそのためであった。上京警察署は、曙建設からの訴えで極秘裡にこの抜き取り事件を捜査中だった。野田に手配がまわりそうになったので、助市は逃亡したのである。ところが、この逃亡直前に、助市は飯山と会っていた。飯山は六孫裏の住人の助市とも顔見知りだったし、助市がセメントを売りつけた沢田組にも、職人として時々働きにいった経験をもっていた。ちょうど、助市がセメントを売ったと思われる十二年の七月十七日は、飯山市助は沢田組の山科電鉄作業場で足場組みをしていたという情報が入った。

久留島の判断は、寺西助市が飯山にセメント抜き取りを感づかれて、飯山の口から漏れるのを防ぐために殺ったという推定である。ありそうなことだ。それでなくても強磊者といわれていた飯山のことだ。助市の悪事を嗅ぎつけて黙っているはずはあるまい。

久留島弁護士はふたたび、六孫裏にきた。

寺西助市の父親や、付近の呑み屋「一二三」「太古平」などを聞き廻った。すると、飯山の殺された二十一日の夕刻、午後六時ごろ、助市が三名の若者といっしょに八条通りの散髪店、黄少林の店から出てくるのを見た者がいた。また、同時刻から五分後に、飯山が黄少林の店のならびにある呑み屋「太古平」にいたという聞込みもあった。飯山は六時二十分に「太古平」を出て東寺の方へぶらぶら歩いていった。「一二三」へ寄ったのはその後である。とすると、飯山が、寺西助市ら四名とどこかですれ違った形跡がある。呑み屋ではなかった。ひょっとしたら、市のしまいかけた六孫王神社境内ではなかったろうか。六時ごろならば、まだ、人通りはあったし、一銭洋食屋も、カルメ焼き屋も、七厘の火を惜しんで客をよんでいる。

久留島は、寺西ら四人と、飯山がばったり会った時の光景を思うと、飯山殺人の容疑は寺西ら四名にもあると推定した。はっぴ姿で、鉢巻をした二人づれが太鼓橋で消えたという与吉の見た影は、寺西と他の誰かだったにちがいない。

久留島弁護士はこの資料を整理すると、顔見知りの七条署員に手渡し、極秘裡に内偵してもらった。すると、寺西の容疑はますます濃くなった。たしかに飯山が四人づれと坊城通りを歩いていたという者が出てきた。七条署は業務上横領の容疑で、寺西助市の逮捕令状を請求した。しかし寺西はつかまらなかったのである。

久留島弁護士は、六孫裏にきたとき、蝶子の家の前を通った。戸がしまっていて、六歳の娘はどこへいったものかいなかった。

ひょっとしたら、父親は戻ってこられるかもしれない。ひとりで留守居をしている娘を喜ばせてやりたいと久留島は思って立ち寄ったのだ。立てつけのわるい戸のすきまから中をのぞくと、絵本やマンガ本のちらかった内側がみえたが、誰もいなかった。橋爪のおばはんが出てきたので、弁護士は訊いてみた。

「蝶子さんはどこへいきましたか」

「裏の鉄道沿いの野原にいますのやわ。きっと」

と橋爪のおばはんは、かぶれでひきつった顔をほころばせていった。久留島弁護士は教えられたとおり、貧民窟のごみごみした通りをぬけて、東海道線の線路につき当った。

柵があった。柵の内側は、なるほど、野っ原になっている。風が強く吹いていたが、すでにそこには春の音がしていた。久留島は黄色いボタンのような小さな草花がしげっている中に、うずくまるようにしている蝶子らしい姿をみとめた。

「蝶子ちゃん」

久留島は柵の上に手をのせてよんだ。蝶子は柵と柵のあいだからもぐり入ったものらしかった。

「蝶子ちゃん」

蝶子は花の束をもっていた。立ち上るときょとんと久留島の方をみたが、ゆっくり歩いてきた。

「蝶子ちゃんにお菓子をくれた人だがね、寺西の助市さんのことだ」

久留島はやさしくきいたのだ。

「何ていってくれたのかね」

「寺西のおっつぁんお酒呑んではったえ。家ィ入ってきて、あてにだまってお菓子をくれはったンや。なんにもいわはらへん。だまってはった」

と蝶子はこたえた。

「寺西のおっつぁんはそれまで、お父ちゃんのところにきたことがあったかね」

「ううん」

と蝶子はおかっぱの頭を振った。

「その日がはじめてかい」

「ふん」

寺西助市は一ども入ってきたことのない田島与吉の家へ、なぜ入りこんで、一人ぼっちの蝶子に菓子などくれたのだろう。

「お菓子はどんなだったたい」

「ねじりん棒」

と蝶子はいった。それは、普通の駄菓子屋にはなくて、市などがたった場合に旅商人が売るものだった。寺西は六孫市で買ったのだろうか。飯山殺しが田島に嫌疑がかかって、うまく逃(のが)れられそうになった寺西は、蝶子にだけは良心の責めを感じたのかもしれない。

「ありがとう」

久留島は汽車の走ってくる広い構内をいつまでもみつめていた。草叢の中にしゃがみこんだ蝶子は孤独にみえた。

この娘のために、父親を戻してやらねばならない。どうしても真犯人を挙げてやらねばならない。久留島は急ぎ足で貧民窟を横切った。

久留島誠弁護士の努力と、七条署の渡部警部補の力で、寺西助市が逮捕されたのは四月十三日だった。寺西は三重県松阪市の運送店で見つかった。寺西は七条署に連行された。渡部警部補の口から、無実の罪で田島与吉が六年の刑をうけ、刑務所送りになるかもしれぬときいても、はじめは犯行を否認していたが、田島の家に蝶子という娘がひとりで留守居していると、警部補がしんみりした口調でいったとき、寺西は急に泣きだした。

自供したのはそのあとである。三木、葉山、中野の上乗り仲間と共謀して、二十一日の夜、六孫王境内に飯山を待ち伏せて、三木の家からもってきた肉切庖丁で自分がひと突きにした、と供述した。動機は、久留島弁護士の判断したとおり、セメント横領を沢田組作業場にいた飯山に嗅ぎつけられ、飯山からたびたびの脅迫をうけていたためである。

「いっそのこと、バラしてしもたろ思うて、殺(や)ってしもうたンどす」

と寺西助市はうなだれていった。

田島与吉は即日釈放された。

七

田島与吉は六孫裏の蝶子の待っている家に帰ってきた。与吉の無実の罪が晴れたのを喜んで、隣近所から大勢の連中が集まってきて、いろいろと話しかけてきたが、与吉は人が変ったように押しだまっていた。じっさい、与吉はカマキリのように痩せていた。顔いろには生気がなかった。刑務所の生活がひどかったことを物語っている。橋爪のおばはんが心配して、与吉にいった。

「何を喰うてたンやね、栄養のあるもンはくれなんだんとちがうか。あんた、顔いろがわるいし、気ィつけんとあかんがな」

与吉はだまって顔をみていたが、ぽつりといった。

「ひどい目ェにおうてきた。出水ちゅう検事は悪い奴ちゃ。わいの手ェを縄でしばって、刑務所の天井につるしよった。わいが飯山を殺したと白状せえへんさかい、短気おこしてわいを殴ったり蹴ったりするねや。わいは恐ろしゅうて、飯も咽喉に通らなんだ。胃袋の皮がひっついてしもうて、何喰うても受けつけてくれへん」

与吉は腕をまくった。骨ばった二の腕のあたりに縄でしばられたあとがあり、肩から二寸ばかり下方にみみずばれのした傷痕がありありとみえる。

「ひどいことしよった。わいは、仕方のう、飯山を殺したいうたンや。ほしたらな、せっかんするのをやめてくれよった。悪魔みたいな奴ちゃ。鬼検事ちゅうけど、あんな男をいうのやな。わいはあの男のことは忘れたらんぞ。一生かかっても、恨み殺したるぞ」

血走った与吉の眼は、どことなく生気がなく、とろんとしているのを橋爪のおばはんはみて、大きな吐息をつくのだった。与吉はしかし、あそんでいるわけにもいかないので、ふたたび、蝶子を車に載せて屑拾いに出かけたが、昔のように梶棒をにぎる手にも、足はこびにも元気がなかった。車をひくにも脂汗をながしていた。

夜、蝶子は、父親のわきに寝ていて、大きなうめき声をたてる与吉の声に眠りをさまされた。

「やめとくれやす。やめとくれやす。わいはなんにもわるいことしてェへん。堪忍しとくれやす。堪忍しとくれやす」

与吉は泣くのである。うめき声はとぎれとぎれだったが、蝶子にもはっきりそのように聞えた。

田島与吉が寝ついたのは刑務所から帰ってきて八日目である。発熱して三十九度の高熱がつづき、六畳間の隅のせんべい蒲団にくるまって、腐った魚のようなとろんとした眼を天井に向けてうなされていた。極度の心臓衰弱と、前日の雨中の屑拾いがたたって急性肺炎になったのである。十二日目に田島与吉は死んでいる。医者は枕もとにきて、死亡診断書を作成する時にこういった。

「疲れが出たッですな。そこへむけて栄養失調と、肺炎です。岩乗な人でも、参りますよ。抵抗力がなかったッです」

蝶子は父の死ぬのを枕もとでみていた。息をひきとる時に蝶子は、カマキリのようにやせ細った蒼白い手をさしのべて、父が何かいおうとしている言葉を、橋爪のおばはんに軀を押されるようにして聞き入った。父の声はうわずって、はっきりききとりにくかった。

「蝶、蝶、……蝶、蝶」

と与吉の声はきこえただけである。ひっこんだ皺くちゃの眼尻に、水滴のような涙が光っていた。六歳の娘をのこしては死ぬにも死にきれなかったのであろう。娘の小さい手を力なくにぎったままこと切れた。

八

二十年の歳月が流れた。

昭和三十三年ごろ、京都の上京区今出川千本を西に入ったところにある上七軒に蝶子という芸妓がいた。蝶子は二十六歳であった。年のわりにふけてみえる顔だちだったが、黒眼の大きな、鼻筋の通った顔だちは美しかった。小柄だけれど、しまった中肉の軀つきである。男好きのするところがあって、かなりこの妓は売れた。蝶子が出ている館は「長谷山」といったが、上七軒では古い方だった。六十すぎのおたつというお上がいて、宮川町の傾きかけた芸妓屋に見習をしていた蝶子をみつけて、そこのお上から貰いうけて、手塩にかけて育てあげたのである。

蝶子は宮川町以前のことについて、つまり彼女の出生から十二、三歳までのことについてはあまり人に喋らなかった。「長谷山」のおたつもくわしいことは知らなかった。たぶん、どこか貧しい家に育って、小さい時から転々して宮川町に売られてきたに相違ないとおたつは思い、器量もわるくないし、性質もおとなしい蝶子をかわいがっていた。蝶子は十七で座敷に出た。落ちついていて、愛嬌もあるので、お客は蝶子、蝶子といって席へよんだ。花代も蝶子は稼ぎ頭の方に廻った。

上七軒は昔から西陣の織屋町の旦那衆が中心になって栄えた遊里である。今出川通りの電車道から北野神社の裏門に通じる細い露地のような道の両側に、格子戸のはまった古風な置き屋のならんだ風景は、昔のままであったが、しかし、蝶子の出ていたころは、昔とくらべて内容はずいぶんちがってきていた。

芸妓は奉公人としての五年を終えると一本になり、館の二階に自室をあてがわれて、お上に下宿料を払って、自分で花代を稼ぐように変ってきている。したがって、嫌いなお客だったら、出なくてもいい。恋愛も結婚もまた自由である。「旦那」といわれる昔ながらのスポンサーはあったにしても、これとても、自分が嫌いだったら勝手に取りかえてもいいという、民主的な制度になっていた。けれども、先斗町（ぽんとちょう）や、祇園の花街とちがって、上七軒にはまだ昔の独得の情緒が残っていたといえた。どちらかというと妓（おんな）たちは古風なのである。観光客にもまれて、すっかり、バアやキャバレーの女たちと変らなくなり、カツラをかぶって、ツマをとってはいるものの、ひと皮はげば、普通のホステスと変りなくなった芸妓の中で、上七軒の妓たちはどこか田舎っぽいところがあった。それはこの町の建物にも出ていた。どの家も古ぼけていて、奥へ入ると、ギシギシと床のきしむ廊下があり、うす暗い小部屋がいくつも切ってあって、部屋も廊下も煤けてかたむいていた。そんな店の二階の、陽のさしこまない格子窓のある小部屋に鏡台と桐のタンスを壁際に置いて、妓たちはじっと坐って座敷からの電話をまっていた。

蝶子には旦那があった。しかし、この旦那は、三十二年の冬に店が傾きかけて、そのころは「長谷山」へ顔をみせていなかった。今出川智恵光院にある薬屋の主人である。この薬屋は荒井利七といった。利七はすでに六十七である。ずんぐりした肥満体の男で、胡麻塩の、額から広くはげ上った頭を光らせて、景気のよいころには三日にあげず蝶子のもとに通ったものだが、店が息子の代になって、その息子が利七の遊興に輪をかけた道楽をするようになると、店が荒れはじめた。利七は人の好いにくめない性格だったし、蝶子は、「利ィ爺ちゃん」といって三年ぐらい世話をうけていた。その利七の足が遠のきはじめると、蝶子はちょっと淋しそうだった。明るかった気性が、どこやら沈み勝ちになって、一日部屋に閉じこもって本などよんでいる。「長谷山」のおたつは、蝶子に次々とスポンサーの口をもってきた。しかし、蝶子は首をタテに振らなかった。といって、働くのをサボってばかりいたというわけではない。どんな宴会にも出た。

「北野おどり」というのがあった。年に一ど、「鴨川おどり」や「都おどり」に対抗して上七軒が北野会館で催す踊りだが、蝶子はこの会にもセリフのある役をふられて出ている。踊りも巧かった。おたつの仕込みで、三味線もひけたし、小唄もうたえた。旦那と手がきれたという噂がひろまると、ますます、蝶子の株が上った。西陣の客たちは、宴席に蝶子がくると、旦那と切れてから、どことなく面やつれしてみえる蝶子の沈んだような眼もとに見惚れた。

「長谷山」には、勝菊という同じ一本の妓がいたが、蝶子は勝菊とも仲がよかった。いっしょに検番で行われる踊りや花のお稽古に通っていたが、それもひとりで通うようになった。

三十三年の四月十六日のことである。「長谷山」へ珍しい客のお座敷がかかってきた。京都地方検察庁に赴任してきた次席検事の出水俊三の一行である。南禅寺の「たか安」へ若い妓を六、七人あつめてくれ、ということだった。検察庁の客とは珍しい。「たか安」とは「長谷山」のおたつは懇意だったので、「たか安」の帳場からこの電話がかかってきたのである。

おたつは、「長谷山」から蝶子、勝菊、「なだや」から勝綾、昭菊、「吉川家」から、豆千代、豆八をよび、六名を「たか安」にさしむけている。引率していったのは一ばん姉芸者の勝菊である。おたつの妹芸者にあたる女で、蝶子もこの勝菊を姉として一本になっていた。

六人の芸妓が夕刻六時からひらかれる「たか安」の宴会のために到着したのは五時五十分である。時間をきっかり励行するのも、上七軒の律義さをあらわす習慣といえた。

九

宴席には二十人あまりの法曹関係者がいた。会の目的は、次席検事として東京から赴任してきた出水俊三検事を歓迎するにあった。したがって、列席者の大半は検察関係者である。二、三の若い事務官も混じっていたが、出水検事は四十八歳に似合わず、ひどく老けてみえた。それは、特徴のある白髪のせいであった。出水の頭髪は雪をのせたようにふさふさと白い。髪が白いから、浅黒い顔がいっそう黒くみえる。ひと皮眼のつり上った両眼と、せまい瞼の上に太い箒(ほうき)のような眉があり、あぐらをかいた小鼻と、下唇のとび出たような顔は、この検事がむかし、京都地方検察庁に初赴任してきた頃の若い面影をそのままもってきたという方があたっている。

人相というものは、そんなに変るものではないらしい。後天的な生活や環境で、よく人相が変ると人はいうけれども、造作自体はそんなにかわるものではない。四十を過ぎた顔はその人の責任である。出水は相変らず、陰気な光をなげる眼をしていたし、人を小馬鹿にしたようなふくみ笑いをもらす時に、上くちびるをひんめくるようにして、金冠とプラチナをはめた前歯を大きく露出した。

芸妓たちが座敷に通って酌をし始めた。はじめ、この出水の顔をみて、どの妓たちも、好かん爺さんやわ、という顔をした。中でも、さっと顔色をかえたのは蝶子であった。わるいめぐりあわせといえた。気を利かした勝菊が、上座の席にむけて、若手の妓を配ったのである。蝶子は徳利をもったまま、出水の真前で、膝をカチカチに強張(こわば)らせて息を呑んだ。

〈忘れもせん顔や!〉

蝶子は背すじがぞっとするような出水検事の視線をうけて、軀をますますちぢこめた。

出水の眼は、むかし、六孫裏のトタン屋根のひしゃげたような家をたずねてきて、そこらじゅうの屑籠をひっかき廻した男の眼であった。

〈悪い奴ちゃ。自分が出世したいために、わいを無理に犯人にしてしまいよったンや。わいの手ェを縄でしばって、天井につるしあげよったんや〉

父が近所の人たちにいいとおした言葉が思いかえされた。屑籠が三つならんだ下の方の箱と籠との中にはさまって、蝶子は死ぬ四日前まで、京の町を父に曳かれて歩いたことをおぼえている。

忘れはしない。与吉が六孫裏殺人の犯人だとする検事局の発表を新聞が書きたてていた。世間の人は、娘をのせた年老いたヤモメの屑屋が、ふたたび町に現われると、無実であったことを喜んではくれたが、取調べをうけた長い日々に与吉がいったいどのような調べに出合ったか

を聞くのがたのしいらしかった。車をとめて、

〈出水ちゅう検事ですねや。人相のわるい男でしてなァ、心もそれに輪ァかけてますわ。わいを犯人に仕立てて、勝手に調書をつくって、六年も刑務所ィゆけいいよったんどす。自分が京都へ赴任した最初の仕事やそうどすさかい、どないしても、わいを犯人にせんと、上司に顔がたちまへんのやな。それで、わいはこんなにせっかんうけて傷だらけのやせた軀になりましたンや〉

腕をまくって、人びとに見せて歩いている父のみみずばれした細い腕を、蝶子は車の上の紅柄の座蒲団の上で飴をしゃぶりながらみていた。父は口惜しかったのであろう。出水検事を恨み通して病気になった。そうして、寝ついた末に、悶死したのである。

「蝶、蝶……」と四ど蝶子の名をよんで、こと切れた時、蝶子は、あの枕もとで、じっといっしょに坐っていてくれた向いの橋爪のおばはんや、虎次郎の顔が忘れられないのだ。蝶子の人生は、父の死によって大きく変った。

〈何もかもこの男の立身出世欲の犠牲になったンや！〉

蝶子はそう思うと、その時、何喰わぬ顔で床柱に背中をもたせて、大勢の検察官や、市の有志から、盃をうけて談笑している出水の顔にむらむらと憎悪がわいた。と、急に、蝶子はその瞬間、徳利をもった手が大きくふるえ、視界がぼうーっとかすむのをおぼえたのである。

「お姐(ねえ)さん、ぅち、気分がわるぅなりましたン。すんまへんけど、帰(い)なしてもらえしまへんどっしゃろか」

控えの間で、三味線の糸をあわせていた勝菊のところまできて、蝶子は力のぬけた足をひきずって耳打ちした。蝶子の顔は蒼かった。勝菊はびっくりして、

「お酒よばれたンかいな。熱があるのんかいな」

ときいた。

「ううん、ちっとも呑んでえへんのやけど、何やしらん、急に目まいがしますのや」

と蝶子は力なくいった。

じっさい妙なことだった。蝶子は出水の浅黒い顔と、射すくめるようにみられた眼を見たとたんに寒気がした。軀がふるえたのである。瞬時の変化だった。手足の末端が急にかすかなしびれをおびて、耳がなった。

「けったいななァ、大事におしや。ほな、お母さんに車よんでもろたげる」

と勝菊が三味線をおいて、「長谷山」に電話した。八坂(やさか)タクシーのハイヤーが一台廻されて、ようやくざわめきはじめた宴席から、蝶子が消えたのは七時であった。蝶子は「長谷山」へ帰ると二階の格子窓の下に敷いた蒲団にくるまって眼をつぶった。

とめどもなく涙がながれた。出水の顔をゆっくり思いだした。おそろしい顔だった。橋爪の

おばはんのひきつったような顔と、耳上の頭半分をはげ頭にし、ざんばら髪をふり乱した姿が出水の顔と重なった。

〈蝶子ちゃん。宮川町へいったらな、おばはんのいうことよう聞いてな……かしこうしてんとあかんえ。ほれ、うちのおっちゃんが買うてくれはったこぼこぼやがな。これ履いておばちゃんとこへいってな。かしこうしてんのやで！　ええな〉

と、六孫裏の小さな家から、宮川町の近江屋のお上にもらわれていったのは父の死んだ年の秋だったと思う。蝶子は橋爪のおばはんに手をひかれて東寺の朱塗りの門前を通り、高架橋の砂利道を風にふかれて七条まで歩いた。畳おもての背の高いおこぼが重く、何ども、何ども高架橋の上から、梅小路の引込線の向うにみえる六孫の森をふりかえった、その日のことを思いうかべた。

蝶子はそれから長いあいだ六孫裏に行っていない。上七軒にきてから、一ど車で八条から坊城をぬけ、昔の家のあたりを見て歩いたことがあった。終戦二年目のころであったろうか。すでに、貧民窟のあとは失くなっていた。車を下りてから、橋爪のおばはんや、「一二三」の消息をたずねたが知っているものはなかった。六孫王神社のわきを流れていた、せまいどぶのような溝川も埋められていたし、八条通りの片側町には、むぎわら膏薬(こうやく)を売っていた薬屋や、漬物屋や、八百屋の、荒い格子戸のはまったひろい店もなくなっていた。どの家もしもたやみたいに変り、戸をしめたひっそりした住宅になってしまっていた。蝶子は住んでいる人びとが変ってしまっていることを知った。

「長谷山」に帰ってから寝ついた蝶子は、三十八度の熱をだした。

「どないしたえ。けったいな熱やないか」

蝶子が翌朝になっても起きないので、「長谷山」のおたつは心配して医者に診せようといった。いってみれば、蝶子は一本芸妓とはいえ、「長谷山」にとっては看板娘なのである。この妓に寝こまれては、収入にひびいてしまう。

北野神社の裏にある内科医の内田という年輩の医者が、おたつから電話をうけて往診にきたのは四月十七日のひるすぎであった。医者は聴診器を蝶子の白い胸にあてて首をかしげていた。階下へ下りてくると、おたつにささやくようにいった。

「だいぶ、ひどおっせ。ここどすヮ」

と医者は胸に手をあてていった。肺結核だというのであった。聴診器でそれがはっきり聴きとれるほどだからと医者はいった。

「安静にせんとあきまへんなァ。いっぺん熱がひいたらレントゲンかけてみんとあきまへん。血液検査もせんとあきまへんな」

おたつの顔いろが変った。

蝶子は五日目に内田の卒業した府立医大で精密検査をうけた。右肺下方に拳大(こぶしだい)の空洞を医者はみとめている。

「あんた、働いていて、芯(しん)のだるいようなことはなかったンかいな」

とおたつは府立医大からの帰りの車の中で蝶子に問うた。

「だるいことはあったけど、お母さん、今日までうちは、お母さんの世話になって大きゅうしてもろたンやさかい、お座敷がかかるとことわれしまへんやろ。せやさかい、ちっとぐらいだるうてもいってましたンや。『たか安』さんにいった時にな、何やしらんけど急にふらふらとしてしもて、びっくりしましたンや。やっぱり、うちの軀はわるおすのか」

おたつは涙ぐんでいった。

「検番には健康保険もあるしなァ。あんた今のうちにゆっくりなおさんとあかんえ。お医者はんもお座敷へ出るのンは無理やいうてはったし、大事にして、また、ようなって働いてもらわならんさかい、養生おし」

おたつは次の妓をどこから見つけようかと心配の顔であった。蝶子はそんなおたつの白眼の多い大きな眼をみつめてわずかに顔いろをかえた。しかし蝶子は笑っている。

「お医者はんは商売やさかい大げさなこといわはったんやな。うちは負けへん。お母さん。うちは病気みたいなもんに負けへん。お座敷ぐらいへっちゃらやがな」

とはしゃいだようにいった。

十

六月の梅雨空のうっとうしい一日である。夕刻五時ごろ、南禅寺の「たか安」から「長谷山」に電話があった。芸妓をひとり廻してくれという。「たか安」の帳場からお上がいった。

「蝶子ちゃんをおくれやすな。お客さんは次席検事さんやさかい……仲ようなっとくと、ゆくゆくはええことがありまっせ」

おたつは二階をにらんで、ちょっと舌打ちした。勝菊は出はらっている。家には二、三日前から、蒲団をあげて、映画をみたり、北野天神を散歩したり、ぶらぶらしている蝶子がいるだけであった。「たか安」のせっかくのお名ざしを断わるのも惜しい気がした。おたつは、蝶子はいま、ちょっと表へ出てます、五分ほどしたら帰ってきますさかいに、すぐ電話さしてもらいまっさ、と電話を切った。二階に上った。

「『たか安』さんやけどなァ、蝶子はん、次席検事さんがぜひともいわはるねや。あんた、いってくれるか」

とたのむような口ぶりでいった。蝶子の肩がびくっとうごいた。お上は日ごろからゆっくり養生しろといってはいるけれど、店が忙しくなってくると、つい、座敷へ出てほしいのだという顔を露骨にした。

「熱はもうあらへんのやろ」

『たか安』さんどすな、ほんなら、うち、よせてもらいまっさ」

と蝶子はいって、鏡台の前で、ひき出しをあけて何やら捜していたが、白い瓶を手にとった。そしていくらか痩せ細った顔のあたりを撫でていたが、

「ハイカラでよろしのどっしゃろ」

「ハイカラでよろし。重たいもんつけんでもええいうてはったさかい」

おたつは愛想笑いをした。ハイカラというのは断髪のまま、座敷着に羽織をきてゆくことをいうのである。

「うちにいたかてくさくさするさかい、『たか安』さんやったらうちゆきまっさ。あこの、おっきい池が好きどすのや。お母さん、つつじの花がいっぱい咲いてまっしゃろなァ」

と、蝶子はそんなことをいいながら、ひき出しの瓶をとりだして化粧をはじめた。おたつはうしろ姿をみていたが、すっかり元気をとりもどしているように思った。心なし、顔いろもよくなっている。胸も張ってきたように思った。

「無理せんとなァ」

とおたつはいって、階下へ下った。

蝶子が紫無地の着物に白レースの茶羽織を着て、臙脂のハンドバッグを手にして出かけたのは六時二十分である。上七軒の通りはすでにうす暗かった。車にのるとき、「吉川家」の豆八が、かつらをかぶって通りすぎようとしたが、

「蝶子はん、もうよろしおすのかァ」

とよってきてガラス窓をたたいた。同じ年ごろの妓である。蝶子がハンドバッグの止め金をあけて、中に入れた白い小瓶をあらためているのを豆八はみた。蝶子はギロッとした蒼い眼をむけた。だまっていた。車は走りだした。


十五分後に、蝶子は「たか安」に着いている。帳場から、「たか安」のお上が馬のような顎の長い顔をのぞかせて、

「待ってはりまっせ。えろ、おそおしたな。離れのあやめどすわ」

というと、蝶子はこっくりうなずいて、あやめに通じる小暗い石畳を、草履をするようにして歩いていった。八畳の間に、四畳半の控えの間のついているあやめは、篠竹の植わった白砂の庭にとりまかれていて、小さな玄関があって小格子の戸がしまっていた。茶室のようなつくりのひっそりした部屋であった。蝶子が入ってゆくと、黒檀の机をはさんで、出水俊三と、遠

山という四角い顔の眼鏡をかけた五十年輩の男が何かはなしていたのを急にとめた。眼を集中させた。

「おおきに」

と敷居に手をついて頭を下げる蝶子の方をみた。蝶子は蒼く透けたように澄んだ顔をしていた。

「やあ、これは、久しぶり」

出水俊三は黒紫色の上くちびるをめくって、たばこのヤニのついた歯をみせた。微笑して遠山にいった。

「上七軒の妓でね。なかなかの別嬪さんや」

遠山という紳士は背広の襟をかきあわせるようにして、眼をすぼめた。

「赴任早々に、もう、恋人が出けましたゝかいな。結構なことで……」

卑屈にみえる愛想笑いをした。蝶子は、ふたりの顔を見くらべるようにみていたが、出水と視線があうと、急におびえたように顔を伏せた。やがて、勇気が出たように卓に近づいてゆくと、遠山のわきに坐って徳利をとった。

「えろう、おそなってすゝまへんどした。おさかずき、うちにいただけませんやろか」

「おそがけ三杯ちゅうことがあるな。どんどん呑んどくれ」

出水は毛の生えた浅黒い手をさしだして、朱塗りの盃洗から盃をあげ、一、二ど滴をはらってから蝶子にわたした。ゆっくりと酒をついだ。心もち指先がふるえている。

「おおきに」

蝶子はきゅっとそれを呑みほした。遠山は、何となく病人相にみえる蝶子の耳うらのあたりの生気のない皮膚に赧みがさすのをみると、ふと出水の顔をみた。出水は爛々と光った眼をすえて、蝶子をみつめている。蝶子もまた、切れ長の眼をすえるようにして、出水をにらんでいる。瞬間、遠山は、気づまりな雰囲気が部屋にみなぎるのをおぼえた。

出水俊三に招待されたこの夜の宴席は、べつに、緊急な用事があったわけではない。京都弁護士会の理事という要職にある遠山貞之は、次席検事として赴任してきた出水が、とつぜん、電話をかけてきて、いっぱいやらないかといってきたのを、軽い気持でうけたのである。「たか安」までかけつけてきてから四十分ほどたっていた。すでに出水が妓をよんであったらしい。これもべつだん不思議なことではない。よくあるケースである。

しかし、遠山は、蝶子と出水の出会いの表情には何かただごとでない切羽つまったようなものを感じた。急に気づまりをおぼえると、出水がこの妓をよんだのは最初からの計画で、自分が刺身のつまになったのではないかという気もした。女には目のない出水のことは赴任前からきいていたから、遠山は、いっしょにそうしていることが無粋なような気がして、中座する心がわいた。

「えろう親しい仲やな。ふたりとも眼ェの色がちがいまっせ」

そういうと、遠山は蝶子をみた。蝶子は眼尻にわずかなしわをよせて微笑しただけである。まだ出水検事をにらんでいる眼はかわらなかった。遠山が気をきかして座を立ったのはそれから二十分のちである。小用にゆくような顔をして、「たか安」を出ている。


京都地方検察庁の次席検事出水俊三が死んでいたのは、それから二時間後である。南禅寺の「たか安」の離れ座敷である。母屋（おもや）から下駄をつっかけて、三十メートルほどタタキを通ってゆかねばならない。この篠竹の植わった砂の庭にとりまかれた平屋の別棟は、検事の死体だけをのこしてひっそりしていたのだった。弁護士の遠山が一時間ほどで退座したその後のことは、出水と蝶子しか部屋にはいなかったからわからないが、蝶子が帰って暫くしても物音もしないので、女中が九時になって、離れをのぞいてみると、出水は、卓の上に、うつぶせになっていた。はじめ女中は、眠っているのかと思った。よくみると変である。盃とコップが卓上にころがっている。それに、耳うらのあたりが妙に白っぽい。気持わるくなって帳場にきて知らせたことから、大騒ぎになった。検事は死んでいた。

五条署から刑事が二人飛んできて、死体を所見した。青酸中毒の症状がありありと出ていた。

口腔内、咽喉に、苦扁桃（くへんとう）の臭いのする粘液がみられたのだ。

「自殺ですかな」

首をかしげる者がいた。

「おかしいじゃないですか。赴任してまだ二ヵ月しかたたない次席さんが自殺するなんて……ここで会っていた男は誰ですか」

お上がこたえた。

「遠山さんという弁護士（べんごつ）さんと、芸妓の蝶子どす」

刑事は遠山の名を知っていた。京都の弁護士会では著名であった。市の役員もしている男である。そんな人が次席検事を殺すなんてことは先ず考えられない。

「芸者というのは祇園からですか」

「いいえ、上七軒どすねや。蝶子いうて、愛想のええ、おとなしい妓ォどすけど」

とお上はいった。

五条署の刑事はさっそく、別々になった。一人は遠山弁護士をたずね、一人は上七軒に蝶子をたずねた。遠山は自宅にいたけれども、「長谷山」に蝶子はいなかった。

蝶子は行方を絶った。殺人事件として、五条署が芸妓蝶子を容疑者として追及することになったのはその翌日、六月十五日のことである。出水俊三に自殺する動機がなかったことと、遠山弁護士の証言で、蝶子と出水が、「たか安」で会っている顔つきをみたところ、ふたりはどこか、昔馴染みのようであったということにもよった。

「昔馴染みといったって、……一ど歓迎会の席上で蝶子はあっていますね」

と刑事はいった。

「一どか二どのつき合いではないようなかんじでしたよ。出水さんは、あの鬼瓦のような眼をしょぼしょぼさせて、蝶子の手をにぎっていましたしね。二人とも、異様な眼で、しばらく向きあったまま、だまっているんです」

と遠山はわずか二十分ほど同席していた時の模様の説明をした。遠山が中座してから一時間ほどして、蝶子は離れから帳場へ出てきている。

「お母さん、おおきに」

といつもの声をかけて外に出ていったそうだ。お上は、検事がどこかで、待ち合せでもしたのかと思って、帳場から、蝶子が帰ってゆくのを見送った。花時間の計算もあったから時計をみると八時である。

「蝶子が青酸カリを呑ましたゝですよ、きっと」

刑事がいうと、みなは大きくうなずいた。

「ふたりの過去を洗ってみる必要がありますね」

しかし、蝶子を訊問してみれば、そんなことはわかるはずであった。「長谷山」にきた刑事は夜おそくまで油虫のように台所にへばりついて待っていたが、深夜になっても蝶子は帰ってこなかった。おたつは蒼くなった。

「四月の月なかから、軀をわるうしましてな、寝たり起きたりでしたンやけど……お医者さんもパスさえ呑んで無理せんように働いてたらええいわはったもンどすさかい、今日はじめて出たンどすがな。出がけには元気にゆきましたンやけど」

蝶子が人殺しをしたのではないか、と疑われている。おたつはふるえ声でいった。

「あの妓が人に毒を呑ます。そんなことはどうしても考えられしまへん。ええ妓ォどす。人さんにそんなことするような妓ォやおへん」

と顔いろをかえて何ども刑事にいった。

ついに蝶子は帰ってこなかった。

新聞は現職検察官の怪死を報じ、芸妓蝶子犯人説を書きたてて、次席検事殺人事件として大きく取りあげた。京都市中はこの記事で大騒ぎになった。

しかし、芸妓蝶子の行方は杳として知れなかったのである。どこか遠くへ逃亡したかもしれぬという説と自殺説が流れた。蝶子の死体が見つかったのは四日目の六月十八日のことである。

下京区八条通り坊城西入ル六孫王神社裏の東海道線の傍にある野っ原で発見された蝶子は、

十四日に「たか安」へ着ていったままの装で死んでいた。野っ原が鉄道線路に向って傾斜になり、三角形のかなり広い草地になっている地点である。そこは、すでに夏草のおいしげった湿地であった。六孫王の神社裏のまばらな雑木林の下にもなっているので付近はひどくじめじめしていた。蝶子は十四日の夜、ここまで歩いてきたに相違なかった。蝶子はうつ伏せになって死んでいたが、着物の裾はきれいにそろえて紐でゆわえてあった。そこに坐って、ゆっくり毒を呑み、そのあとで、うつ伏せに倒れた模様がありありと想像できた。蝶子の死体のわきには、いちめんに黄色いきんぽうげの花が咲いていた。

「妙なところで死んだもんですね」

警官たちは首をかしげた。

「きっと、病気が嵩じているのを悲観して、昔馴染みの次席検事を道づれにしようとして、死にきれず、こんなところまできて死んだのに相違ありませんね」

本籍地も判然としていない孤児同様の蝶子の死体は、七条署に運ばれ、府立医大で解剖されたが、両肺はすでに大きな空洞と化していた。医者は眼をそむけた。

「ひどい軀で働いていたもんだ」

芸妓蝶子の死について、はっきりした判断をもった男が一人いた。それは、北九州小倉市で弁護士をしている久留島誠という六十四歳になる人であった。元京都市弁護士会所属の官選弁護人をしていた人である。久留島はこの新聞記事を読んで、次のような手紙を京都検察庁宛に送ってきた。

二十年ほど前に、六孫王神社境内で起きた、私が弁護担当した建築請負人夫の殺人事件があります。出水俊三検事は当時、大阪から京都に新任してきた少壮の検事で、田島与吉という屑拾いの男を犯人と推定して検挙拘置しました。かなり、きびしい訊問をつづけて、自白を強要、田島は六年の懲役を求刑されました。しかし、事件発生後五ヵ月目に真犯人が出て、田島は釈放になりました。田島与吉はふたたび屑拾いに専心していたようでありますが、まもなく、拘置中の無理がたたって死亡しました。その田島与吉は独身者でしたが、死んだせきという細君との間に娘がいたはずです。お蝶、お蝶、といってかわいがっていました。戦前京都の町々を、与吉は、屑籠をのせた車に紅柄の座蒲団をくりつけ、その上に、すやすや眠っているお蝶をのせて、曳いていたものです。父といっしょに屑拾いをしていた娘が本事件の蝶子ではないでしょうか。誰か、そのころの、あの蝶子さんを知っている人はいないものでしょうか。出水検事の死も、その間の事情の中に糸をひいているものと思われます。老生、すでに年来の元気もなく、目下病臥中で如何とも出来ません。よろしくお調べ下さい。当時、六孫裏には貧しい人びとが多く、その住宅地と、鉄道線路とのあいだに、野原があったことはたしかです。私は六歳の蝶子が黄色い名も知れぬ花々を孤独に摘んであそんでいるのをみたことがあります。本人が犯行後、死をえらんだ場所も、私にはうなずけるような気がします。

黄色い花がいっぱい咲いていましたが、老生の眼には、いま、それが生きた蝶のような気がしてなりません。

無縁の花

　福井県大飯郡岡田の西方寺に残る無縁仏の過去帳。そこに書かれていた昭和12年5月に縊死した女性の身元の手がかりは「宮川町、鳥」と書かれていた御守りのみ。同じ頃に京都で青春時代を過ごし、宮川町遊郭でも遊んだことのある作者はその縁から彼女の身元を調べ始める。当時の巡査を訪ねた作者は、女性がある男性の元を訪ねていたことを知る。

※

初出＝『別冊文藝春秋』1963年3月号
初収単行本＝『空白のカルテ』（光風社、1963年7月）。その後『無縁の花』（桃源社、1966年6月）、『若狭湾の惨劇』（春陽堂文庫、1967年5月）などに収録された。全集未収録。本文は初収単行本のものに拠った。

仏教でいう無縁とは、本来仏法を聞く機縁のないものをいい、たとえば、無縁の衆生（しゅじょう）といえば、仏にあって、法を聞くことの出来ない者という意味で、無縁仏とは、自分と縁が結ばれなかった仏のことをいうのだそうである。ところが、日本の中世以後になると、無縁という言葉は、親族血族など身寄りのない者の死亡者を無縁の仏とよぶようになっていて、供養をする縁者のない、または縁者の絶えてしまった死亡者の霊を無縁仏とよぶようになった。この無縁の霊を供養するのには、私の幼少時に育った禅宗の法要儀則では、三界万霊（さんがいばんりん）への回向といわれ、縁者のある霊とはべつの、縁のない仏に対して特別のあつかいをして供養をしてきた。すなわちどの寺の墓地にも、無縁塚あるいは無縁塔と称する墓が隅の方に設けられていて、この墓石には、何々家先祖代々の墓などという字はなく、「三界万霊供養塔」という漢字ばかりの彫字がみられる。縁のない衆生をまつった墓なのである。

福井県若狭の大飯（おおい）郡岡田にある西方寺には、この無縁塔が藪かげの墓地の隅に一基あるけれども、同寺の本堂の維那机(いなづくえ)のわきに、無縁仏過去帳なる墨書の表紙で、へりのすりきれた一冊の金粉の散った紙質の霊帳のあるのは面白い。すなわち、歴代の住職が、無縁仏を供養した際に、仏の来歴を記したものである。いずれも姓名不詳なる者が多い。旅で死んだ行路病者だとか、あるいは、同寺の周辺の山野で、首を縊った身元不明の男女だとかを、最寄りの駐在所から届けられた場合に、形ばかりの供養をすませて埋葬した仏たちの履歴書綴りといった趣きのあるものである。縁あってこの過去帳の一部を繙(ひもと)いてみた作者は、ふと次のような一文にあって目を瞠(みは)った。

氏名不詳、住所不詳。

女。死亡せるは大飯郡小堀の松原近くの海岸にて、細紐で二重まきに首をくくり、赤松の枝に先端をくくりつけて縊死せるところを発見されたり。着衣は鹿(か)の子の紅半襟のつきたる晒襦袢の上にめりんすの縞柄袷、黄三尺のモスリンの帯をしめ、朱塗りの先かけ下駄を履き、八文半の白足袋をつけていたり。懐中より巾着一つ出で、一円三十七銭の銭を所持せるところをみるに、貧しきにあらず。綾部、舞鶴あたりの糸繰り女かと駐在はいえども心当りなし。巾着の底から発見されたる「御守」とせる和紙包みの札は京伏見稲荷の祠印のあるものにて、金襴の御札(おふだ)入のふちに白布を縫いとりて、「宮川町、鳥」と辛うじて読めるペン書きの字を発見せり。

駐在にて京都宮川町に問い合わせしも、同町は加茂川ぞいの遊廓にて、あるいは娼妓ならんかと調査せしも心あたりなし。細面、鼻高にて、薄化粧をなし、年は二十三、四か。痩せ型にて病身とみうけられるも歩行困難とはみえず。あるいは鳥という字を冠せし名の妓が、若狭に尋ね人を求めて旅せしに、尋ね人と会うを得ず世をはかなんで自ら縊死せるかとも思われ、波さわぐ青戸の入江にのぞめる海ぎわの夕刻なりせば、骸（むくろ）を処置せる人びとの涙をさそう。本郷駐在所よりの依頼にて、輪番にて当寺が供養をなすことになり、昭和十二年五月二日、北山無縁塔に納骨回向す。

西方寺住持　久能瑞峯記す

作者が興味をもった理由は、「宮川町、鳥」と記された伏見稲荷の御札である。宮川町は過去帳にあるとおり、京の加茂川ぞいの遊廓で、四条通りから川下へ下った東側の細い露地の一角にあった。北の五番町、丹波口の島原、伏見の中書島（ちゅうしょじま）などとともに栄えた遊里だ。中学校を京に過ごし、学校を卒えると、京を転々流浪した無頼の作者は、四、五どならず、この宮川町遊廓にあそんだことがある。

それは昭和十三年ごろである。とすると、鳥という妓の死んだのは昭和十二年であるから、同じころに宮川町にいたかと思うと、妙なはなしながら、無縁の仏に作者ははからずもなつかしさがこみあげてきて、昆布をうかして流れているような水藻のうかぶ宮川町あたりの加茂の水や、涼み台をもかねた物干場のならんだ川べりの同町の遊廓の裏口の光景などがまざまざとうかんできて、この旅先の村で死んだ妓が哀れでならなくなった。持ち前の詮索ぐせもあって、作者は雲をつかむような難事を覚悟で、伏見稲荷の札を縁として、死者の身元しらべに夢中になったことがある。

だがしかし、作者がこの過去帳に眼をとめた頃は、宮川町はすでに、遊里ではなかった。売春防止法によって、妓楼は店を閉じ、飲食店や、旅宿、貸席業などに転向していて、当時の事情を知る人はいたにしても、どの妓楼に働いていた妓であるか、店を閉じた家々をたずね歩いて、身元がわかるということは不可能事であった。結局、京都の調査は断念せざるを得なくなり、若狭にもどって、鳥と名づけるその妓がなぜ、若狭の小堀の浜などへきて死んだのか。そのところを詮索してみることから、端緒を摑みうると考えて、調査をふりだしにもどした。先ず作者は当時の駐在巡査を探した。本郷駐在所は、小堀というその海岸部落をも管轄する本郷村の中央部にあったが、昭和十二年当時、この村で巡査をつとめた沢渡(さわたり)彦七なる巡査が、七十二歳の高齢で、生存していることを知ったので、本郷村尾内という部落の妙見山下の老人を訪ねていった。会ってみるに沢渡彦七巡査は、まだかくしゃくたる軀をしていた。艶々した顔をしている。四角い顎と鶴の足跡みたいに皺のよった眼尻をうごかして、作者の訪問にこたえてくれた。

「あれは、わしが赴任して間なしの首つりじゃったなア。今でもおぼえておるがのう。松原の端の方の赤松じゃったが、蛸取りに舟を出す丸山下の磯の砂地のみえる場所じゃった。発見したのは、小堀の大工で石田喜右衛門じゃったが、この男は、まんだ生きとるじゃろう。駐在へかけこんできて首つりをみたといいよった。わしが、大急ぎでかけつけると、なるほど女ごが赤松の枝に紅い紐をくくってぶら下っとる。鼻から汁がたれておるし、小便でもしたとみえて、着物の裾がびちょぬれじゃった。ご存じかもしれんがのう。つつましい女ごでも首つって死んどる場合は、かならず、洟をたらすか小便か大便をたれとるもんじゃが、死人を枝からおろすのに喜右衛門とふたりがかりで下ろしたが、ずいぶんと重かった。道ばたは車がとおるから、磯へむしろを敷いて、刀根さんという医者を人力車でよんで検屍をしたが、本人が首をくくって死んだことはまあ想像できる。不思議なことには、どないして、そのような背丈の倍ほどもある赤松の枝にたどりついたか、不思議なんじゃ。女ごでも、木のぼりのでける女ごはあるが、京の女郎衆が木のぼりが上手だと思えんからの。いろいろと現場を検証したわけじゃが、研究してみると、赤松の幹に大きなコブが一つあっての、そこへ足をかけさえすれば、女ごでものぼれたじゃろうということになって、結局自殺と決定したわけじゃったが……問題は、身元じゃが、どこをさがしても、当人の素姓は知れなんだ。もっとも、あの当時は、女郎といえば、抱え主にいじめられて、つらい暮しをしとったという事情もあったから、宮川町へ警察がたずねていっても、知らぬ存ぜぬではなしにとりあってくれなかった楼主もいたのかもしれん。とにかく、京都の五条署からは該当者無しという返事での。いつまでも、骸を放っとくとくさるでの、西方寺和尚にたのんで埋葬したことじゃった」

達弁な老人である。なかなか記憶もたしかである。

顔は皺くちゃで、耄碌（もうろく）しているかと思ったが、そうではない。こちらの質問にてきぱきとこたえてくれる。

「しかし、その仏は、なぜ、小堀の浜のような淋しいところで死んだのでしょうかね。あすこは、本郷駅と和田駅の中間ですし、京都からきたとすると、いったい、どこの村の人をたずねたか、調査はしなかったンですか」

「さあ、そこじゃて」

と、元駐在巡査の老人は息をついていった。

「あの地点は、小堀へゆく道じゃった。小堀へゆく以外には通る人はおらん。わしは、直感で、小堀へきた女ごじゃと思うたもんで、あの十軒しかない部落を虱つぶしに聞いてまわったんじゃが……」

老人は残念そうにつづけた。

「どこにも心あたりはない。そんな女ごなどたずねて来はせんという、不思議なこともあるもんじゃ。おまえらの村口で死んどるんじゃ。誰か心あたりがあるじゃろというても、みんな、死人にかかわりたくないとみえてのう。ひとこともいわせん」

老人は当時を思いだすふうに眼をすぼめて、感慨ふかげにいうのである。

「今から思えば、かくしておったか、嘘をついた者がおったんじゃ。なにせ、京の女郎がたずねてきとるんじゃもンの。大びらに知れては恥かしかろ。そんな世間体を考えてだまったか、どっちかじゃが、心あたりの男が一人おったんじゃ……」

「それは、誰ですか」

「小堀の嘉助じゃ」

と、老人はつばをとばしていった。

「十軒の家の中で、嘉助だけが京へよく出かける商売をしとった。嘉助は左官でのう、京の下京区で、親方のもとで働いて年期があけてもどっとったが、鳥という女郎の死んだ当時は村におってての。みんなと同じように浜へ出て死人をみとった。しかし、どことなく蒼い顔をしていての。きょときょとしとる。不思議じゃな、と思うたが、本人がだまっておるもんじゃから、証拠がないもンの。ひっくくってつき出すわけにもゆかんわい。わしは歯ぎしりして埋葬届にハンコを捺したんをおぼえとりますわい」

ここへきた甲斐があると思った。調査の糸口をみたように思った。作者は、小堀の村へいって、その嘉助という男の家をたずねてみたくなった。

想像するに、十軒の家の中で、嘉助だけが、京都へちょくちょく出かけたのなら、宮川町の娼妓と馴染む可能性は充分にある。左官で年期があけた年ごろも何となくくさい。女郎が惚れたか、嘉助が惚れたかして、結婚の約束までして嘉助がひと足先に故郷へ帰っていたとしたら、鳥というその妓は、嘉助をたずねてくることは充分あり得るだろう。ところが嘉助が冷たい返事をした。失恋と旅の淋しさとで、妓はふいに首をくくりたくなったか。

「沢渡さん。その嘉助さんは、当時、いくつぐらいでしたか」

「そうだな。二十六、七じゃったじゃろ。左官の年期もあけて一人前になったほやほやじゃったからの」

「家には嘉助さんのほかには?」

「親父とおふくろがおったよ。嘉助は長男で、一人息子だ」

話の筋書きがはっきりよめてくるような気がしてきた。

「充分、嘉助さんの所へきたという容疑はありますな」

「あった、あった。それで、わしは何ども、嘉助にきいてみたんじゃ。しかし、あの男は頑固に知らんといい張りよった」

沢渡彦七老は残念そうにまたつばをとばしていうのだった。

「わしが思うに、嘉助は口約束どころか、その妓と深い約束をしたにきまっとる。男を信じた妓が、廓を出てはるばるたずねてきてみると、嘉助は、お父とお母にいいくるめられて、妓を家に入れることをせなんだと思うんじゃ……親子で口を緘しておるから、どういって割らせようにも手が無うての……とうとうわしはひき下ったこっちゃったが……当時の村の噂は嘉助の女ごじゃと誰もがいうとった」

「その妓が小堀の村へ入るのを見た者はなかったんですか」

「誰もみとらん。それが不思議じゃな。もっとも夜行で着けば、くらがりじゃ。村道を女一人が歩いておっても誰にも気づかれんからの……かわいそうに、その妓は、あんた巾着一つふところにもったまま死んだんじゃ……」

老人に礼をのべてこの尾内の家を出ると、本郷村を通過して作者は小堀に向った。とにかく、嘉助というその男に会ってみたかった。警察官でもない作者が、二十幾年も前のそんな妓の死をもち出してみて、昔のことを思いださせるということも気にはなった。しかし嘉助という男はどんな顔をしている男かぐらいは見ておきたかった。それに、妓が首をくくった赤松のある浜も見てみたかった。

若狭本郷から小堀部落へさしかかる道は、海すれすれの道だ。青戸の入江といわれる紫紺色の水をたたえた深い湾が、背後の山影をうつして、鏡のように沈んでみえる。磯の浜砂は、純白の晒布をのばしたようにくの字に彎曲して波打際に細長くのびている。白砂の浜は黒松と赤松が交互に植わって、枝も葉も、浜へずり落ちるように影を落としている。見事な眺めであった。普通、海岸の松並木は風波をうけてひねくれ曲っているのが多いのに、青戸の入り江は外海ではない。風がないのでか、並木はすべて素直に枝をはっていた。私は磯の端の方にあるコブのある一本赤松をさがした。それは残っていた。なるほど、赤松のそのコブは女の子でも足をかけて、よじのぼれるようであった。円状のコブは、光った松ヤニをたらし、赤肌のむけた樹皮を生ぐさくみせて突き出ている。枝はそれから約一メートルほどの上部から海にむかってさしのべていて、コブに足をのせ、及び腰になれば、腰紐をくくりつけてたらすことは可能であった。そうして、自分の首をくくることも可能に思えた。しかし、本人は、軽業師のようなことをして、枝につかまり、軀を宙に支えたのち、ぶら下らねば縊死は遂げられない。やってやれない想定でもないから、自殺ということに調書をかいたという老人のいった言葉も、そこのところをいったのかと、私はあらためて、赤松をみたことである。と、ふと、そのコブをみていたら、私はある恐ろしい空想になやまされはじめた。

〈嘉助がどこかで、妓を殺してきて、首つりにみせかけたのではあるまいか……〉

考えられることではあった。妓が嘉助をたずねてくる。嘉助は親に会わせることもせず、夜道をうろうろして、とうとう妓が約束不履行だと大声をたてて怒れば、殺したくなったかもしれない。浜で殺した。そうして首つりにみせかけて成功したのだ。巡査があとで、嘉助を訪ねて、あなたは京へたびたびゆくから、妓を知らぬかときいた時、嘉助は知らぬとこたえている。これが不思議だった。本当は知っていた。殺して偽装したからいえなかったのではあるまいか。自殺だったとしたら、小堀の家をたずねてきたぐらいのことは云ってもさしつかえあるまい。自分を訪ねてきた女だけれど、これこれの事情で、帰したところ、その帰り路で、ふっと死にたくなって死んだにちがいないと正直にいえるはずではないだろうか。

　十戸しかない部落へ入る一本道である。そこで死んでおれば、小堀へきた妓だとはわかるはずだ。すれば、嘘をついたとしても、嘉助のところへきた女にちがいないくらいは噂にたつのは当然だから、どうして、それぐらいの正直なことはいえなかったのだろうか。

〈やっぱり嘉助が殺したのかもしれない……〉

　推理小説などという人殺しの出てくる物語を書いて、米塩の資とする作者は、物好きな詮索を恥じながらも、コブの出た赤松の浜へさしのべる枝ぶりをみつめながら、そのような空想に憑かれはじめた。松並木のある浜から白い道が山へのびている。深い谷が段々畑の向うにみえた。小堀の部落であった。家々は山裾に貝殻でもひっつけたみたいにちらばってみえる。嘉助の家はどこにあるのか。楽しみにしながら、作者は浜をあとにして部落へ入っていった。

約五百メートルほど歩いた。両側に茶畑があった。ここらあたりは畑の垣根がわりに茶を植えていて、それは茶畑というのではなくて、本当はキビ畑なのだが、下からみると茶畑のようにみえることもあった。そのように、畑の様相がはっきりとしてくると、うしろの海は、次第に遠く低くなり、丸い盆を沈めたように黒く落ちこんでいた。私は村口で五十七、八の農夫とすれちがったので訊いてみた。

「恐れ入りますが、左官の嘉助さんの家はどこでしょうか」

農夫は皺くちゃの顔をびっくりしたように私に向けて、

「嘉助の家は無うなったよ」

とこたえた。

「無い？」

まだ生きているはずだといった元巡査の老人の言葉が耳にのこっていたから意外な気がした。

「そうだ、無い」

と、農夫はいった。

「家屋敷は残っているがの、爺婆が死んだから、嘉助は村を出たよ。家は部落の長左衛門が買うた。あの家がそうだな」

農夫は部落の北の、つまり、もっとも浜にちかい端の方に、ぽつんとはなれている家を指さした。藁ぶき屋根の三角型のとがった家であった。竹藪と、キビ畑に囲まれてかなり大きな家と見えたが、いま、その入母屋づくりの三角窓から、白煙が出ていた。乳いろの煙は、背後の黒い山に吸われて、うすい靄となって山を染めはじめている。

「嘉助さんはどこにゆかれたンですか」

「さあ、どこへいったかの。戦争前のはなしじゃけんな。ゆく先を知っとるもンは、村にはいなかろ。家はとうに絶えてしもた」

農夫は冷酷とも何ともつかぬ気の毒そうな眼を私に投げて、鍬をかついでキビ畑をのぼっていったのである。

私は呆然としてそこに立っていた。私の訪ねるべき男の家はなかったのである。

前述したように「宮川町、鳥」として伏見稲荷の御札を大事に巾着に入れていた妓の埋まっている無縁塔は小堀部落の裏側にある、岡田部落の西方寺である。若狭の部落部落は、一つ一つ寺をもっていて、どんな戸数の少ない部落でも、それなりの菩提寺がある。小堀の部落にも蓮台寺という禅宗の寺がある。しかし、妓は死んでいた浜近くの蓮台寺にまつられず、山一つ越えた岡田部落の西方寺にまつられた。行路病死者や身元不明の死者を無縁の仏とよび、無縁の仏を供養しても一文にもならないためか、寺々はそうした無縁仏をひきうけるのを嫌う習慣らしく、駐在所と村役場の指示をうけて輪番制で、仏をうけとるものと思われる。西方寺の無縁仏過去帳はそれを示している。――本郷駐在所よりの命をうけて、輪番により当寺が供養をいたすことになり云々――の文句がみえるのはそのためである。無縁塔には、参詣する人はいない。縁者がないからである。だが、毎年盆がやってくると、西方寺のある岡田村は、村じゅうが総出で竹藪の下のしめった墓地を掃除した。自分自分の祖先の墓をまず清め、生竹の花筒をさしこんで、迎え火をたく八月十五日の盆にそなえるのだが、人びとは、自家の墓を掃除したあとで、ふと、藪かげの隅にきて「三界万霊供養塔」と彫字のある墓をみると、生竹の花筒を寄贈して帰ってゆく者がいる。誰が供えたのか十五日がくると花もさしこまれている。蓮の葉の上にのせた米粉（こめこ）の団子と胡瓜のうす切りが供えられる。

縁のない仏の供物（くもつ）は、どの墓よりも、たくさん集まる。だがそれも、八月十五日の盆の日だけであって、ふだんの日は荒れ果てたまま放ったらかしてある。

嘉助という者から、いや、名前を名乗らない無名の人から、宮川町の鳥という妓の霊に供養料がおくられてきたというはなしもきかない。

崖

疎開先から終戦早々に上京し、浦和に住みはじめた瀬野誠作きみ子夫妻。昭和23年、失職した誠作に代わってきみ子は日本橋のダンスホールに勤め、人気を呼び、羽振りが良くなる。きみ子は、故郷から姉を呼び、浦和の崖下の一角に家を建てることを考える。そんな時、きみ子はダンスホールの常連客佐沼からあることを頼まれる。

昭和23年、神田から浦和に移り住んだ水上の体験をもとにした作品。『小説新潮』から返されて、『面白倶楽部』に掲載される形となったのだという（大伴秀司「水上勉の周囲」『別冊宝石』114号、1962年12月）。

※

初出＝『面白倶楽部』1960年9月号
初収単行本＝『うつぼの筐舟』（河出書房新社、1960年12月）。その後『うつぼの筐舟』（角川文庫、1962年7月）、『盲目』（東方社、1966年6月）、『水上勉社会派傑作選　五』（朝日新聞社、1972年12月）などに収録された。全集未収録。本文は初収単行本のものに拠った。

1

瀬野きみ子が、日本橋のダンスホール「キムラ・クラブ」につとめたのは、夫の誠作が失職したせいである。

瀬野誠作はまじめだったが、これといった取り柄のある男ではなかった。会社がつぶれて職を失うと、毎日ぶらぶらしていた。

気が小さくて善良であるということは、現代では、あまりかんばしいことではない。こういう男ほど、一歩つまずくと、ぐうたらになってしまうように世の中の仕組みはできている。きみ子は、自分が勤めに出ることで、誠作がいっそう気弱になりはしないかと考えたが、そんなことはいっておれなかった。

世間は、一日一日、目のまわるような早さで変貌してゆく。昭和二十三年といえば、まだ東京は、日本橋や神田のかいわいに焼けのこった瓦礫の広場が放置されていた。就職難ばかりでなく、住宅も食糧もきびしかった頃のことである。

東京都に転入するためには、複雑な手続きがいった。三重県の疎開先に母と姉をのこして、まだ自由転入のできた終戦早々に、きみ子は瀬野と上京してきた。

彼らは、疎開先でありふれた結婚をしたのである。上京すると、二人は浦和の駅から二十分も歩いた地点にある百姓家のはなれに落ちついた。瀬野はそこから東京に通勤した。会社は、闇屋に毛の生えたような繊維品のブローカーだったが、統制がはずされて、大資本系の業者が復活しだすと、瀬野の会社はまたたく間につぶれた。

「あなたは、なまじっかいいかげんな会社につとめないほうがいいのよ。時間をかけても、大会社をねらうほうがいいわ」

と、きみ子はいった。瀬野は官立の大学を卒業していた。いい手づるさえあれば、筋のいい会社に就職できる可能性はあったといえる。しかし東京はまだ復興途上だったし、学友たちも疎開したまま、引き揚げてきていない連中もいた。あせって変なところでごみっぽくなるより、じっと時節のくるのを待ったほうがいい、ときみ子はいうのだった。これは、気力のない瀬野をいくらか力づける作用をした。

「いそいで気のすすまないところへつとめても、あんたのことだから、すぐあきちゃうんだから」

きみ子は、瀬野が面接を受けて失敗して帰ってくると、よくそういった。彼は、きみ子のぽちゃっとした白い頬と、意志の強さを表現するときにするくせの、こころもち受け口の下唇が、そんなとき、かすかにふるえるのをみとめた。

「そんなことをいってるが、お前はダンスホールへ勤めたくてしようがないんだろ」

瀬野誠作は失職とあせりとで、打ちひしがれた髭面の表情をこわばらせてつづけた。

「おれは、お前がそんなところで働くことは好まないんだ。いいかい、おれはまだ退職金をもっている。そのうちにきっと職をみつけるよ」

「それは、わかっててよ。でも、四万円の退職金はいつまでもあるとは考えられないわね。それに、あたしには足のわるい姉と母がいるわ。松阪で母と姉は、あたしたちが一日も早く東京へよんでくれる日を待っているのよ。あんたにばかり頼っておれる私じゃないことも考えてちょうだい」

「母さんや姉さんは当分辛抱してもらわねばならないね。お父さんもいることじゃないか。何もお前がいま、ここで面倒をみる義務があるわけでもあるまい。治(おさむ)君が復員してくればすむことだ」

「治だって、いつ復員してくるかわかったもんじゃないわ。復員してきても、すぐ職はないのよ。あの子は中学しか出ていないんですもの。大学を出たあなたに職がないというのに……」

「それはそうだ」

瀬野誠作は、まだソ連の収容所にいる妻の弟の顔は知らなかった。しかし、早晩は復員してくるだろうことは信じてよかった。松阪は、きみ子の父の里である。きみ子の父は六十歳だが、母と姉をつれて満州から引き揚げてきて兄の家に寄食していた。そこは、かなりな旧家の百姓だった。息子が復員してくるまでは、世話になっていてもいいわけだった。父は兄の百姓を手伝っていたのだから。

「お前のように、そう何もかも**いっきに**片づけようとすると無理が生じてくる」

と、誠作はきみ子の顔を横目で見ながらいった。彼は、結婚して以来きみ子が、身内のことを何かにつけて言いだすのがきらいでならなかった。気のすすまないダンスホールへつとめに出る口実に、松阪の身内の話が出るのはイヤだ。

「おれの甲斐性のないことと、それとは関係がないんだよ」

瀬野が語気を落としてムキになると、きみ子は下手に廻った。

「わるかったわ。でも、あたしが働くのは、松阪から姉たちを呼びよせるためじゃないのよ。それは、姉は東京へ来たがっているわ。といったって、今の住宅のままじゃ、こんなひと間きりでしょ、どうすることもできないじゃないの。ただ、あたしは、いろんなことが、これから待ちうけてることを考えるのよ……」

「いろんなことが待ちうけてる？」

「そうよ。いっぱい待ちうけてるわ。あなたがこれからちゃんとした会社につとめるまで、相当時間はかかると思うし、やがては家の一軒ももたねばならないわね。あたしが外へ出て働いて、こつこつお金を貯めることは、ちっともわるいことじゃないのよ」

きみ子の言うことは理が通っていた。きみ子は男好きのする顔立ちで上背もあり、踊りも好きだったし、ホールづとめは自信があるというのだ。

東京には進駐軍用のダンスホールは数多くあったが、一般人のホールは、そのころはまだ赤坂のF、銀座のS、新橋のTの三つしかなかった。復興途上の繁華街は、カストリとスイトンを売る屋台の行列だった。しかし、一部の闇成金や事業家たちは、ダンスホールを社交場にしつつあったので、この種の事業の繁昌ぶりはすさまじかった。

ダンサーの収入は、新聞の募集欄や知人の話をきいても、男が真面目に働く給料と比べものにならなかった。やり方によっては二、三人の家族をささえて暮してゆけるともわかっていた。事実そうした夫婦が世間に増えていることも瀬野は知っていた。

しかし、そのような生活は、よほどの場合でないかぎり、夫婦生活の傾斜を意味する以外のなにものでもない、と瀬野は考えていた。妻が働きに出たために破綻をみている家庭は、東京じゅうにごろごろしている。

「あたしは、あなたを愛してるわ。ゼッタイ浮気なんかしないから……つとめに出してよ」

きみ子は甘えるようにいって、鼻を鳴らした。瀬野の力のない体をゆすぶった。

「このことだけは誓うわ、ほんとよ。あなたのいい職がみつかれば、いつでもやめるわ……」

瀬野は、それを信じた。しかし、そんなに早くいい職があるとは考えられなかったのである。

結局、きみ子は浦和市岸町のその家から東京へつとめはじめた。夕刻四時に出て、帰るのは十二時五十分の終電近い時刻になった。浦和駅から家までは繁華街を経て、田舎っぽい地点にくるまで暗い通りをかなり歩かねばならない。途中は物騒でもあったので、毎夜、瀬野はきみ子を迎えに行った。

瀬野の日課は履歴書をかくことと、散歩と、深夜に出迎えに行くことだった。きみ子は、当初は判を捺したように真面目に帰ってきた。帰ってくると彼女は、その日のホールでの出来事を瀬野に一部始終話した。ホールでチップは厳禁されている。しかし、客によっては内緒に現金を握らせる者もいた。同輩やマネージャーの目をかすめて、ドレスのベルトや、ブラジャーの内側にしのばせるのだ。

「きみ子に言いよる奴はいないかね」

と瀬野は、猜疑ばしった目つきできいた。

「ばかねえ、あたしは、あなた一人でたくさんだわ」

きみ子は、はしゃいだ声をだしていった。勤めだしたことが楽しそうであった。瀬野は、めっきり娘らしくなったきみ子に嫉妬をおぼえた。瀬野がお客の噂などを根掘り葉掘りきこうとすると、一晩に一里ほど踊りあるいたことになるわ、といって、きみ子は話題をそらした。疲れたわといって、均整のとれた小麦色の長い足を瀬野の前に大胆になげだしたりした。

「うふふ、あたしは、わりにもてるのよ。指名でくるお客さまは、ふえてくる一方だわ。でも、安心していてね。わたしには商売のおつき合いなんだから……」

きみ子は、見ちがえるように美しくなっていった。それは当然なことといえた。百姓家のはなれは、ガスがなかったので薪をたいて炊事をせねばならない。すすけた仕事は、自然と瀬野が受けもつようになると、逆に瀬野のほうがすすけてくるようだった。化粧品もふえた。通勤用の衣服もハンドバッグの数も次第に増えてきた。これまでに履いたことのない細目のハイヒールを、横文字の印刷されてある紙袋に入れて通うようにもなった。

しかし、きみ子は当座、うわべだけを着かざるだけのようで、芯は質朴そうにみえた。たとえば、下着などは昔のままのものを着て出ていた。スリップも、パンティも、つぎのあたった戦争中の配給布でつくった安物を着とおしていた。きみ子は、さしこのようにパンティのある部分をつぎあてていた。おりものの多いきみ子は、それを毎日はきかえる。つぎのあたったパンティのことは、誠作だけが知っているきみ子の体とつながるものであった。

「ほら、こんなに、はれてきたわ」

きみ子は、明るい電燈の下で、汗ばんだ裸体を無心にみせて足をのばした。ダンスシューズのベルトのくいこんだあとがかすかにはれあがっている。くるぶしの上のあたりに、黒いほこりがたまっている。

瀬野は、きみ子のその足を撫でた。彼は、甘美なものと不安なものとを綯いまぜにして興奮した。そうして、以前よりも激しい息づかいになって、きみ子のそのパンティに手をのばした。


樹木の多い浦和の町の空に、冬の風がたちはじめた。十一月もおしつまった一日である。

「あたし、ちょっと松阪へ帰ってきたいのよ。母さんが、ぐあいがわるいっていってきたわ」

と、きみ子が、朝まだ寝ている瀬野の枕もとに立っていった。きみ子は一枚のハガキをもっていた。瀬野がみると、それは、きみ子の姉の京子からきたものだった。細いペン書きで、母親が一週間前から発熱して寝ていること、父が釣ばかりして百姓を手伝わないでいること、そのため、母屋とのいざこざが絶えず起き、母も自分も気苦労がつづいている、と書いてあった。

「あたしは、姉をよぼうと思うのよ。姉は、足がわるいといったって、少しびっこをひくぐらいだからホールのクローク係ぐらいはできると思うのよ。マネージャーに頼んでみたら、いいっていうから」

聞いていて、瀬野は目がさめた。それは、きみ子が着々と家族の東京進出の段どりを計画しているということに気づいたためだった。しかし瀬野は、このことにいま反対する理由はなかったのだ。

「そんないい勤め口があればいいだろうがね」

と彼はいった。姉のことは話にきいただけで、はっきり知らなかった。きみ子と結婚して上京したあとに、一家は引き揚げてきたのだった。姉は引き揚げてきてすぐ、松阪の証券会社につとめているといったが、その勤め先もおもわしくないということだけはきいていた。

「しかし、京子さんは、そんなクロークなどという勤めが辛抱できるだろうか」

「だいじょうぶだわよ。よろこんで勤めると思うわ。クロークはカウンターでかくれて足がみえないから姉もよろこぶと思うのよ。東京へきたくて、うずうずしてんだもの。いいでしょ、三日ほどですもの。すぐ帰ってくるから……」

きみ子は、食糧や身廻り品をつめこんだボストンバッグを一つもち、思い立ったその日の夜行で東京を発った。

三日目の朝、やはり瀬野が寝ていると、きみ子は姉の京子をつれて、一番の列車で着いたといって白い息を吐きながら帰ってきた。

「当分お世話さまになります」

そういって京子は上がりはなに右肩をおとして立っていた。

「せまいところでしょう。辛抱してちょうだいよ。でもね、もうじき広いところへ行けるわ。あたしたち働いてお金もうければいいのよ」

きみ子はそういいながら、ドタドタと縁を渡り、閉めきってあった戸をあけはなした。はなれといっても六畳ひと間である。そこで三人の同棲がはじまるのだった。

瀬野は寝たままでタバコをふかし、はじめて見るもう一人の跛(びっこ)の女の横顔をまじまじとみつめた。京子はきみ子より背がひくい。それは跛のせいでもある。しかし、きみ子より二つ年上の二十六だという年齢(とし)に似合わず、処女らしいうぶな感じがしないでもなかった。ぽちゃっとした男好きのする顔だちはきみ子と同じである。しかし、どこか無愛想な気もした。身内の持ち前である眼尻のつり上がった度合いは京子のほうがうすいようだった。

「きみちゃん、いいところねえ、あたし気にいったわ。あら、富士山がみえるわ」

縁側に出ると、京子はひくいかすれた声でいって、爪先だって梅林のほうを見ていた。びっこの右足が三センチほど浮いてみえる。

霜のおりた早朝、あけ放った表から風が吹きぬけてくる。寝そべった瀬野には、その梅林と畑の向こうの空にみえるはずの富士はみえなかった。しかし、瀬野は瞬間、ある予感がした。それは吹きぬけてくる風に似ていた。影のようにかすめただけである。瀬野は蒲団のぬくもりの中で細目をあけ、新入りの女のむっちりしたふくらはぎが枕もとに近づいたり離れたりする動作を見ていた。

「この人、いつもこんなに寝てばかりいるのよ」

と、きみ子がいった。

翌日から京子は、きみ子と同じ勤め先のクロークに通いはじめた。しゃきしゃきと計画を推し進めてゆくきみ子のやり口は、瀬野の目をみはらせた。

〈うかうかしておれないぞ……〉

しかし彼は、まだ、きみ子から感じるある怯えについてはっきり意識していなかった。彼は億劫がり屋だった。自分の体温でぬくもっている蒲団の中で、いつまでも寝ていた。

2

きみ子に通ってくる客の中に、佐沼貞四郎という三十五になる茶の背広の似合う男がいた。この男は、きみ子がクラブに勤めるようになった十月はじめ頃から足しげく通いだした。踊り専門のホールだから、客はいつも混んでいる。そのなかでも、佐沼の均整のとれた大きな体は目だった。広いフロアの隅に丸テーブルが置かれている。洋酒や、かるい飲物の出るカウンターがあったが、佐沼は踊りが好きでくるというふうでもなく、一時間ほど、そのカウンターか丸テーブルについて、じっとフロアの踊りを眺めている。見物しているのが好きなのだと佐沼はいっていた。しかし踊ってみると、なかなか巧かった。

きみ子は、佐沼の身なりがいつも清潔なことが気に入っていた。それに金ばなれもよかった。一バンドか二バンド踊るだけで五百円札をにぎらせる。顔だちが三船敏郎に似たところがあったのも好感をました。怒り肩で言葉つきがぶっきら棒である。それは瀬野誠作とすべて反対のものであった。

好きな客と一、二度お茶をのむぐらいは、客商売の女にとってはなんでもないことである。しかし、きみ子は佐沼貞四郎に最初お茶を誘われたとき、ちょっと胸が騒いだ。

客と待ち合う場合は、少し早目に家を出なければならない。瀬野にとやかくいわれたくなかったから、口実をつくって一時間ほど早く出て行くことにしていた。これには姉の京子のいることが便利だった。

「あたし、美容院へ行くからひと足早く出るわ」

といえば、京子はうまく辻褄を合わせてくれる。しかし、きみ子は佐沼のことは京子にも秘密にしていた。

　佐沼は、きみ子に何の要求もしたわけではない。ただ、きみ子がホールに入るまでの一時間ほどの時間をお茶をのんだり、食事したりして、家の実情をきいたりするだけである。彼は渋谷方面で食料品の会社をやっている、といったが、そういう営業畑にいるらしい感じはした。

　きみ子はたのもしそうな佐沼が、独身であることに少しこだわった。

「うちも、あなたのようにやり手だといいんだけどね、からっきし世渡りがヘタなんだから」

　きみ子は、瀬野のことを佐沼に説明した。

「旦那さんをそんなふうにケナすんじゃないよ」

　佐沼は持ち前の無表情な顔つきで、なじるような色を切れ長の目角（めかど）にうかべた。

「人間には、それぞれ持ち場というものがあるはずだ。おれなんか、これで罐詰の梱（こり）を毎日かついでるんだぜ」

「そういうたのもしさが、うちにはないのよ」

　きみ子は、眉をひそめていった。

「旦那は、せんさいな人だな、きっと」

　佐沼はそういうと、目を遠くへやるような顔つきになった。きみ子は、瀬野のことをほめる佐沼にかるい不満を感じた。

たいがい、きみ子は佐沼と一時間ぐらい話をしてホールに入った。何度目かのお茶をのむ機会があってから、正月があけた、ある日のことである。佐沼は、日本橋のそのコーヒー店でお茶をのんでいたとき、急にそわそわしだした。

「今日は、ちょっとたのみたいことがあるんだ」

と何げなさそうに彼はいって、

「クラブで人と待ち合わせたんだがね、会社の急用で静岡へ行かねばならない。その男に、これを渡してくれないか」

佐沼はコゲ茶のオーバーの内ポケットから、無印刷の厚い封筒をとりだした。

「ヒシヤマというんだがね、その人に渡してほしいんだ」

「ヒシヤマ……いくつぐらいの人？」

「さあ、おれも初めて会う人なんだ。なに、ちょっと商売上のことだがね。かんたんにいってしまえば、まあ、その封筒の中は見積書みたいなもんだ。八時ごろにはくるといっていたが……」

「いいわよ」

といって、きみ子は封筒をうけとり、

「あなたのお使いだったら」

とつけ加えた。

「きみを名ざして来させるようにする。これからも、お客になってくれれば助かるだろ」

「にくらしい」

佐沼は、ちょっと微笑しただけでタバコを灰皿にもみ消し、すぐ無表情な顔にもどった。別れしなに佐沼はいった。

「その男はきみを名ざしでくるからね、いいかい」

佐沼のいった男は、その夜、八時かっきりにきた。ラウンド係の少女が混んだフロアを突っ切ってきて、窓べりのテーブルにいたきみ子に小声で知らせた。

きみ子は客に会釈してから、ドレスの胸元にはさんでいた頼まれものの封筒を出しながら入口のクロークのほうに出て行った。そこには姉の京子の顔はなかった。きみ子は薄暗い入口に、こっちを向いて立っている一人の外国人をみつめた。鼻梁の高い横顔がシルエットになって壁に浮いてみえる。入口の外側の壁に光線があたっているので、背くらがりになっていた。男の表情ははっきりみえないが、こちらを気にしているふうにみえた。目がひどくひっこんでいる。生毛のはえた両頬にソバカスが散っている。三十六、七だろうか——まさか、その男がヒシヤマだとは思えなかった。しかし、そのとき受付近くの客の中には、それらしい男は見当らないのだった。

「あのう」

きみ子は口ごもりながら、その外国人に近づいて行った。

「ヒシヤマさんですか」

外国人は微笑して大げさに手をひろげた。困っていたような顔つきをくずして、

「キミコサンデスカ。ミスターサヌマ知ッテイマスカ。テガミクダサイ」

片言のような口調である。きみ子は封筒を渡した。

「これです、あずかっていましたのは」

「アリガトウ、サンキュウ」

外国人は大きな手をさしのべ、ちょっと唇のはしをゆがめるような笑いをしてから封筒を受けとった。改めもしないですぐ内ポケットにしまいこみ、

「アリガトウ、キミコサン」

握手を求めてきた。きみ子は生温かい外人の手にはじめて触れた。顔がほてった。

「アリガトウ」

と、また外国人はいって頭を日本風にさげた。それから、すぐそこを立ち去った。

ホールの入口から廊下をへだてたはす向かいにエレベーターがあった。薄暗い飾り窓の光線を背にして、背高い鼠色の服の外人は姿を消した。まもなく、きみ子はエレベーターの動く音

をきいた。

「どこへ行ってたんだ」

と、テーブルの客がきみ子の不在をなじった。

「ちょっと、クロークまでよ」

「生理かね」

といって、その客は笑った。きみ子は、笑いながら考えていた。

〈佐沼さんはたのもしい……いろいろと商売の道をひろげているのだわ、きっと……〉


三日目に佐沼貞四郎が踊りにきた。カウンターでジンサワーをのみ、きみ子をフロアに誘うと、かるいステップを踏みながらいった。

「このあいだはありがとう。きみは外国人にもてるんだね。きみのことをあの人はほめていたよ」

「一度見たぐらいでほめるなんて、ずいぶんお世辞屋さんだわ」

「そうかな。しかし、そんなほめ方じゃなかった。実は、あれで旦那さんがいるんだといってやったら、悲観してたよ」

「うまいことといって……ヒシヤマって日本の名前だけど、二世の人？」

「いや、ヒシヤマというのは、こっちでつけている名前らしい。あの人は純粋のアメリカ人だよ。バイヤーでね、何か大きなことをおっぱじめるらしいんだ……」

「大きなことって？」

「くわしくは知らないが、アメリカ風のキャバレーかな」

「それと、あなたの会社が取引きなさるの」

「まあ、そういうことさ」

佐沼は踊りを中途でやめて隅のほうのテーブルについてから、ちょっとあたりを気にしながらいった。

「今晩帰りにつき合わないか。ヒシヤマさんのことづかりものがあるんだ」

「つき合うって、お寿司ぐらいならいいわ。姉がいるから一しょに帰りたいの」

「亭主孝行だね。時間はとらせない、地下鉄の入口に待っているよ。ハネるころにね」

そういうと、佐沼は急ぎ足でホールを出て行った。


一時間後、きみ子は京子とホールを出たが、京子を神田駅で待たせることにして、一人だけ日本橋の地下鉄入口のほうへ歩いて行った。道の隅に佐沼が立っていた。

「姉さんは？」

「足がわるいでしょ。人見知りして、誰とも会いたくないっていうのよ」

先を歩きかけた佐沼がちょっと立ちどまって、オーバーのポケットから何か白い角封筒のようなものを取り出すのが夜目にみえた。

「これだよ。ことづかりものは……」

「なあに、これって」

佐沼はぐいっと手をのばしてきみ子の手を握った。白い包みを持たせるとすぐ離した。

「あけてみないからわからないがね。だいたい見当はついている。金だよ、たぶん」

「お金？」

「そうだ、要るんだろ。きみは浦和にバラックを建てたいといってたじゃないか」

「でも……」

きみ子は足をとめて、持たされた白い封筒をみつめた。中身は相当な金額が入っていそうな気がした。

「取っときなよ。奴さんは金があるんだ、なに、貰ったって、どうということはない」

佐沼はそういうと、洋服のポケットをまさぐってタバコを取りだした。きみ子の紙包みをもっている手がふるえた。

「いただいていいの、ほんとに」

「いいとも。もらってくれなきゃ、おれが困るよ。じゃ、失敬する。おれは、ちょっと急ぐんだ。これから、まだ本番がまっている」

佐沼は大股で車道に走り出ると、そのとき寄ってきた車をとめた。バタンと戸がしまった。佐沼はちょっと窓から手をふって、銀座の方角へ消えた。

白い紙包みには、百円札で五万円入っていた。きみ子はこの金額を神田駅のホームへ登る階段口の薄明りの中でかぞえた。胸が鳴った。

〈バラックが建てられる。松阪から父も母も呼びよせられる〉

最初に思ったのは、そのことであった。


浦和駅に下りて、人通りの少なくなった暗い通りを歩いていたとき、きみ子は京子にいった。

「姉さん、あたし、いよいよ家を建てようと思うの」

姉はびっこをひきながら、上背のまさっている妹の顔を仰ぐように見て、

「そんなにお金ができたの?」

「そんなにって、まだ少ししかないけど、だって、ここらあたりの土地だったら、借りれば坪五百円ぐらいからあるそうよ。大工さんに内金(うちきん)をわたせば、なんとかなるって話だわ。毎月、支払ってゆけば五、六ヵ月で自分の家になっちゃう方法だってあるそうよ」

「その土地がねえ……」

「もし、あたしがその気になれば、姉さんは浦和だっていい？」

「いいわ。閑静だし、あたしは好きよ」

「誠作も気にいってるのよ。だから姉さん、あしたから土地を探さない？」

「いいけど、あんた、ほんとにお金があるの？」

「誠作の退職金が四万円あるし、それにあたしのお金をたせば、どうやら間に合うかもしれないわ」

「あんた、働いたのねえ」

そういって京子は目をまるくした。

〈この姉に、五万円の金の出所は秘密にしておいたほうがいい〉

きみ子は、オーバーの襟をたてながらそう思った。


瀬野誠作は五月はじめのある日、きみ子と京子につれられて、浦和市白幡町(しらはたちょう)の宮の森の裏にある畑地を見に行った。

白幡町は、浦和でも東の端にあって、昔の街道筋の面影がのこった中仙道ぞいの町である。

戦時中、東京から熊谷に通じる新国道ができてから、この中仙道はさびれた。古い樹木におおわれた旧家造りの百姓家の間に、ぽつぽつと商店が立ち並んでいる。その両側に細長く帯のように住宅地がつづいていた。きみ子と京子が瀬野をつれて行った土地は、白幡小学校前から新国道のほうにそれる狭い道を入った地点である。さびれた畑道を歩いて行くと、常緑樹の茂った神社につき当る。そこの森の裏だった。あたりはちょっとした平坦地になっていて、十戸ぐらいしかない「根岸」という集落になっている。

一帯は低地と高台との境い目になっていた。新国道のほうから水田が町の高台へむけてせり上がってくる。その途中にある傾斜地の一角であった。高台の森のはずれから見ると、一角はどの家もみなにわか造りのバラックである。住宅難の東京や近在を逃げてきた人びとが、当座のしのぎに集団をつくった感じがあらわに出ていた。うすいスレートぶきや杉皮ぶきの埃っぽい屋根がごたごたと建ち並んでいた。

この一角に空地があるという話をきいてきたのは京子だった。彼女は、きみ子から頼まれて浦和駅前の土地会社や、いろんなつてを求めて尋ね歩いていたのだ。誠作は、無愛想で、あまり人と喋らない性質の京子が、自発的にそこらじゅうを歩いていたと知ってびっくりした。急にこんな土地をみつけてきて、きみ子と自分を案内するといいだしたとき、あっけにとられた。

「磯村というおじさんがね、向こうで待ってるわ」

と京子はいった。

「あの森の奥にいるお百姓さんなのよ。ここらあたりの大地主だってきいたわ」

京子は黒のカーディガンをぬいで、片手に送って先を歩いて行く。むしむしする日で、晴れていたが空気はしめっていた。

「浦和はもうじき地価があがるそうよ。今のうちに土地の権利だけはとっておかないと、来年は倍ぐらいになるっていっていたわ」

とも京子はいう。土地会社かどこかで聞いてきた智恵らしかった。左足の下駄が一方だけうすくなり、その跛をひいて歩くうしろ姿を見て瀬野はいった。

「きみたちは、ずいぶん実行派だな。感心したよ」

京子はだまっていた。きみ子がうしろからいった。

「あなたは、またとくべつだわ。のんびりしてるのも程度があってよ。京子姉さんがいて、ほんとにたすかるわ」

舗装のない道路はしめっていて、きみ子のサンダルの裏に土が固まり、京子もきみ子も歩きにくそうだった。きみ子はときどき歩調をゆるめた。

「それにしても、ここから通うには駅までずいぶんあるわね」

「十八分で駅へ行けるっていったわよ」

と京子がいった。

やがて磯村という地主の家を出て、その主人に案内された土地を見て、瀬野は妙な土地だと思った。そこは、宮の森の大きな欅の枝が深く懸崖になってさしのべている崖っぷちにあった。せまい畑になっていて、馬鈴薯が植えてある。

「正確には五十八坪七合五勺ありますよ、少し陽かげになりますがね。なに、野菜がとれるぐらいですから、そんなに陽かげでもないんです」

頭のはげた地主の磯村はいった。

「しかしね、こんなところは永住のつもりで家をお建てになる場所ではありませんな。みなさんはお若いのだから、すぐにいいところへお引越しになりますよ」

瀬野は黒いしめった畦のくずれた四角いその畑地に、十センチほど鶯色の茎をもたげている馬鈴薯の苗を見ながらきいた。

「家を建てるとすると、この芋はどうなりますか」

「ああ、そんなものは、うちの者にひきおこさせますよ。芽の出た根芋は喰えませんからな。なに、一日でとりはらっちゃいます」

「もったいないわ」

ときみ子がいった。

「何坪ぐらいの家をお建てになりますか知りませんが、南に畑をお取りになって、トマトやナスぐらいは充分お作りになれます」

　この土地は坪五百円が借用権利金であった。当時としては浦和の土地事情からいって、かなりな掘出し物であったといわねばならない。畑から三十メートルほどはなれた地点の同じ崖よりに、格子戸の玄関をもった新築の家がみえた。細竹のひくい垣がめぐらしてあった。反対側は古い百姓家らしく、こちらに杉皮ぶきの傾きかけたボロ家が背を向けていた。境い目は背のひくい竹藪になっている。

「閑静なことは閑静ですよ。道はこの宮の裏へのぼれば、すぐ広道になって車は来ますしね。中仙道へ出れば、やがてバスもできることですし、便利にはなります」

　瀬野は、きみ子と京子の顔いろを見ていた。

「いいわ。あたしはここがいいと思うわ」

　と京子はいった。

「この樹の枝は切ってもらえないかしら」

　きみ子が空をおおっている青葉のしげった欅の枝を見ていった。

「なに、かえって夏はこれで涼しいのですよ。冬になりますとね、この枝はすっかり葉を落としますから、陽当りもずっとよくなります」

　そういう磯村の返事に、きみ子も、この土地が気に入ったらしかった。瀬野は、自分の金を四万円投じることでもあり、どこか湿気の多いこの陽かげ地に気の向かぬものを感じたが、権利金の安いことは魅力がないでもなかった。彼は決断のつかないまま、あたりをうろうろ歩いた。

「あなたはどうなの」

きみ子は誠作に声をかけた。

「おれかい」

瀬野はきみ子を見てからいった。

「きみの思うようでいいよ」


この根岸の崖下の一角に、瀬野の四万円と、きみ子の貯めたという七万円の金が投じられて、スレートぶきのバラックが建ったのはその五月末である。六畳と四畳半に台所をつけ、北側の外に井戸を掘った。崖に向かってコの字形に竹垣をめぐらすと、こじんまりした家にみえた。六畳は瀬野ときみ子が陣取り、四畳半のほうには京子が住まった。

新居は、これまでの六畳ひと間の暮しからくらべれば、広々として明るかった。しかし、三人の心には暗いものがあった。それは、この土地が暗いせいだったろうか。それもある。しかし、これまで貯めた金をみんなハキ出してしまったためもあったのだ。瀬野の名義であったにしろ、大工に五万円の借金をのこしている。土地権利金も三万円もかかったし、あとの八万円は建築費や井戸掘りの金にみんな費った。地主の磯村の世話で土地の大工が請負ってくれたのだが、三ヵ月の間に、あとの残金を支払う約束になっていた。きみ子も京子も、真剣になって稼がねばならなかったのである。

女たちが一家の支柱になった感じがみえだしたのも不思議でなかった。失職している瀬野は、もっていた四万円の金を出しきってしまったことで、一家の中心からはずれたのである。

きみ子が最初の外泊をしたのは、その根岸の新居に移って十日目のことであった。

雨の降る日で、宮の森の崖から下りてくる途を、夜おそくびっこをひいた京子だけが一人で帰ってきたとき、瀬野は蒼白になった。きみ子の計略にひっかかった気がしたのである。

3

「正直に話してくれないか」

と誠作は京子を問いつめた。

「きっと、客の誰かと泊まりに行ったのに違いないんだ」

京子は、疲労の出た白眼の大きな目を向けて、

「あたしは知らないんです」

と強くいった。

「神田駅で待っていたんですよ。いつも、終電までは待つことにしてるんだもの、今日にかぎって来ないんですものね。先に帰ったのかと思ったわ」

「今晩のお客の顔ぶれを思いだしてくれないか」

瀬野は哀願するようにいった。

「あたしは妹の客をいちいちおぼえていませんわ。だってクローク係ですもの、フロアの中のことはちっともわからない。妹もまた、あたしにお客のことはくわしく話したことはないんです……だけど、心配だわね。どうしたのかしら……」

京子は、瀬野にはひどく冷酷と思える口調でそういうと、さっさと四畳半に夜具を敷きだした。

「きみちゃんも、困ったことをはじめだしたわね」

瀬野は、そんな京子の態度を、もどかしい目つきで睨みながら、

「あんたは毎日一しょに出かけて、少しぐらいは客の噂など聞いたことはないのか」

「ないわ。それは通りいっぺんのお客の話は聞いたことがあってよ。だけど、きみちゃんが外泊する相手なんて思いうかばないもの」

「すると、変じゃないか。酒にでも酔っぱらったのなら、きみに報告するはずだ」

「だいいち、マネージャーが教えてくれるわね。マネージャーはいい人だし、あたしたちのこと、よく面倒みてくれるもの。きみちゃんに何かあったら、あたしにわからないことはないはずよ」

「すると、どういうことになる……」

「あたしと待ち合わせするつもりで、誰かお友だちとお寿司屋さんにでも出かけたのよ。ところが、何かの事情で帰れなくなったのだわ、きっと」

「やっぱり客がそばにいるんだ」

瀬野は蒼ざめた頰をぴくぴくふるわせて頭をかかえた。京子は、その瀬野の狼狽ぶりを哀れげに見ていた。敷きのべた夜具の上に、びっこの足を投げだして所在なさそうに坐っていたが、やがて靴下をぬぐと、六畳のほうに歩いて行き、寝まきに着かえはじめた。

「あたし、疲れているから先に寝るわ」

四畳半にもどった京子は夜具の中に体を入れると、片手だけ顔にあてて電球の光線をさけるようにしながら、ぽつりといった。

「誠作さんは、妹を好きなのね」

瀬野はだまって枕もとのベニヤ板に背をもたせている。

「あたしの考えをいうとね、妹は誠作さんを裏切るとは思えないわ。しかしね、今はお金が必要でしょう。あの子、大工さんの金だって、いつも気にしているし、お金もうけに真剣なのよ。あたしの場合はチップなんかないけど、妹の場合はあざとくなれば、やり方一つでお金はできるものね。しかし誠作さん、あんたがいま考えているようなことは、妹はしていないと思うわ。信じてやらないとかわいそうよ」

瀬野はそういわれてみると、たしかに、一晩だけの外泊だけで、きみ子が浮気をしたときめてかかる自分の考えも間違ってはしないかという気もしてきた。

〈のっぴきならない事情が生じたのだろう。帰りたくても帰れないのだ。国電がなくなって、きみ子のことだから自動車賃を惜しんだのにちがいない。誰か友だちの家で泊まったのだ……〉

そう思うことで、誠作は自分の気持をしずめた。彼は、じっと京子の寝姿を見ていたが、やがてスイッチを消して六畳にもどった。

やがて、京子の寝息がベニヤ板をとおして聞えてきた。瀬野は四時ごろまで、蒲団の中で目をさましていたが、夜明けになってから眠りに落ちた。

朝になった。しかし、きみ子は帰らなかった。

きみ子は前日、午後四時半に三越前の喫茶店で佐沼貞四郎と逢っていた。佐沼はきみ子の顔を見ると、近くのレストランへ食事に誘った。

「ちょっと、また、きみに用事をことづかってもらいたいんだ」

と喫茶店を出るときに佐沼がいった。

「ヒシヤマさんに？」

「そうだ」

佐沼はどこか落ちつかない顔つきだったが、しかし、これにはきみ子は馴れていた。仕事が忙しい、とこぼしていたからである。そういえば、佐沼は最近、ホールへは現われなくなった。その日も、前夜に電話で連絡してきて、逢う時間を一方的に申し込んできたのだった。

きみ子は、佐沼とはお茶をのむ以外に深入りしていなかった。いつぞやの五万円をもらってから、彼女は佐沼の依頼で、封筒をヒシヤマに三回渡している。いずれも、ホールの入口であった。ヒシヤマは踊りにはきてくれなかった。ただ客を装って入口にたたずみ封筒を受けとるだけであった。きみ子には、なぜ佐沼が、そんな用事をたのむのか不審に疑ってみる気持はなかった。佐沼は忙しいといっていたから、自分がそんな封筒一枚渡す仕事をことづかるぐらいで佐沼の仕事の手伝いになるならば、という単純な気持をもったにすぎなかった。きみ子にしてみれば、五万円の謝礼の気持だった。それに、「また、ヒシヤマが金をくれないだろうか」といった一縷の望みがあったことである。

事実、きみ子は浦和の大工に渡さねばならない金の工面のことが、始終頭にあった。松阪の父母を一日も早くよびよせて、自分は何かほかに商売でもして身をたててゆきたい、といった希望ももちはじめていた。食事がすむと、佐沼はレストランの隅でひくい声でいった。

「ヒシヤマさんの事務所へ行ってほしいんだよ、これを持ってね。なに、渡してくれりゃいいんだ」

ポケットから茶色の封筒を取り出した。

「地図を教えようね」

佐沼はいって、反対のポケットから手帳を取り出すと、その一枚を破いた。そうしてテーブルの上にその紙きれを置いてから、シャープペンシルで、手際よく築地新富町付近の地図をかいた。

「ここに四階建てのふるいビルがある。竜公司(りゅうこうし)としてある。そのビルの一階の奥の部屋だ。J・Sという表札がかかっているからね」

「中に入って、ヒシヤマさんに渡せばいいのね。あの人は、きっとそこにいるのね」

と、きみ子はダメを押すようにきいた。

「そうだ、きっといる」

と佐沼はいった。

「じゃ、頼みますよ。今晩は踊りに行くかもしれない」

そういって、佐沼は百円札を二枚きみ子に渡した。

「これは車代だ」


きみ子は、都電に乗った。新富町停留所で降り、地図をたよりに川っぷちのほうを歩いた。それを左に曲ると、四階建ての古ビルがあった。川とビルの間はアスファルトの乾いた道が美しく、橋のほうへのびている。

きみ子は、そのビルの前でしばらく立ちどまっていたが、入口の横にかかげられた五、六本の看板の中に、竜公司とかいた木目(もくめ)新しい看板に気づくと、階段になった入口を上がって暗い廊下を通りぬけ、奥のほうに行った。

J・Sと紙きれに、毛筆で書かれた目じるしがドアの上にはりつけてあった。すり硝子のドアをノックすると、中から声がした。

きみ子は入った。その部屋は、机が二つ向き合わせにおいてあった。窓べりに白いカバーのかけられた応接セットがあり、そこに四十五、六の日本人と、見おぼえのあるヒシヤマが向こうむきになって何か用談をしていた。

ヒシヤマがふり向いた。ちょっと、驚いたふうである。

「あのう、これ、ことづかってきました」

そういって、佐沼からことづかった封筒をハンドバッグから取りだした。

「サヌマ……オオ、サンキュウ」

ヒシヤマは急ぎ足でやってくると、きみ子からその封筒をうけとり、目の前ですぐ開封した。こころもち手がふるえている。中から便箋紙が一枚出てきた。ヒシヤマはそれを、ちょっと横向きになって読んだ。中年の日本人は、きみ子は、ヒシヤマの毛のはえた指に大きな金の指輪が光っているのを見ていた。中年の日本人は、タバコをふかしてソファからきみ子のほうを何げなく見ている。

「コレ、アナタ、ドコデ、ウケトリマシタカ」

ヒシヤマは読み終ると、すこし顔色を動揺させてきいた。

「日本橋のレストランです」

「ナン時デシタカ」

「そうですね。今から三十分ほど前ですわ。あたし、別れてすぐ来たんです」

「アリガトウ、キミコサン」

ヒシヤマは手をさしのべた。きみ子は何がなし緊張していたものがほぐれた。顔をあからめ、肩をすぼめて握手にこたえた。

「コンバン、アナタ、キムラ・クラブニイマスカ」

「はい。佐沼さんもいらっしゃるようでしたわ」

しかし、その夜、ホールへは佐沼もヒシヤマも現われなかった。きみ子は、はりつめていたものがしぼむのをおぼえた。佐沼がくることは、ヒシヤマの金をあずかってきてくれるかもしれないという望みにつながっていた。しかし、四度目のその使いの謝礼はなかった。佐沼がこないとなると、ヒシヤマがくることはまず考えられなかった。ヒシヤマがホールへきた場合は、いつも、封筒をうけとる場合にかぎられていたからだ。

十一時のラストのバンドのとき、きみ子は、ふと、佐沼が地下鉄入口で待っていはしないか、という思いが走った。

〈あそこで五万円をくれたのだ……〉

きみ子はそう思うと、更衣室にかけ足で入り、急いでドレスをぬいだ。このとき、クロークの京子のことが頭をはしったが、神田駅で待ち合わせればいいと思った。

大急ぎで、最初の空(から)のエレベーターで降りた。そうして、暗がりの道にそこだけ穴があいたように明りを出している地下鉄口に向かって走った。きみ子が並木の下の横断よけのくさりをまたごうとしたとき、

「きみ子さんですか」

と、うしろから声がかかった。ふり向くと、きみ子のまだ会ったこともない三十五、六のや

せぎすのひどく頬骨のとび出た男が立っていた。きみ子は立ちどまった。

「どなたですか」

男は暗がりから早口にいった。

「佐沼さんがお待ちですよ。ご案内します」

そういうなり、男は三越よりの方角へ歩きだした。きみ子は、紐でくくられているみたいに、その男と三メートルほどの間隔をおいて足早に歩きだした。うしろのほうから二番のエレベーターで降りてきた連中が口やかましく騒ぐ声がした。男は橋袂までくると、右に折れた。そこに黒塗りの自動車が待っていた。

「さ、早くお乗りなさい」

男は押しこむようにして、きみ子を中に入れた。ドアがバタンと音をたてた。運転台に寝ていた黒っぽいスポーツシャツの男がむくむくと起き上がった。男がだまっているのに、その運転手は無言で川っぷちを昭和通りのほうへハンドルをきった。

「すぐですよ、奥さん」

横の男はかすれた声だが変にやさしかった。

車は二十分ほど走った。きみ子は、車がどこを走っているのかわからなかった。彼女は東京の街にそう明るくない。ちょっと不安なものがかすめたが、行先に佐沼が待っていることで勇気が出ていた。

車がとめられた場所は、四角な洋風のホテルである。かなり広い庭を通って玄関に入った。

〈こんなところに佐沼が待っているのかしら……〉
三十五、六のやせた男は玄関まで案内すると、迎えに出た女中に何かいって、自分は上がってこなかった。
「こちらでございます」

肥った女中がきみ子を二階に案内した。掃除のゆきとどいた廊下をわたり、スリッパのある洋室の前で女中は立ちどまった。

「ここでございます」

きみ子は、ちょっと佐沼のやり口に反撥するものをいだいた。しかし一方、ある冒険心が起きてきたことも事実だった。彼女はドアをノックした。中から足音がして、ノッブが廻された。と、そこに、ひるの背広姿のヒシヤマが立っていた。きみ子は、立ちすくみ、思わずつばを呑みこんだ。

「オハイリナサイ」

ヒシヤマは肩に手をかけ、きみ子をひっぱるように部屋に入れて、自分は一度外に出てからドアをしめた。

「サヌマサンカラ、コレ、タノマレテイマス、アナタニアゲマス」

ヒシヤマは内ポケットから白い封筒を出して見せ、それをすぐきみ子には渡さないで、隅のほうのベッドの横にある机の上に置いた。

「佐沼さんは、おいでにならないのですか」

「イマ、デンワガアリマシタ、ヨウジガデキテコナイソウデス、ワタシ、コレ、アナタニアゲマス」

ヒシヤマはそういうと、急にきみ子を抱きにきた。あまりにも唐突であった。ヒシヤマの手は大きく力強かった。熱い仁丹くさい息がかかり、生毛のはえた桃色の大きな頬が近づいた。きみ子は唇をふさがれていた。

彼女は、だまったまま目をつぶっていた。佐沼の計画を知ったと思った。佐沼が、自分を何かの代償にヒシヤマにあずけたのだ……と。

きみ子は、ヒシヤマに洋服をぬがされながら、こんな日のくることを知っていた自分に気づいていた。相手が佐沼であるか、ヒシヤマであるかはわからなかったにしても、どちらかから、こういう仕掛けをうけることを予期していたのだ。

〈お金が貰えるんだから……〉

そんな思いにたえながら、きみ子は瀬野以外の男性にはじめて許した。誰にも知れない秘密の相手としては、ヒシヤマは都合がよいことも直感した。ヒシヤマの肉のもりあがった胸もとで目をつぶった。男の愛撫はたんねんだった。

海洋食品興業常務取締役、佐沼貞四郎が、麹町四番町の泉光ホテルの一室で怪死体となって発見されたのは、その翌朝のことであった。ホテルの部屋の鍵を閉めて、ガウンを着たまま、うつぶせになって死んでいた。絨毯を敷いた床に倒れていたのである。発見されたのは午前五時三十分である。

新聞は次のように報じた。

六月十一日午前五時三十分ごろ、千代田区麹町四番町泉光ホテル支配人、麻生卓一さんは同ホテル十号室に昨夜から止宿中の男が毒を呑んで死亡しているのを発見、麹町署に届け出た。同署で調べたところ、死人は海洋食品興業株式会社常務取締役、佐沼貞四郎氏（三六）であることが判った。毒物は、コーヒーに入れた青酸加里と判明したが、佐沼氏は前夜十時ごろ投宿しており、係のボーイの話によると、別にかわった様子はなく、翌朝八時に起こしてくれるように依頼していた事実も判明している。状況証拠から自殺は考えられないので当局は怪死として調査を開始した。また同夜十時すぎごろ、佐沼さんを訪ねてきた三十五、六のやせぎすの紺背広をきた男をボーイが目撃しており、当局は、この男を捜しているがまだ届出はない。男は同夜十時五分ごろホテルを訪れ、佐沼氏の部屋に通ったが、十分ほどしてすぐ姿を消した。問題のコーヒーは十時ごろ、ボーイSさんが佐沼氏の依頼で運んだもので、もし他殺とすれば、この謎の男が、佐沼氏の目をぬすんで毒物を混入しておき、あとで佐沼氏が知らずに呑んだのではないかとみられる。なお、渋谷区栄町一一一八番地の該当地には海洋食品興業会社は見当らない。佐沼氏の身辺には、業務上の悶着が絶えなかった模様で、目下食品関係業者を虱(しらみ)つぶしに調査中である。

〔佐沼氏の怪死は、食糧営団横領事件の波及か？〕

十一日午前五時半に発見された海洋食品興業常務取締役佐沼貞四郎の怪死事件を調査中の麹町警察本部は、氏の身辺を極秘裡に調査したところ、去る三月、発覚して三億円の砂糖横流し事件として話題をまいた食糧営団疑獄の立役者で、目下逃亡中の元有明産業社長、原仙三郎の行方に佐沼氏の怪死が関連しているのではないかとみられるに至った。当局が疑惑を抱いた原因は、佐沼氏の経営していた海洋食品興業が、すでに四月末に解散しており、営団事件当時、有明産業の系列にあったこと、また佐沼氏は、原仙三郎と相当の深い関係があったものと判ったためである。佐沼氏がその後、食品ブローカーとして諸所に出没していた情報も聞きこんでいるので、死因究明とともに、業界関係の調査をも併行して押し進めている。

4

瀬野きみ子は、十一日の朝、六本木の交叉点に近いホテルの一室で目をさました。ヒシヤマは夜のうちに帰っていた。彼女はそのまま部屋で泊まったのだった。

彼女は浦和の家に帰らずに、風呂に入ったり、美容院に行ったりして時間をすごし、午後五時少し前にクラブに出勤した。

きみ子はまだその日の夕刊を読んでいなかった。時間がなかったのである。新聞は日曜日ぐらいしか読まない習慣だった。

クラブに出たけれど、きみ子は京子がくるのが待ち遠しかった。クロークの前のソファにもたれて、彼女は蒼ざめた顔で待っていた。京子は、ダンサーたちよりは少し早目にやってくる。五時、跛をひいた姉を見たとき、きみ子はほっとした。京子は入口ですぐ、ソファにいる妹をみとめた。

「おこってたわよ、誠作さんが。馬鹿ねえ、どこへ行っていたの、あんた」

きみ子はだまって立ち上がり、ちょっと外へ出ないかと京子を誘った。

〈ここでは同僚の目がひかっている……〉

二人はデパートの七階にある喫茶室に入った。歩きながら、きみ子は夜の興奮のつづきから、いくらかでも気をしずめたかった。テーブルにつくと、

「どこで泊まったの？」

と京子がきいた。

「あたしね、お友だちのところよ。ハルミさんとこよ」

きみ子はでまかせの嘘をいった。と同時に、同僚であるハルミにそのことを裏付けてもらう必要があると考えながらつづけた。

「お客さんとね、お好み焼に行ってさ、おそくなったの。気がついたら二時でしょ。だって国電はもうないし、自動車賃はかかるでしょう、もったいない」

京子は疑りぶかいまなざしで妹の目をみつめていたが、

「そう、そんならいいけどね。あたし心配したわよ。誠作さんはヤキモチやいて問いつめるしさ、どう答えていいかわかりゃしない……」

「そう、わるかったわね」

きみ子はそういって、タバコを取りだした。話しているうちに、きみ子は、不思議なことに、先程まではりつめていたものがうすらいでゆくのをおぼえた。

「変ねえ、顔が蒼いわよ」

「お化粧してないせいでしょ。寝不足なのよ」

無理に笑顔をつくった。

「あやまることだわ。誠作さんは気の小さい人だから、何するかわからなくてよ」

〈そうだ。嘘をつけばいいのだわ……昨夜のことは、誰にもいうまい〉

きみ子は、化粧室でたんねんにパフをはたいたが、白粉ののりがうまくいかなかった。


瀬野誠作は、きみ子と京子が帰ってきたとき、六畳の間に寝ころんで読んでいた風俗雑誌を投げすて、四畳半に坐っているきみ子を睨みつけた。

「どこへ行ってたんだ」

彼の唇はふるえていた。

「かんにんして。あたし、ゆうべ、ハルミさんとこに泊まったのよ」

京子がそばからいった。

「誠作さん、かんにんしてあげてよ。妹は昨夜ね、ハルミさんのお客さんと、お好み焼屋に行って、つい終電の時間におくれたのよ。自動車に乗って帰ろうと思ったけど、大工さんの借金もあるし、そんなことできないでしょ。ハルミさんの家に泊まったのよ。かんにんしたげて」

　きみ子は受け口の下唇をひきしめて下を向いていた。姉の言葉のあとをつづけた。

「今朝早く帰ろうと思ったわ。だけどね、あたしハルミさんたちと遅くまで寝すごしちゃったのよ、疲れてたのね。つい、お風呂へ行ったり美容院へ行ったりしてたら、帰る気がしなくなって……五時になっちゃったもの。京子ちゃんからきいたわ、あなたが怒ってたこと……かんにんして」

　瀬野は、まだ蒼い顔をして睨んでいたが、いくらか声だけはしずめていった。

「だいたい、きみは、おれを馬鹿にしてるよ。おれはきみのいうままに、ついこんな人間になってしまった。きみが働いてくれるもんだから、おれはいい気になって就職口をより好みしてきた。きみが、外泊してまで稼がねばならんのなら、おれにも考えがある。明日から靴みがきだってなんだってするぜ。いいかい、あしたから、おれはどんな職でも探しに行く」

「まってよ、誠作さん。あんたに靴みがきだの、インチキ会社の社員などになってもらいたくないわ。あたしはそんなだったら、なんのために一所懸命働いてきたのかわかりゃしない。なんにもならなくなるわ」

「だが、おれは、イライラして、きみが外泊して帰るのを待つのなんか二度とごめんだ」

「今回だけは、かんにんしたげて」

京子も傍らから声をあげた。

「妹はねえ、お金で一所懸命なのよ、誠作さん。あたしが、ちゃんとクロークにいて監視してるわ。妹があんたのいうような浮気をしていたら、いっぺんでわかってしまうわ。妹はゆうべだけは、あたしに知らせないでお好み焼屋に行ったけど、これからは知らせてくれるわ。あたしだって心配だったものね」

京子は、きみ子のほうを見て少しなじる顔をした。

「金か」

と瀬野は力なくいった。

「そうよ、お金だわ、何もかもお金よ。大工さんの金だって、気が気じゃないわね、きみちゃん」

「そうよ、ねえ。あたしは……あした出がけに、大工さんに少しでもお金を入れるつもりだったのよ。みてよ、あたしがチップで稼いだお金……」

きみ子は、朝がた、六本木のホテルの屑箱に破りすてた封筒のことを瞬間思いだした。手早くハンドバッグから、バラになったヒシヤマのくれた三万円の札を出してみせた。

「こんな金を、チップで貯めたのか」

瀬野は、瞬間、ギョロリと目を光らせた。

「あんたは、うたがいぶかい人ねえ。あたしは、ぜいたくなんか一つもしていないわ。毎日、お金お金で、お客に抱かれて踊ってるのよ。だけど、ダンサーとしては、お友だちにだってはずかしいぐらい下着なんかも古いのを着ているわ。あんたが、それ知ってるはずよ。誠作さん、あたし、お風呂屋なんかでも、はずかしい思いをしてんのよ。こんな下着きて……それまでにしてお金ためてんのよ」

5

きみ子と京子が、共謀して自分を欺しているのではないかと瀬野は思うようになった。
きみ子は、たしかに何かをかくしている。チップを貯めたにしても三万円の金がこんなに早く貯められたのは少し変だし、瀬野はそんな貯金通帳などは見たことはなかった。男ができたのかもしれない、と思う。そうでなければ、そんなに金のできる道理はないのだ。外泊の夜だって、弁解したときの顔がどこか変に思えた。京子も姉妹だから、同じ穴のむじなだ。口では何とかいっているが、きみ子の行動を援助しているように見えるふしがある。二人はぐるなのだ。瀬野は、どこか無表情で冷酷な感じのする京子の顔を思いうかべるとそんな気がしだした。

彼はそのことをたしかめるために、あることを思いついた。それは勇気のいる仕事であったが、考えつくと、彼は決行してみようと思った。

この家の屋根の上には、崖の上からおおいかぶさるように、宮の森の欅の枝が濃緑の葉をしたたらせていた。しめった崖の下には雑草がいっぱい生え、草のあいだに蕗や三つ葉が丈高く野生していた。崖はこわれた石垣だった。宮の森から迂回して、崖を下りてくる道からは、家の屋根だけが青葉の上に平べったく敷いたように見えるだけであった。家の敷地で草のはえていない部分は玄関にくる道と、南に面した物干場の庭が、いくらか地面がかたまって平らになっているぐらいだ。周囲は草茫々のままほったらかしてあった。女たちは、稼ぎに出ているので、そこまで手がまわらなかったのだ。

瀬野は、この家の周囲を毎日うろうろ歩いていた。それは、そんなときのある瞬間の思いつきだったが、草のはえた床下の黒い穴にチラと目をやったときである。思わず息をのんだ。縁の下は昔のまま馬鈴薯の畑地になっていたのだ。地主の磯村が芋を掘り起こすといったものの、建築地の部分だけは大ざっぱに掘りおこしたとみえて、芋が相当のこっていたらしい。床下いちめん、馬鈴薯のひょろひょろしたもやしの林ができていた。ひこばえのように、ひょろ長くのびた馬鈴薯は、床板に白い頭をぶちつけ、横に屈折して朝顔のような棚をつくり幾百本となく林立していた。暗い中なので、蛇のように無気味にみえた。

瀬野はあることに思いつくと、この床下にもぐりこんで行った。馬鈴薯がぺしぺしと音をたてつぶれた。瀬野は息をはずませて奥へすすんだ。顔に白い汁がかかった。地面はかびくさくてしめっている。瀬野は泳ぐようにして、四畳半の中央部の下と、六畳の中央部の下に行き、そこで腹ばいになって時間をすごせる場所をつくった。彼は、そのために、いったん外へ出て、板の切れはしや筵（むしろ）をあつめねばならなかった。相当時間かかって、手頃な場所をつくった。

〈ここできみ子と京子の会話を聞いてやろう。おれが旅行だといつわって五日ほど留守にすれば、女二人は何をするか知れたものではない。ひょっとしたら、きみ子の相手の男がくるかもしれない……女たちの秘密を、おれは嗅ぎ出してやるんだ……〉

瀬野はこの空想を実現しようと思った。十四日の金曜日の朝、食卓に向かっていたとき、きみ子にとも京子にともなく誠作はいった。

「就職のこともあるし、一度、富山県に疎開したままでおられる宇川先生のところへ行っていいかね」

「宇川先生のところ？」

と、きみ子は箸をおいてききかえした。

「あの人に会えば、友人の動静はわかるはずだ」

「お金はどれくらいかかるの」

「そうだな、四千円もあればいい、ゆっくり行ってこられる……それに、おれはちょっと考えてきたいんだ」

きみ子と京子は顔を見合わせた。が、やがて、

「いいわよ」

と、きみ子は思いきったようにいった。

「あんたに元気が出てくるんならね。京子姉さんには休んでもらうから、家は大丈夫よ」

「休む？」

「そうよ、用心がわるいもの」

「なにも休まなくたっていいだろう」

と瀬野は声高になった。

「鍵をかけて、隣にたのんでおけばいいじゃないか」

「そうね、四、五日なら、それでもいいわね、きみちゃん」

京子が口をはさんだ。きみ子はちょっと考えてから、

「いいわ、そうするわ。いちど、のんびり外の空気を吸ってらっしゃいよ」

瀬野はこれで万事うまくいったと思った。

「思いたったら明日にでも行きたいんだ。弁当をつくってほしいね。ひるの汽車で行きたいか

らな」

「いいわよ、それぐらいのお金はあるわ」

きみ子は京子のほうを見て、

「二人で、ごちそうつくったげるわ」

といった。


十五日の朝、きみ子と京子は、はしゃいで弁当をつくった。瀬野は三食分の弁当をボストンバッグに入れ、汽車の中で読む本だとか、洗面道具などをそろえて、もっともらしい旅装をととのえた。そうして、二人におくられて、いったん家を出た。東京へ出たが、場末で映画をみて、夜になってからキムラ・クラブに電話をかけ、客をよそおった声できみ子と京子の出勤をたしかめ、浦和に帰った。彼は久しぶりに酒をのんだ。そうして、ウィスキーの丸瓶を一本買いこんだ。床下の寒気を警戒したのである。

瀬野は、足音をたてないようにして、十二時ごろ家に舞いもどった。戸は鍵がかかっている。彼は準備のしてある床下にもぐりこんだ。

きみ子と京子は十二時五十分の電車でついたらしく、一時すぎに、何か話しながら帰ってきた。二人は鍵をあけて入ると、すぐまた鍵をかけて四畳半のほうへ入った。

二人の歩くぎいぎいという音が、床下の瀬野の耳につよくひびいた。話声は小さい声になると聞こえにくかった。しかし、笑い声だとか、高い声は聞えた。瀬野は寒気とたたかっていた。板を敷いて、その上に炭俵のふるいのを何枚もかさね、その上に莚(むしろ)をしいているのだが、動くとガサッと音がする。充分気をつけねばならなかった。彼は息をつめて、全身を耳にして四畳半の声を聞いた。

しかし、その夜はたいした収穫はなかった。考えてみると、二人は浦和駅からここへくるまでは勿論であるが、東京にいても、一しょに歩いている。電車の中も一しょだ。二人きりの話は、たえずしているから、何も家に帰ってからしなければならないような重要な話はないはずなのだった。瀬野は、このことに気づくと、思いきった行動にちょっとイヤ気がさした。しかし、ふと、こんなことも考えた。きみ子が京子と話をしないのは、自分だけの秘密をおっているためではないだろうか、と。

最初の夜は、寒気とたたかいながら瀬野は寝た。地面からつたわる冷気は体にこたえた。彼は、ウィスキーを音のしないようにガブガブのんだ。夜おそいころ、二人の会話がとぎれながら聞こえてきた。

「あたし、こっちに寝るわ」

と、きみ子がいっている。

「そうしなさいよ」

やがて、死んだような静寂がきた。


翌日は日曜日であった。クラブは休みである。二人は、十一時ごろまで寝ていた。京子が先ず起きて洗濯をはじめた。物干しへ出る京子の跛(びっこ)の足が、片方だけすりへった下駄をひきずり、床下の明りとりの向こうを行ったりきたりするのを、瀬野はじっと寝ころがって見ていた。

洗濯がすむと二人は食事をした。これといったことは話さなかった。京子は、十二時頃になると、六畳のほうの押入れをあけ、何かごそごそしているらしかった。着換えをしているらしい。やがて、

「じゃ、行ってくるわね」

と、玄関の板の間に立っていった。きみ子は近くにいて何か返事したようだったが、それは、聞きとれなかった。京子は玄関を出て、崖のほうへ上がって行く。靴をはいている。そこらあたりへ買物に行く様子ではない。瀬野の胸がさわいだ。日曜日に京子が一人で出かけるということは珍しいのだ。

その予感は、やがて一時間後に意外なことになって当った。

瀬野は一時十分ごろ、車の音を聞いた。たしかに、その車はジープのような小型車の音で

あった。新国道のほうから五十メートル向こうの通りを入ってきて、音は宮の森の向こう側で消えた。しかし、それから数分ほどすぎたとき、崖のほうに足音が聞こえた。靴の音はかるい地ひびきをたて、家の竹垣の地点にくるとぴたととまった。一分間ほど経った。玄関のほうへ近づいてくる。

「コンニチワ」

聞きなれない声だった。電気の集金人にしては声がちがう。玄関の硝子戸をコツコツとノックしている。

「はい」

きみ子のいくらか高めの声がした。六畳から彼女は出て行く。

男は玄関の戸をあけると、タタキに靴をひきずる音をたてた。ちょっと静かになった。きみ子が中へ招じ入れる気配がする。

「オオ、キミコサン」

〈外人だ……〉

言葉のひびきがそれを証明していた。片言の日本語である。

〈外人を相手にしていたのか!〉

客は四畳半にあがった。きみ子が何か小さい声でいって、台所で水を出す音がしだした。

「ヤッパリ、ヒトリデシタネ」

「あたし、嘘はいわなくてよ」

きみ子は、いくらかはしゃいだふうにいって、台所から畳の上に上がった。縁先の障子をしめた。

静かな二分間ほどがすぎる。はっきりしないが、かなり接近して向きあっているらしい。二人のかわす、かぼそい会話が聞こえだした。瀬野は頭を床にくっつけた。二人の声がとつぜん、途切れた。

瀬野誠作の頭の中に火がふいた。想像していたことが行われている。きみ子のしていることが冷静に想像できた。いま、ここで、声を出して飛びだしたところではじまらない、と瀬野は思った。

数分が過ぎた。きみ子の足が畳の上をする音がする。と、含み笑いが起きた。それは瀬野にだけわかるきみ子のあの時の下唇のやや厚い口もとから、こぼれるように飛びだす羞恥のこもった笑いであった。男の息をはずませる音。また、くくと笑う。男の発した笑いなのか、きみ子のものか、はっきりしない。瀬野の全身がガクガクふるえはじめた。

畳がきしみだした。その音は、やがて、かすかに細まってゆく。と、どすんと大きな音が一つした。卓袱台(ちゃぶだい)の片足がカタンときしいだ。瀬野は高鳴る胸をおさえながら、耳を床にくっつけた。十分ほど、かすかな衣類のすれる音がつづいた。「う、うーッ」きみ子の抑圧した声が畳にぶつかる。と同時に、男が大きく畳をきしませ、立ち上がる気配がした。そのまま男は動こうともしない。しかし、一、二分ののち、急に三歩ぐらいの歩幅で部屋を出て行った。玄関のたたきに下りて靴をはく。きみ子は部屋のほうで動かない。見送りにも行かないのだ。

〈おかしいな〉

瀬野は、玄関口と、きみ子のいる四畳半に、片方ずつの耳をたてた。

そのとき、玄関の戸が荒々しくあけられた。男が外に出たのだ。瀬野は首をまわして、うす明りのさすその方角を見た。板が打ちつけてあるので道はみえない。土台石と板との間に糸のようにかすかにひかれた光の線がみえる。いま、その糸を大きな靴が消して行く。ゆっくりと歩いて行く。

やがて、その黒い靴の影は、崖へまわる道に遠ざかった。瀬野は、板の上の炭俵の音をガサゴソと大きくさせ、床下を、息はずませながら這いだして行った。

〈きみ子は何をしているのか〉

狂態のあとが見届けたかった。驚ろかせてやるのだ。頭から罵言をあびせてやるのだ。

〈姦婦！〉

瀬野は、床下にかくしてあったボストンバッグをもち、旅行から帰ったようなふりで戸をあけようか、と思ったが、それをよした。今は、床下にいた自分をはっきりきみ子に証明してやりたかったのだ。

床下を這い出した彼は、蜘蛛の巣のかかったサンバラ髪のまま、今しがた男のしめて行った玄関の戸を大きくあけ、

「きみ子ッ」

と叫んだ。返事がなかった。そして、四畳半の敷居に立って中をのぞいたとき、誠作は息をのんだ。

きみ子が仰向けにたおれていた。スカートがまくれ、股をひろげていた。うす目をあけて天井をにらんでいる。卓袱台(ちゃぶだい)に右手をのせ、指をそろえていたが、左手は畳の上にずらせて虚空を摑んでいた。

「きみ子」

瀬野は、かけよった。きみ子は、下着をぬいで四つにたたみ、タンスの横に置いていた。何もはいていなかった。まくれたスカートや、体の部分は、十分前のきみ子の行為を物語っていた。瀬野は、きみ子の肩に手をかけ、まだ温かみの残っている頬に顔をすりよせて、彼女の名をよんだ。

瀬野が狂乱した面もちで妻の死体のそばにひざまずいているのを最初に見たのは、京子で

あった。あけたままの玄関の敷居をまたいで四畳半に入ったとき、異様な瀬野の顔と、妹の死体を見て叫んだ。

「誠作さん、あんたが殺したのね。そうだわ、きっと、あんただわ」

京子は、カナキリ声でそういうと、裸足で表に飛びだした。その声と足音の遠のくのを、瀬野は耳の奥でかすかに聞いたようだった。

それから、三十分ほどたって、宮の森の崖の上に二十人ばかりの近所の人たちが集まっていた。

「人殺し、人殺しッ」

と京子がそこらじゅうをわめきまわったからだった。草の上を荒々しい靴が踏んだ。五、六人の警官が息きらして玄関を入り、放心している瀬野誠作の体を抱き起こした。

「署へくるんだ」

警官の一人がいった。

「現場は慎重に保存しておいてくれ」

と、その中の上司らしい年輩の男が係官に命じた。

「係長！　床下にもぐりこんでいたらしいですよ、この男は」

家のぐるりを見ていた係官の一人が窓のほうからいった。この声で、瀬野は目をひらいた。

「おれが殺したんじゃない、外人だ、外人が殺したんだッ」

両手に手錠がはめられた。引きたてられて行く瀬野のうしろ姿を崖の上から、近所の者にまじって京子が睨みつけているのがわかった。人びとのかすかに笑う声が起こった。

「旦那が殺ったんだな」

と誰かがいった。

瀬野誠作は浦和署に設置された捜査本部に連行され、殺人容疑者として十五日間の拘留をうけた。係官は瀬野誠作の精神異常と思われるような言動をいちいち記録してその裏付けに走った。係官は床下に入ってみて息をのんだ。

瀬野が釈放されたのは、すべてが供述と合致したためである。宮の森の畑向こうに、ジープと思われる車輪のあとがあったことも、ジープに乗った一人の外人と日本人を見たという者も現われた。竹垣の門から玄関口にいたる足跡に、それらしい人物の大きな靴跡がまじっていたことも資料になった。きみ子の死体を解剖した警察医は、はっきりと扼殺であることを認めた。体からは精液が検出された。それは夫である誠作のものではなかった。

瀬野誠作は、十五日目に崖下の家に帰ってきた。彼が竹垣の地点にきたとき、見たこともない六十近いふとった女が崖下の家の縁先で気ぜわしそうにふとんを干している。京子が出てきた。彼女は誠作を迎えていった。

「松阪からね、みんなを呼びよせたのよ。あたし、怖くて眠れなかったんです」

京子はイヤにひくい声でいう。誠作はだまって中に入った。頭のはげたやせぎすの京子たちの父親が六畳の畳の上にごろんと寝そべっていた。急に起きあがって誠作を見た。部屋の中は整頓されている。これまでに見たこともない古ぼけたタンスや茶ダンスが、ベニヤ板の壁にならんでいる。すでに他人の家であった。押入れをあけてみると、そこに仏壇があった。きみ子の家の仏壇なのである。

身内の者たちで、きみ子の衣類が整理されたのは翌日のことだ。彼女の外出着のポケットから妙な紙きれが出てきた。それは、誰かがメモをするために手帳を破いた切れはしだった。きみ子以外の誰かが書いたものであることがわかった。都内新富町付近のかなり詳細なエンピツ書きの地図である。「J・Sヒシヤマ」としてあった。

この紙きれは、瀬野誠作によって捜査本部に届け出られた。警察は大きくゆれ動いた。しかし犯人は挙がらなかった。

浦和市白幡町の若妻殺しは迷宮に入っていた。

八月の暑い一日、宮の森の欅の根元にくくりつけて、そこから垂れさがった一本の縄があった。縄のはしに首をくくった男の死体が発見された。崖下の家の瀬野誠作が、前夜散歩に行くといって出たまま帰らなかったのである。彼は二、三日前から計画していたらしく、その首をくくった縄は、荒縄と荷造り用の苧縄をたんねんによったものであった。かなり太く、丈夫なものである。誠作の死体は、ところどころ石垣のくずれた草茫々の崖にそって、だらんと両足をそろえて垂れさがっていた。彼は、下の屋根を睨んで死んでいた。

遺書はなかった。

宇治黄檗山

昭和20年8月1日、第二小隊第五分隊所属の瀬木音松は、宇治黄檗山万福寺に向かって行軍をしていた。召集されたばかりの寄せ集め部隊には、左眼に大きな傷を負った片眼の男がいた。休憩中、彼は自分の眼を傷つけたのは畠山軍曹だと話し、強い憎しみを瀬木に語る。休憩後、行軍が再開されてしばらくすると、部隊後方から叫び声が聞こえてきた。

昭和19年に召集され輜重隊に所属した時の体験をもとにしている。この体験は後に「兵卒の鬃」に結実するが、原型となる未発表作品「黄檗山」が残されており（大木志門・掛野剛史・高橋孝次編『水上勉の時代』〔田畑書店、2019年6月〕収録）、水上自身がこの体験の作品化にこだわったことがわかる。

※

初出＝『別冊文藝春秋』1961年9月号
これまで単行本に収録されたことはない。本文は初出本文に拠った。

1

夜あけに、雨があがった。東の醍醐山から山科にかけてのなだらかな山並が橙色に染まりはじめた。真夏の午前五時である。伏見深草にある輜重隊の営門から一箇中隊の特務兵どもの隊列が出てきた。彼らは一分隊に三頭ずつの馬をあてがわれていた。朝霧の濃い伏見の町は、アスファルトの道を蹴る馬蹄の音と、輓車のきしる音で静寂を破られた。

まったく馬と車の行列だといえた。背のひくい兵隊どもは一分隊ずつ馬と車に区切られ、ひとかたまりになって列の中に在った。栗毛のうろこのように光る馬の尻の波にかくれ、兵の姿は見えないぐらいだった。どの兵隊も帯剣だけはつけていて、銃を担いでいない者といる者とがばらばらだった。兵隊たちは馬の手綱を交替で把っていた。馬についている者は胸を張っていて、ときどき、馬が首を振ってあばれることがあると、手綱もろとも軀をひきずられながら、隊列から馬がはみ出ないように、真剣になって手綱をひっぱっている。どの顔も汗でぐしょぐしょだった。馬についていない者は、銃を交互に担ぎ、ときどき茶褐色のコッペパンのような糞をたれる馬の尻のあとから、背をまるめ、不安そうな蒼黒い顔をうつむけながら黙々と歩いていた。

瀬木音松は、第二小隊第五分隊にいた。瀬木音松は六月一日に召集をうけて入隊してきたのだが、この小隊は、みなふた月乃至は一ヵ月前に召集をうけた者たちばかりで編制されていた。兵隊たちは深草にある輜重隊の馬小舎の隣りに建てられた「臨時教育輓馬班」という掲示板のかかったトタンぶきのバラックに寝起きし、兵舎外には一歩も出たことのない者ばかりだった。彼らは、馬の背中に荷駄を積んだり、荷駄を結ぶ綱の結び方(輜重兵結び)をならったり、馬の腹や蹄を洗ったり、馬小舎の寝藁を干したり、つまり、かつての日本陸軍で、もっとも陽の目をみない兵科といわれた輜重輸卒の訓練をうけて今日に至った者たちだった。

召集兵の中には、猪首で首が左右に自由のきかない者だとか、旋盤機で指をつめて拇指のない者だとか、小豆のサヤで眼をついて片眼のままでいる百姓だとか、いったような、健康ではあるけれど、五体のどこかに欠陥のある者たちが多数混っていた。

昭和二十年八月一日、まだこの日は広島には原子爆弾は落ちていない。戦局はすでに敗戦の色は見えていたけれども、外界から遮断されている輜重特務兵は、まだ自分たちは、教育を終りさえすればインパールか、南海の戦線に送りこまれるものと信じていた。

瀬木音松の分隊には、同じ教育班の谷川、小田、檜山の二等兵がいた。ほかの二等兵たちは、瀬木の顔見知りでない者ばかりだった。各教育班から選ばれた特務兵で、一個中隊が俄かに編制されたためである。今朝、四時三十分に起床ラッパが鳴った。すでに班付軍曹の時岡と、上等兵の田宮が起きていた。瀬木の班から、四名だけの名を呼んだのだ。

瀬木はどきりとした。〈外地へ出発するのではないか!〉瞬間、そんな思いが走った。下士官に引率され、営庭に走ってくると、暗がりの中に、大勢の兵隊が集まっていた。約二十分で、中隊編制は終った。中隊長の野上大尉は壇の上にあがると、

「宇治黄檗(おうばく)山万福寺に向って、本中隊は行軍を開始するうッ」

と耳の上からつきぬけてくるような叫声でいった。

「お前たちは、今日まで、陸軍輓馬隊の教育をうけてきた。本行軍は、その訓練の成果を試すにある。野戦に参加した精神と同じ精神で無事行軍を完遂することを望む」

この声で、隊員の中からかるいしわぶきと、ざわめきが起きた。誰もが安堵したのである。

〈演習だ。演習でよかった!〉

瀬木も心の中で思わず叫んでいた。しかし、このとき、わきにいた谷川二等兵が小さい声で

いったのだ。

「ほんなこというて、ぽいと船の上へのせてしまうんとちがうかいな」

瀬木は谷川の顔をにらんだ。なるほど、そんなことは聞いたおぼえがあった。演習にゆくといって出たまま、軍用列車にのせられて満州に渡ったという友人のことであった。

「まさか、宇治黄檗山とちゃんと行先をいうとるやないか」

「それもそうや、宇治の近所に駅があらへん。外地へゆくんやったら、京都駅へ行軍するちいよる」

と横から檜山二等兵がいった。一抹の不安を抱いたまま、瀬木たちはそれから馬舎から、それぞれ当番兵に指示される馬を出した。とうらくをつけ、水嚥袋をつけ、鞍を置き、その上に四角い林檎箱ぐらいの弾薬箱を振り分けに結えた。三頭の馬を一分隊で、輓いてゆくわけである。

「ほら、安心や、この箱見いや、石ころが入ってけつかる。もし、外地へ行くんやったら、お前ら、この箱は実弾やないか。加茂川で拾うた演習用の石ころまで、外地へもってゆくかいな」

箱のフタのすき間から見える川原の石をのぞいてみて、谷川が確信ありげにいうので、瀬木も演習は確実だと思ったのである。俄か編制の中隊は五時〇分に営門を出ている。

しばらく、伏見の町を、京阪電鉄ぞいに歩いてゆくと、輓馬の長蛇は直違橋（すれちがいばし）から谷口（やぐち）へのぼる坂道を右に曲った。前方は大岩山といわれる山であった。列は坂道にさしかかると、馬の背中のせわしなく動く姿が、蛇皮のバンドのように山のみどりに吸いこまれてゆくのがわかる。列のところどころに、乗馬姿の下士官がいたが、彼らは隊列からはなれて、不意に馬の向きをかえて後方へ直進してきた。特務兵たちのひいている馬の荷の歪んだのや、馬具のゆるみを大声で指摘したりした。

実際、馬を輓いている兵は辛かった。どの馬も、調練のゆき届いていない荒馬ばかりだったからである。そのころは、軍用馬はすべて野戦にかり出されていたので、内地にのこっている馬は、北海道や秋田あたりから、送られてきたばかりの鼻息のあらい若馬ばかりだった。たった一カ月や二カ月の訓練をうけたぐらいの兵卒には処理しかねた。馬はいったん荒れだすと、隊列の中で向きをかえ、列をはみ出て突走ったりすることがあった。兵はそれを絶えず監視していなければならない。手綱をもっているからいいというものでもなかった。かえって手綱をもっているために、馬の機嫌をそこねて、放馬するといった兵も出ていた。だから、兵隊たちは、なるべく危害のないように気をくばりながら目的地の宇治黄檗山に向って、ただ黙々と歩いていたのであった。

瀬木は谷口の坂道から、道が急にせまくなって、孟宗藪が両側に迫ってくる地点にさしかかった頃、同じ分隊にいる一人の男が気になりだした。

その男は左眼がなかった。ちょうと瀬木の列から一人おいて右側を歩いているので、左眼尻に深い傷のあるのがよくみえる。その傷は左眼にまでつづいていて、眼球がなかった。穴のあいたように眼のくぼんだところが黒く裂けていた。おそらく、この傷をどこで受けたにしても、男はいったん死ぬ思いをしたにちがいない。よくみていると、その傷はまだ糸をぬいてから日が浅いと思われる。ひきつった頬の皮が、そこだけを赧く充血して光っている。

この片眼の男は年齢がわからなかった。おそらく三十はすぎていないだろう。二十七、八か。下士官がそばへやってくる時以外は、ぺちゃくちゃ喋っている兵隊たちの仲間にもこの男は入らなかった。あいている一方の眼で、前方をにらんだまま黙々と歩いている。暗い表情だった。背はそんなに高くはない。地方にある時は、大工職か樵夫かといったような肩の張った骨太の感じもする。しかし、どこかインテリだったような感じもするのだ。その証拠に男は、仲間たちの話に興味がないというのではないらしい。たえず、椎茸のように黒ずんだ耳をひらいて、話に聴き入っている風であった。

「宇治黄檗山て、いったいどこやね。えろうけったいな名前のとこへつれてゆくやないか」

別の班の隊員がいっている。

「宇治川のな、下の方にある寺やが。むかし、わしら、学校の本で習ろたことがあったぞ」

「そや、そや」

と谷川二等兵が人を小馬鹿にしたような声でいった。

「鉄眼の一切経やな。何とかいう寺に、お経の本がのこっとるそうや。そんな寺の門前にいって何するんやろな」

「馬つれて、お寺まいりかいな、あほらし」

誰かがそんな茶々を入れると、兵隊たちは声にならない笑いをかみ殺しつづけていた。

瀬木は黄檗山のことは書物の上で知っていた。おそらく、その寺のことについてくわしく知っている者は、この分隊では瀬木ひとりかも知れないと思われた。谷川は三重県の百姓である。檜山は福井県の漁師村の出だ。小田は岐阜県の床屋だといった。小学校を出ただけで、それぞれの土地で家業をついで嫁をもらって、子も一人か二人はいる年配であった。彼らはもう三十を越している。老兵といえた。いずれも瀬木のように、丙種合格で、第二国民兵役に編入されていたものを、今時大戦最後に近い赤紙をうけて、妻子たちと別れて伏見に入ってきた者ばかりであった。おそらく他の分隊員も、谷川たちと同じ境遇と似通っている者ばかりにちがいない。瀬木はそんな眼で、今朝から行を共にしなければならなくなった、未知の男たちを眺めている。しかし、その中でも、片眼の男だけは、素姓が摑めないのだ。

瀬木音松は歩きながら、黄檗山について知っていることを反芻していた。寺は万福寺という。

隠元禅師の開山だ。おそらく寛文年間ではなかったろうか。五月まで立っていた福井県若狭の小学校の教壇生活を思いだしながら瀬木は考える。明の国の黄檗山万福寺の様式をとり入れて建てられた中国風の寺であるという。昔から支那寺といわれたほどだから、おそらく、寺の門も朱色ではなかろうか。瀬木は書物の上でみた黄檗山に次第に興味をもちはじめていた。なるほど、誰かがいったとおり、万福寺山内の宝蔵院には、鉄眼禅師の一切経の版木が六万枚ものこっている。

「山門をいずれば日本ぞ茶摘唄」これをよんだ歌人はだれであったろうか。

瀬木がそんなことを考えながら歩いていると、とつぜん、二分隊ほど間隔をおいた前方で叫声が起きた。

「あほんだら、何、ぼけてくさるッ。営倉ゆきだぞッ。きさまッ。早よさがしてこいッ」

聞きおぼえのある田宮上等兵の声がしていた。野卑なかすれ声を出すこの上等兵は皆に恐れを抱かせていた。奈良県下で博労（ばくろう）をしていたとかいうことである。口汚なくののしるのが有名で誰もが嫌っている。田宮の声がすると、兵たちは背すじが寒くなった。

「あほんだら、早よもとの道へもどってこんかいッ」

誰かが、落しものをしたらしかった。

「何やら、落したようや。気いつけんとあかんでエ！」

谷川がぼそりと忠告していった。兵隊たちは、それぞれの帯剣にさわった。馬具をゆっくり眺めたりした。不足物がないかをゆっくりあらためた。と、瀬木たちの隊のわきを、若い顔をした小柄な男が、真剣な眼つきで走ってきた。

「水嗽袋落しよったんや」

前列から伝言がきて、瀬木の耳にもそれが入った。馬の背中にくくりつけておいた折りたたみのきく茶色の布製の水袋のことであった。それを落したのだ。馬があばれたときに落したらしい。うしろを歩いてゆく兵隊たちの眼につかなかったのは、よほど、道のはしに落としたとみてよかった。

「気の毒やな。また、田宮のおっさんにこっぴどうやられよるわ」

誰かが、つぶやいて、肩をすぼめた。じっさい、兵隊たちは他人事ではないのだった。行軍は、水袋を一つ落した兵のことを考えて待っていてはくれない。坂道をもどった兵隊の小造りな顔が瀬木の眼にいつまでものこった。暗い気もちになった。

「瀬木はん」

とわきから谷川がかけてきた。瀬木は一つ二つ皆よりも年長だし、教師をしていたということもあって、ちょっと畏敬のひびきのこもった物言いでよびかけられる。

「黄檗山てそんなに広いとこがあるんどすか。中隊が止まろ思うたら、どえらい広いとこやないとあきしまへんやろ」

「ぼくは知らない。一どもいったことがないんだ」

と瀬木は小さくいった。と、そのとき、何げなくみていた片眼の男の横顔がひくりと動いた。男はこのとき、一つだけの眼をチラと瀬木の方に向けたのだった。蒼くうす膜のはったその片眼が、隅の方でキラリと光ったように思えた。瀬木は視線をずらせた。だまって歩いていった。

〈妙な男だな。いったい、あの男は片眼の傷をどこで受けたのか。地方にいたとき何をしていたのか……〉

瀬木はその男に取りつかれはじめた。

2

大岩山はそんなに高い山ではない。孟宗藪をつきぬけると、かなり広い赤土の出た道にさしかかる。山の頂上は小松と杉の混淆された林になっているが、「中茶屋」というあたりから下り坂になりはじめた。輓馬隊は登り坂が終ると急に元気が出たものか、次第に足が早くなった。営門を出てから一時間ちかくなるのに、まだ馬上の下士官からは、小休止の命令はこない。疲れてきた兵たちは、馬を輓いている者は手綱をちぢめて馬の首にぶら下りはじめる。下士官や、上等兵たちは、兵卒の横着な行軍を見逃すまいとして、始終、隊列のわきを往来しだした。瀬木たちは黙って歩いた。

山を下りると勧修寺の村が眼に入った。そこにはかなりな盆地があって、いちめん青い稲穂の水田である。中には早稲田が早や色づきはじめていて、鶯いろに黄味をおびた田もみられた。村に入ったころ、行軍の兵たちに水をさし出す百姓家の老婆がいた。兵隊たちは、それを呑むわけにはゆかなかった。横眼で手桶の水をじぃーっとみながら通過した。勧修寺を出て、左に曲った。道は山ぞいの平坦な広い道となったが、溝をへだてて右側は水田がすぐ足もとまできている。醍醐山に上った陽はこの山裾を直射で照らした。たまらなかった。兵隊たちは陽に焼け汗だくになった。小休止の命令はなかなか下りない。

村を出て、十分間ほど、山ぞい道を歩いていたとき、瀬木の分隊の右の方で、とつぜん黒栗毛の馬がひと声いなないた。首を空に向けて大きく振った。手綱をとっていた兵はしゃがみ腰になった。両手で手綱をひっぱった。静止させようとあせった。と、前方の馬がこんどは大きく尻を横にむけて、列をはなれた。首をふりあげていた馬は、同じように列からはみ出て、兵は溝のわきに小柄な軀を振られたのだった。今にも溝川へ落ちそうになった。

「あーッ」

悲鳴がその男からもれた。溝の杭がズボンの裾をひっかけたのだった。兵は手綱を放した。黒栗毛は、ひひひひんと高鳴いた。瞬間、溝をひと飛びにとびこえると、乾いた水田の稲穂の中へ走りこんだのだ。馬は狂乱のように列からはなれて稲穂の中を駆けた。

「うあーッ」

と半泣きのような声をだして、兵は溝の中に倒れている。手綱のはしをとろうとしたのだが、馬の蹴爪におびえてそれは発した声だった。

「あほんだらッ」

田宮上等兵の声が瀬木たちの頭上で割れるようにひびいた。

「追わんか、追わんか」

倒れていた兵は、上等兵の声で、しゃきりと立ち上っていた。そうして一目散に稲田の中を駆けていった。馬は海のような鶯いろの稲穂を、踏みくだいた。

まるで、絨毯の上を飛び上るように奔放に廻りはじめたのだ。

「うあッ」

と小柄な兵はまた叫び、稲穂の中を駆けた。

「あほんだら、なに、ぼやぼやしてくさるッ」

田宮上等兵は舌打ちした。行軍を止めてはいけない、黙黙と歩いてゆかねばならない。兵たちの頭にその声は非情にひびいた。

「気いつけいッ、放馬したら、黄檗山でびんたやでッ」

瀬木はぞおっとした。馬上の田宮の顔をかいま見た。鼻のひくい寸づまりの博労の顔がそこにあった。眼が爛々と光っていた。田圃の中を駆け廻る兵と馬の、炭切れのような小さい影を追って彼は微笑していた。

〈落伍したら大変だぞ……、あの兵隊は運がわるかったのだ。ひどい荒れ馬に当ったのだ。……〉

瀬木はそう思った。やがて自分が交代しなければならない前方の灰色まだらの両尻に「照銀」「大八州」と焼判の捺してある二頭の馬を眺めやった。一方の馬を福井の漁師の檜山が、汗だくで手綱をとっている。小休止があれば、馬につく兵は交代せねばならない。

放馬した兵隊や、水袋を落した兵隊をのこしたまま、輓馬隊は小栗栖の村を通りすぎていった。醍醐の町が、水田をへだてて、向う側の山裾に煙っていた。陽はカンカンに照りつける。兵隊たちは疲れがひどくなった。背中はじとじとに汗ばみ、帯剣で汗の皮膚が嚙まれた。ひどく歩きにくくなった。猿又もズボンもぐっしょりなのだ。

小栗栖の村を出て二十分ほどしたころである。前方で中隊長の号令がきこえた。うけついだ下士官が、

「小休止ーぃッ」

と声をはりあげて廻った。瀬木はほっとした。このまま行軍をつづければ、日射病になってぶっ倒れる者も出るかもしれない。他人事ではなかった。瀬木も頭がくらくらしていたのだ。

だが、この小休止は、兵隊のためのものでないことがあとでわかった。先程、田圃の中で放馬した兵が出たので、馬どもに休憩をあたえねばという意見が出たらしく、馬を休めるのが小休止の目的であった。兵たちは、下士官の命令を頭上できいた。

「荷駄をはずせえーッ」

瀬木たちの分隊を睨んでいたのは四角い顔をした軍曹だった。軍曹は、馬を下りると、つかつかと分隊の中へ入ってきた。

「カトウ」

大声で兵の一人をよんだ。

「お前、わしの馬をつなげ」

そういうと、片眼の男をにらんでいる。

「はい、加藤二等兵は、班長殿の馬をつなぎまあーす」

片眼の男は直立不動の姿勢になると、大声でいった。かなりすき透るはっきりした声だ。瀬木がきいたこの男の最初の声だった。片眼が虚無的な光りを、軍曹の背になげ、加藤とよばれたその男は、溝杭に、軍曹の馬をくくりつけるために隊をはなれてゆく。

〈きっと、あの軍曹の教育班の男なのだな……〉

瀬木は隊からはなれて、軍曹の馬の鞍をはずしかける片眼の男を見ていた。檜山がよんだ。

瀬木も「照銀」の荷駄を下ろさねばならない。

馬も鞍の下に汗をかいている。汗をかいたまま荷を背負わせておくと、皮膚がただれてくる。そのために、兵たちは、汗をぬぐってやらねばならない。鞍のよこにとりつけてあった藁束をとると、一人が手綱をもって、首をおさえつけ、一人が、背中の毛並みにさからわないように上から下へこすりはじめた。馬は湯気をたててあばれだした。

手のあいた兵たちは、小栗栖の村の農家に駆けてゆき、水袋に入れる水を手桶ではこんだ。提灯のようにたたまれてある水袋をひろげると、兵どもはかわいた咽喉をならしながら、馬たちに配ってあるくのだ。

瀬木は檜山と一しょに水袋を「照銀」の首につるし、前足や、後足の汗をていねいにふいていた。兵隊は水を呑むことを禁じられている。音をたてて乾ききっている咽喉が、太陽の下で灼けつくように痛い。だが、兵隊たちは不服をいってはならない。行軍中の小休止は、このように馬のためにかけ回らねばならないということをはじめて知ったのであった。

瀬木音松が片眼の男と、班長の軍曹とが睨みあっているのを垣間見たのは、この小休止がやがて終ろうとする時だった。隊列から十メートルほどはなれた溝の曲り角に葉のしげった柿の木があった。その下で二人は向きあっていた。四角い顔をした軍曹は腰に両手をあて、加藤二等兵を睨みつけている。瀬木は馬の汗ふきがすんだので、何げなくそのわきを通ったのだ。瀬木だけが、片眼の男に関心をもちはじめていたから、この睨みあった姿に思わずひき入れられたのかもしれない。他の兵隊たちは、気づかないようだった。

「お前やる気か」

軍曹は押しころした声でいった。

「やるなら、やってみろ」

片眼はだまって軍曹をみていた。瀬木の眼には、加藤二等兵が何かわるいことをして叱られたあとで哀願しているように思えた。それほど、一つしかない彼の眼は光りをうしない、茫然としたかんじがした。

「やるなら、やってみろ」

軍曹はまた吹鳴った。この声のひびきは、上官が部下に説諭するひびきではなかった。対等の者が憎しみのあまり投げつけた物言いであった。

軍曹は投げすてるようにいうと拍車のついた長靴を音たてて歩いて、溝杭にゆわえてあるうらくの皮紐を自分ではずした。と、栗毛のたて髪のふくよかなあたりをさっとわし掴みし、鞍の上にひょいと跨がった。と同時だった。

「出発ーッ」

前方から声がした。軍曹は馬にムチをあてた。加藤二等兵が茫然と見上げている前を通りすぎていった。このとき馬上からじろりと加藤の方を見かえしたようだった。瀬木は加藤の方をみたが、彼は片眼を伏せてうつむいていた。

馬具つけが終了した時は、すでに前列がうごき出していた。

小休止は結局兵隊たちの一服するヒマはなかった。

「えらいこっちゃ。馬の方が人間より大事なんや」

谷川がぼそりといった。瀬木は「照銀」の手綱をにぎり、おーら、おーら、と歩きながら右わきをみた。

片眼の男も交代していた。手綱をとって、おーら、おーらと首のあたりをたたいている。その顔は思いなしか沈んでみえる。

3

山沿い道を行軍してゆくと、ひらけた水田の盆地はやがて両側からせりだしてくる山峡いでせばまった。その峠を越えると、また視野はひろくなり、奈良線の通る六地蔵の盆地があった。騎馬隊は六地蔵をぬけた。線路ぞいに黙々と南下した。

瀬木は空腹をおぼえた。おそらく、昼食は黄檗山に到着してからだろう。一滴の水も呑んでいなかったから、空いた腹が痛みだした。陽は照りつける。木幡という村にきたとき、道の両側には茶畑があった。茶は黒々とした葉をみせて、盆をふせたように美しくかりこまれていた。陽の下で茶の木の列が遠くまでのびている。瀬木は宇治の茶畑をみたのははじめてだ。ふと、眼をやると遠い畑の方に三人の茶摘女の姿がみられた。一人だけ赤い襷をかけ、木綿の黒っぽい着物の袖から白い腕をのぞかせている。風になぶられている髪の毛をみていると、瀬木は若狭にいる妻のことを思いだした。

〈もう、若狭へ帰れないかもしれないな。この演習がすむと、すぐに外地へ廻されるかもしれない。そうでなければ、なぜ、一班からよりすぐった四名だけをこの中隊に入れたのか……〉

不安の底にあるのはそれだった。同じ不安は谷川にも檜山にも、小田にもあるのである。しかし、彼らは、そのことにはふれず、下士官の姿がみえなくなると、冗談をとばすか、さもなくば、何か考えつめた表情で黙々と歩いてゆく。

木幡の村へくると、ようやく、宇治の町が近づいたらしかった。ところどころに宇治茶の看板が出ているし、町らしい雰囲気がしてきた。しかし、宇治はおもしろいところで、そんな町なみに出たと思うと、すぐ、茶畑がつづき、茶畑がすむと、また深い孟宗林に入るといった具合に、平坦だが変化のある道がつづくのであった。

黄檗山万福寺は広芝という所をすぎて、間もなくすぐ右側の山裾にあった。人家のあいだを行進してゆくと急に巨松のそびえた山裾にきた。それが万福寺前であることがわかった。五雲峯という山がそびえている。その山を背景にして、伽藍は奥の方に深々とのびていた。瀬木は山門の前の広い松林にきたとき、ここの木蔭が今日の終着地であることを思ってほっとした。すでに先着の兵隊たちは銃を組んでそこに休んでいた。馬どもは松林にくくりつけられていた。

「大休止ーいッ」

下士官の命令が到着した順番に伝ってゆく。兵隊たちは、馬を最寄りの松にくくりつけ、ふたたび、水嚢袋をもって、山門前の家へ水をもらいに駈けた。鞍もはずし、馬の汗ふきをすませた。馬には輓車にのせてあった糧食を喰わせた。そのあとで、兵隊たちの昼食であった。兵たちは水筒に水を入れてきて、地べたに座った。飯盒の大豆入りの麦飯を犬のようにわき目もふらずぱくついた。

瀬木は食事のあとで、万福寺の山門の方へ歩いた。

なるほど、この寺は支那風につくられていた。京都や奈良の寺院とだいぶちがっている。門から内側をのぞくと一直線に伽藍が配置されていて、左右にある方丈、斉堂、禅堂、祖師堂と、それらの建物を結ぶ廻廊の窓はみな支那窓風にえぐれているのだった。

いま、その伽藍の屋根が、八月の太陽にぎらぎら輝いている。枝をさしのべた松影と、伽藍の影がうちつづく石畳の上を、門前の馬のいななきがひびきわたった。瀬木は門の下に足を入れた。内側の庭をさしのぞいた。と、そこにうす紫にうきたってみえるあじさいの花むらがあった。花は朱塗の廻廊を背景にして、庭の隅で満開だった。瀬木はじいっとみとれた。二た月の間、馬小舎に隣接した兵舎で、花もみないで暮してきたつらい訓練の日々が思いかえされた。

と、このとき、わきによってきた兵隊がいた。ふりむくと、片眼の男だった。

「りっぱなお寺ですね」

瀬木ははなしかけた。片眼の男はちょっと浅黒い頰骨の出た皮膚をうごかしただけであった。

「あんた、やっぱり教育隊ですか」

「そうや」

加藤二等兵ははじめて口をきいた。

「六月の召集ですか」

「いや」

と片眼を瀬木にむけて、すぐまただまってしまった。と、このとき、男の顔が急に歪んで、厚い唇がひらいた。

「あんた、さっき、小栗栖の川っぷちでわたしが、畠山とはなしてたのを見てたんやね」

「……」

「あいつは鬼みたいな奴っちゃ。いいですか、いまにみておれ、いいたいぐらいや」

男は舌打ちして、瀬木の方に憎々しげな片眼を向けてきた。

「誰も知らんのや、……あの軍曹はね、わたしのこの眼玉をくりぬいた奴なんや。殺してもまだ憎みたりない奴なんや」

瀬木はぎょっとして加藤の顔をみた。嘘をいっている風でもなかった。その証拠に、瞬間、彼の片眼が哀願するようなうつろな光りをうかべているのだった。

「それはどういうわけで……畠山というのはあなたの班の班長でしょう」

「うちの班長や」

加藤二等兵は、せせらわらうようにつづけた。

「あいつが……わたしの眼玉をくりぬいたんや。あんた、兵舎に帰ったら、第十一班の井出という男に会って下さい。ここ二、三日、井出は練兵休で寝てます……どうぞ。たずねてやって下さい。その男が全部を知っていますよ。わたしが、どうして、去年の八月から、二等兵で……この隊にこうしているかということも知ってますよ。眼玉をくりぬかれた理由もや」

「………」

瀬木は、この男が、なにかを思いつめている顔つきなのに寒気をおぼえた。この男は何をいうのか。いったい人間が人間の眼玉をくりぬくってことが出来るのか。畠山軍曹はこの男に何をしたというのか。

〈隊へ帰ったら……とこの男はいまいった。それでは、この男はもう隊へ帰らないつもりなのか……〉

〈脱走するのか！〉

頭に走ったのはそのことであった。瀬木は恐ろしいことをきいたと思った。胸がさわいだ。

小栗栖の柿の木の下で、この男は四角い顔をした畠山軍曹と睨みあっていた。

〈やるなら、やってみろ！〉と軍曹は憎々しげにいっていたではないか。

〈何をするのか！〉

瀬木はあじさいの花から眼をそらせた。どうしようかと考えたが、片眼の男の切羽つまった顔をこれ以上みているのにしのびないので、兵隊たちの待っている松林の休憩地の方へゆっくり歩きだした。

「あんたの名前いうて下さい」

加藤二等兵は追いかけるようにいった。

「ぼくですか、瀬木です」

瀬木はちょっとふり向いただけでそれから早足ではなれた。

4

奇妙な男だ。大休止のあいだじゅう瀬木音松は片眼の男加藤二等兵から眼をはなさなかった。やがて、彼も分隊員のかたまっている位置に戻ってきたが、心なし、その視線は、瀬木の方にいつも向けられていた。しかし、加藤は、瀬木以外のだれにもはなしかけていないのだった。第十一班は、この男だけをよりぬいて今日の行軍に加えたのかもしれない。とすると、加藤は、班長の畠山軍曹からよく思われていないのだ。その彼がえらばれてきた演習であった。瀬木は谷川や檜山や小田と一しょに自分たちも時岡軍曹に受けがわるかったのではないか、と思ったりした。

しかし、瀬木は、加藤のように憎々しげに班長をみなければならないことをしたおぼえはない。

〈片眼の男がもっている憎悪。それはいったい、何だろう……〉

瀬木は、眼玉をくりぬかれたといった言葉をまた思いだした。

〈畠山軍曹がどうして、あの男の眼玉をくりぬいたか……〉

そういえば、眼球の失くなった眼くぼと、そのわきのひきつれた傷は痛々しいほど充血していた。いくらかはれ上っているようにさえみえた。

〈軍曹に殴られたのか。まさかそんなことはあるまい。殴りつけてあんなにひどい傷ができるものではない……〉

瀬木は加藤の口走った唐突な言葉にいつまでもひっかかったのである。

大休止の終ったのは一時二十分であった。中隊長の命令で、下士官溜り所に集まっていた軍曹や伍長たちは、またそれぞれの隊列に配置されて戻ってきた。と、畠山軍曹の顔もみえる。四角い下ぶくれした彼の顔はてかてかにひかっていた。彼はゆっくり松の下をやってきた。

「出発ーう、用意」

という号令が遠くできこえた。下士官たちはそれぞれ号令を伝達した。自分自分の馬のところに散った。畠山軍曹は瀬木たちの第五分隊に近づいてくると、

「加藤二等兵」

と怒鳴るようにいった。

「はいッ」

片眼の二等兵は不動の姿勢をとった。

「俺の馬具をつけろッ」

片眼はいった。

「加藤二等兵は班長殿の馬具をつけまあーす」

加藤二等兵は隊列を出て、駆け足で、栗毛の馬につき進んでゆく。まず鞍下毛布をかける。その上に鞍をおく。そうして、手綱をといた。馬をつれて、畠山の立っている所へやってきた。軍曹は鞍つけの具合を点検し終ると、よしッ、と大声でいい、たてがみをわし掴みにすると、巧妙な動作で股がった。加藤はその畠山の姿を茫漠とした片眼でみていた。

瀬木は二人のこの挙動を、列の中から次の番である谷川二等兵に「照銀」をゆずりながら盗み見していた。

いったい、加藤二等兵が、憎しみをいだいているのに、どうして、また畠山はあんなに加藤ばかりを使うのだろう。不思議だった。

自分の班の者が彼一人しかいない理由によるためか。

瀬木は畠山の後姿を、茫漠とした視点の定まらぬ眼で見ていた加藤の顔が哀れにうつってしかたがなかった。

〈いまに見ておれっていうんや……〉

あんなことを、あの男はつい昂奮して口走ったのではないか。万福寺の庭のあじさいの花があの男の心をそんな風にいらだたせたととれないだろうか。ふと、そんなことを発散してみたくなったのかも知れない。

〈眼の玉をくりぬかれたなんて……そんな馬鹿げたことはあるまい……〉

瀬木はそう思う一方で、現実に加藤二等兵は誰かに眼の玉をくりぬかれているのだという事実にまたどきりとした。

〈怪我をしたんだ。その怪我を、彼は軍曹のせいにしているんだ……〉

瀬木はそんな風にも思った。

やがてまた中隊は行進にうつった。右の方をみると、一人おいて片眼の加藤はこんどは銃をかついで黙々と歩いている。

〈去年の八月から……一年間、二等兵のまま輜重隊でくらしてきている……〉

そう思ったとき、瀬木は新しい戦慄が走った。

〈いったい、二等兵のままで、一年間も、輓馬の教育をうけねばならないなんて……そんな兵隊が本当にいたのか！〉

片眼の二等兵が、無気味な存在にみえてきた。

5

輓馬隊が、そのまま黄檗山万福寺門町から南下して、宇治川にさしかかったのは二時三十分ごろであった。おそらく、野上中隊長は、宇治市を通過して、広野に出て、京阪国道を北上するか、あるいは宇治川ぞいに槇島を通って岡屋に出て、観月橋を渡って伏見に入る予測をたてていたにちがいないのだ。

兵隊たちは、大休止のあとだったので、いくらか疲れはぬけていた。行進にも元気が出ていた。瀬木は谷川と交代したので、こんどは「照銀」のうしろから徒歩で歩く番だった。わきに檜山がいる。田宮上等兵の姿が遠のくと、檜山は瀬木の耳に口をつけるようにしていった。

「瀬木はん、あんたのよこの片眼の男知ってまっか」

「加藤という男だが」

瀬木は檜山が何をいいだすのかと、その小声に耳をひらいた。

「あの眼ェは、隊でやられたゝとちがいまっかいうて。谷川が、気にしてましたぜ」

「隊でやられたと……」

「馬に蹴られたゝとちがいまっか」

「まさか」

と瀬木はいったけれど、あり得ないことでもないと思った。入隊当初、夕刻の水喇時に、馬が荒れて、ひきずられていった兵がコンクリートの水槽で頭を打って昏倒するのをみたことがある。その際はすぐさま医務室にかつぎこまれたが、頭蓋底出血で、一日後に死亡していた。馬に蹴られることだってあるわけで、ひょっとしたら、眼玉をくりぬかれたというのは、そんな訓練の最中に馬にやられたのではないか。

「へんに沈んだ男ですな」

瀬木はだまっていた。檜山にくわしくははなさないで、だまって考えていた。

先頭部隊は宇治橋に入った。コンクリートの新しい橋だった。下をみると、蒼々とした宇治川の急流が波しぶきをあげて走っていた。先頭部隊は橋を渡り終えると右に曲った。川ぞいに北上するらしかった、土堤にそうて、白い道が曲りくねって北に消えている。一時間ほどたったころ、岡屋をすぎて川岸が高くなり川の流れが崖の下をえぐって流れる地点にきたとき、

「小休止ーいィ」

と前方で命令が下った。

兵たちは、ふたたび、馬を崖の上の手ごろな木や、棒杭にくくりつけて、鞍をはずしにかかった。

瀬木は「照銀」の荷駄を下ろしながら、片眼の加藤二等兵の方をみていた。と、このとき、加藤の顔が、ちらと瀬木の方を向き、視線がかち合った。〈おや〉と瀬木は思った。その片眼は光りを放っていた。茫漠とした感じではなく、キリのように鋭く瀬木の眼をさした。瞬間、加藤二等兵は瀬木のわきをすりぬけて、隊列をはなれていた。後方へ走っていた。

〈どこへゆくのか!〉

瀬木は馬と兵の間から後姿を追ったがすぐ見えなくなった。自分の持ち場を離れてどこへいったのか。

瀬木は気にかかった。しかし、谷川が馬具をゆるめるのを手伝えといっているので、しかたがなかった。鞍を下ろすと、檜山と一しょに毛布をはずし、また藁束で汗をこすりはじめた。陽はぎらぎら照りつけている。檜山の顔にも、谷川の顔にも塩をふいたような汗が出ていた。と、三人が「照銀」の背中から腹のあたりの汗をふき終ったころであった。後方の隊員の中から、何かあーっという声がきこえ、同時に騒々しいざわめきが起った。

〈何かあったな!〉

そう思ったのと、瀬木の頭に先程隊列をぬけてうしろに走った、加藤二等兵の姿がうかんだ。兵隊たちのすべては後方の白い土堤をみていた。くの字に曲がった白い道を一頭の栗毛が狂ったように走ってゆくのが見える。そのうしろを、黒い点になって男が追いかけていた。

〈加藤だッ！〉

瀬木は口の中で思わず叫んだ。

〈しかし、あの馬は誰の馬なのか！〉

頭にひらめいたのは畠山軍曹の馬であった。

加藤二等兵が、手入れをしにいって、放馬したのか。がやがやとつたわってくる後方部隊からの情報が、やがて、瀬木にもつたわったとき、瀬木音松は思わず声をあげそうになった。

「軍曹が落ちたぞ、軍曹が川へ落ちたぞ」

声はたしかにそうきこえたのだ。道はかなり広い幅をもっていたから、どんなに隊列が休んだからといって、通りにくいほどの余地になるとも思えなかった。おそらく、畠山軍曹はまだ馬上にあったにちがいない。

瀬木はそう思った。しかし、後方から、つたわってくる詳細な情報は、恐るべきことであった。

第三小隊第二分隊といえば、長蛇の隊列の後方から、まだだいぶ中央にきたあたりである。その崖ぎわを、畠山軍曹は「小休止ーいッ」と号令を伝達しながら走っていた。栗毛の馬はおとなしく隊列に向って首を向け、崖に向ってお尻を向けて立っていた。そこへ、

「班長殿ーッ」片眼の男が走ってきた。

「加藤二等兵が馬具を改めるでありまあーす」

片眼の男は叫ぶようにいうと、馬上の畠山がこっくりうなずいて、馬首を、走ってきた片眼の男にあずけようとしたときだった。片眼の男の手が手綱にかかったと瞬間、

「あ、あ、あッ」

と二等兵の口からうめきのような声がもれ、栗毛の馬は一、二秒間のうちに半馬身ほどあとじさりしだした。

「あぶないッ」

誰かが叫んだ。隊列の兵たちが崖のふちをみたとき、後足で崖上の草むらを蹴りあがろうとしてもがいている馬の蹄が、空を蹴って落ちかかろうとするのをみた。

「あ、あ、あ、あ」

片眼の男は手綱を渾身の力をこめてひっぱっていた。と、瞬間手綱を放した。馬身の後部をぴしりっと撲りつけたのだった。馬はひひひひんと高くいななき、狂ったように後方の道に向って駈けて行った。人びとは三十メートルもあろうかと思われる崖の下へ、かくれんぼをするように馬上から音もなく消えた軍曹の姿をみただけであった。

崖の下には土のくずれ落ちた絶壁があり、えぐれたように入りこんだ蒼い淵が渦をまいていた。兵隊たちがかけつけたとき、水面は蒼黒い色をうかべてしずかに下方に向って移行してゆ

くだけであった。

「軍曹殿が落ちたぞォ」

その声はやがて、前方につたわっていった。

白い道を奔馬はまだかけている。その馬を目がけて、黒い点のようになって、兵が追いかけている。

小栗栖の稲穂の中でみた放馬とかわらない。これは二ど目の放馬であった。事故はやがて、片眼の二等兵が荒れ馬をつれ戻してきて、畠山軍曹が落下する瞬間の事情が上等兵に報告され、これは小隊長を通じ野上中隊長に報じられた。突然、馬があばれて、馬上の軍曹はふり落されたという判断であった。手綱をとっていた加藤二等兵は馬を沈めようと躍起になって軍曹の落下を防ぐことはできなかった。ということを近くにいた隊員の誰もが認めた。

小休止はこの事故によって大休止に変更された。捜索隊の兵隊たちが約五百メートル下流で溺死体となって、浮き上った畠山軍曹らしいものをみたのはそれから約一時間のちのことである。しかし、宇治川の急流は、わずかにその軍服のはしを白波の中にチラとうかべただけで、ふたたび、影を呑んだまま流れていった。

長い輓馬隊の列はふたたび岡屋の崖の道を北上していった。一人の軍曹の危禍が、酷暑の太陽の下を行進する兵隊たちの眠気を吹っ飛ばしたことは事実である。瀬木音松は「照銀」のうしろを歩きながら、右隣りの一人だけかけた分隊員の穴をみつめながら歩いた。

〈誰も知らない。あの男がやったことを誰も知らない……〉

瀬木は、行進しながら、中隊事務官である準尉の横で、今ごろは片眼の加藤が説明してゆく内容がはっきり読めるような気がした。

黄檗山の山門下で加藤がいった言葉は誰にもいうまいと瀬木は心に誓った。

隊へ帰ったら、井出という兵隊に、加藤二等兵がなぜあの軍曹に左眼の眼球をくりぬかれたかを聞いてみたいと思った。瀬木はいつまでもうしろをふりかえった。「照銀」の隆起した背中からみえかくれする宇治川は、蒼い流れの対岸に、黒い五雲峯をうかべている。松林の中に見えかくれして屋根があった。黄檗山万福寺であった。

行進の先頭は観月橋に入りつつあった。瀬木の眼に白紫のあじさいの花がいつまでも咲いていた。

うつぼの筺舟

昭和3X年10月12日の夕刻、佐渡の宿根木から沖に漕ぎ出た漁師が、岩陰に浮かぶ大きな木箱を発見する。中から現れたのは美しい女性の絞殺死体だった。現場に駆けつけた新潟県警の多田利吉は、女性が着ていたゆかたを唯一の手がかりに捜査を開始する。と同時に新潟大学の内浦保教授から、民間伝承として伝わる死体を入れた舟「うつぼ舟」の存在を知らされる。

※

初出＝『オール讀物』1960年11月号
初収単行本＝『うつぼの筐舟』（河出書房新社、1960年12月）。その後『うつぼの筐舟』（角川文庫、1962年7月）、『別冊宝石　現代推理作家シリーズ水上勉』（宝石社、1962年12月）、『水上勉選集　四』（新潮社、1968年9月）、『水上勉社会派傑作選　五』（朝日新聞社、1972年12月）などに収録された。本文は『水上勉全集』第一巻（中央公論社、1976年6月）収録のものに拠った。

一

佐渡の小木(おぎ)の港は、港の中央に突き出ている城山という半島で二つに区切られていて、外の潤(ま)、内の澗とよばれ、細長く海にそってのびている。

紫紺の色のびろうどを敷いたような海のたたずまいは、いかにも遠流(おんる)の島の港町といった感じが深く、ちりめん皺の小波のたつ磯は、白い砂浜が帯のようにどこまでも続いている。

この小木の港は、むかしは佐渡金山の公金積み出し港として栄えた町で、諸国の廻船が、西まわり航路の風待ち港にして立ち寄った港だと知られているだけで、今日では佐渡を訪ねる物好きな旅人が日帰りで立ち去ってゆく、うらさびしい漁港に変りはててしまった。

この港から海に沿うて、島の南西部の突端にむかってバスも通わない、ほそい、嶮しい山道が通じている。宿根木という小さな部落へ行きつくのである。

宿根木は辺鄙なところで、黒い岩のとび出た波のあらい海がひろがっているし、海蝕地帯特有の奇岩が山裾にいくつも露出していた。波しぶきのかかる嶮路は、右手に闊葉樹の茂った黒い樹海のある渓谷をくぐりぬけ、いく曲りとなく屈折しているから、昼でも暗いような箇所がいくらもある。小木の港から、距離にしてわずか六、七キロしかはなれていないのに、まるで離れ島にきたような侘しさだ。

戸数は二十一戸、人口四十五。冬場はよそへ出稼ぎに出る男衆のほかは、女子供は菰をあみ、春夏は近海漁業で生計をたてている貧しい漁師ばかり。どの家も平べったくて、瓦や檜皮でふいた低い屋根の上に、石ころをならべて重しにしている。崖の上の粗末な家々を見ていると、こんな所に人が住めるものかと驚かされる。

昭和三十×年十月十二日の夕刻である。この部落の漁師の子供で十四歳になる瀬沼糸吉が、部落から二百メートルほど西よりの岸近くに丸木舟を出して、沖へ向って漕いでいた。

糸吉は地びき網の綱がほどけていないかを見にきたのである。ここらあたりの子供は十四にもなれば、けっこう大人なみの仕事をする。岩場にくくりつけてある綱の結び目がしっかりしているかどうかを見届けにきたわけだが、そのとき、かなり大きな岩と岩が接近しているほそいかいを馴れた手つきで舟先を向きかえながら進めていた。

と、ふいに目を光らせた。紫紺色にしずんでみえる岩蔭の水は、岩間からもれてくる遠い夕焼け雲の映えをうけ、心もち橙色にそまっている。その一点に、何やら黒い箱のようなものが浮いていた。

黒褐色の木箱である。三メートル以上ありそうな細長いもので、松か何かのかなり部厚い板でつくられた箱だ。表面にはぬめったような水垢がついている。ところどころに藻草がひっかかっている。箱は小波にゆられ、ぐるぐる岩間の渦の中で回転していた。

〈気味のわりいもんじゃな……〉

と瀬沼糸吉は思った。少年は竿の先で岩角をつき、ついと舳（へさき）を渦の中へ押しやった。箱に近づいた。かがみ腰になって、じっとその箱に見入った。

ずいぶん頑丈なようである。思いきって竿の先でつついてみた。ゴトリ、ゴトリ、とかすかなにぶい音がした。中身は空洞になっているらしい。その音は、竿をつたわって、糸吉の手に中身がかすかに動いたような響きをつたえた。

びくッとして、思わず竿を放しそうになった。が、糸吉は水につかっている部分を目測してみた。やはり、どうみても棺桶のような気がしてならない。しかし、よく見ると釘でうちつけてある角が、セロテープのようなものでぎっしりと目貼りしてあるのも気味わるかった。糸吉は箱の下方、つまり底板もそのように頑丈に目貼りしてあるのか見てみたくなった。

彼は竿の先に力を入れ、箱の端をぐいと下に向けて押してみた。箱はくるりと素直に裏がえしになり、背中をみせてぷかりと浮いた。そうして、またもとの位置でぐるぐる廻りだした。廻るたびに中身が、ゴトン、ゴトン、とかすかな音をたてる。

〈何じゃら、入っとる！〉

瀬沼糸吉は、そう思った途端に膝がしらがふるえた。不思議なことだが、人間が入っているような気がしたのである。彼は舳をかえすと、大急ぎでそこをはなれた。誰か、うちの者に知らせねばならない。宿根木の浜に向って息せき切って櫓を漕ぎだした。

浜で、糸吉の父親を交えた漁師が五人、焚火をかこんで話しあっていた。糸吉は、そのほうへ舟の上から叫んだ。

「何じゃやら、棺桶みたいもんが流れとる、おど！」

宿根木の漁夫たちは、半信半疑の顔で、糸吉の舟に乗った。

一行が岩場にきてみると、なるほど、糸吉のいうとおりである。大人たちもその箱を異様なものと見た。

「中身をあけてみるべ」と誰かがいうと、年若い漁夫の一人が竿の先で箱をひきよせ、とも綱で箱をゆわえた。宿根木の浜までひき寄せてきて、磯にあげた。

その時には、もう村の女や子供らまでが走ってきていた。どの顔も箱に向ってじっと見入った。

若者は釘抜きで蓋のはじをあけた。三人の漁夫が箱に足をかけ、一枚板をギイギイとこじあけていった。と、人びとはいっせいに息をのんだ。

死体が出てきたのだ。しかも、それは女であった。年のころは二十六、七。面長の顔で、ずいぶん整った目鼻だちである。大柄だが、すらりとしていて、細長い足をまっすぐにのばし、両手を胸もとにそろえている。こまかい木目(もくめ)の絞りゆかたを着ている。

「美しい顔をしてなさる!」

と女房の一人が近づいてのぞき込んだ。死体は白粉(おしろい)をうすくはいた薄化粧である。形のいい口もとに薄桃色の紅をさし、死斑のでた両瞼が半開きにひらいて、歯並みのいい前歯が笑ったように出ている。それは心もち受け唇(くち)であった。死ぬ間際の形相にしては安らかな顔だちといえた。ところが、よく見ると咽喉を絞めたような跡がある。

「首を絞めて殺されとる!」

橙色の夕映えの中で女の顔は変に白くみえた。漁夫たちは瞬間、異様な目つきで死女に見とれていた。

「えらい別嬪(べっぴん)さんじゃ、小木の駐在へ走らにゃ……」

浜から二台の自転車がすっ飛んだ。小木町の派出所は外の澗にある。箱詰漂流死体がこの派出所に報（しら）されたのは午後七時二十分のことであった。小木の町はすでに暮れていたが、小さな巡査部長派出所は大騒ぎになった。相川警部補派出所に電話がかけられ、二十分後には新潟県警本部にこの連絡はなされた。

二

新潟県警捜査一課に所属する警部補多田利吉は、相川署から電話をうけたとき、その死体が他殺体であるときいて驚いた。ずいぶん手のこんだ捨て方をしたものだ。海に沈めたつもりが、潮流のかげんで漂着したのだろうか——聞きとりにくい雑音の中で相川署の顔見知りの刑事の声が、そのとき多田の耳へ次のようにいうのだった。

「箱は三メーター三十もある細長い棺桶のようなものであります。死体を入れるために、わざわざ造ったものであることは歴然としとります。女は二十六、七で都会風の既婚者ですなァ。首を紐でしめられています。索条痕（さくじょうこん）があきらかに出ておるんです。身許の知れるものは何一つありません。わりに新しい木目柄ゆかたを着ております。細い腰紐を一本しただけで、下着はシュミーズ。ほかには何もつけておりません。嘱託医のいいますことには、死亡は十四、五日前頃で、直前に性交の痕跡が明らかです。情痴関係の殺人ですわ。至急、関係県警にお手配を願います」

多田利吉は興奮した相手の説明がすむのを待って、いきなりきいてみた。

「箱の中には、死体以外に何も入っていなかったのかね」

「はあ、これというものは何もありませんだが、ただ石ころが相当入れてありましたです。箱はずいぶん頑丈な代物です。いったん釘づけしたあとで、きっちりとセロテープで目貼りがしてあります」

「着物はぬれていないのか」

「はあ、漁師どもが中をあけたときに、いくらかぬれた板をくっつけているので、裾のほうはよごれておりましたが、全体はしっとりしとるぐらいで乾いとります」

多田は、奇怪な死体だなと思った。これまでにいろいろの殺しを見てきているが、海に沈めるつもりで箱をつくり、石の重しをしかけてあるのは珍しい。入れてある石と、セロテープとゆかた地が、身許割り出しの糸口だ。多田はそう思うと、相手にいった。

「とにかく、そっちへ急行しよう。石ころと木材と着物だけは大事な資料だ。いいかね、鑑識の行くまで、そのままにしておいてくれ」

多田は今晩は佐渡どまりだと思った。彼は松ヶ崎の自宅に電話をして妊娠六ヵ月の妻をよび出した。事件だといえば刑事の妻は馴れている。「風邪をひかないようにね」と、どこか元気のない声で妻はいった。

新潟市から佐渡までは定期船が出ているが、すでに八時をすぎているので、最後の便船は出たあとである。多田は歯ぎしりした。彼は大急ぎで庁内の鑑識係に行き、すぐ飛行場に連絡してみた。遊覧用の小型飛行機が二台あることを知っていたからである。折よく空いているという報告なので、鑑識係とつれだってジープを飛行場へとばした。

多田利吉は小木町へ十時に着いた。相川警察署の若い刑事に案内されて、小木派出所裏の保健所のタタキの部屋に行き、保管してある死体を検視した。

ホトケは相当抵抗したものとみえて、索条痕のほかに、首の数ヵ所に例の吉川線とよばれる内出血のあとをみせている。犯人の手か、自分の手かで傷つけたものであろう。明らかに争った形跡である。ゆかた一枚着ただけで、シュミーズのほかはブラジャーもパンティもつけていない。都会風の若妻らしい風采にしては、そんなものをつけていない時間は夜の犯行とみてよいだろう。相手は顔見知りにちがいなく、情事のあとで殺している。

鑑識係が電球を死体の股間に近づけて見ている。多田は顔を近づけた。鑑識係は微量の精液を検出している。

ゆかたは黒紺で染めた木目の絞りである。粋な柄ゆきといえた。腰ひもはエンジである。どことなく着衣はくろうとのような感じがしないでもない。しかし、それにしては肌がまだ荒れていない。生きていたころは、ずいぶんきめのこまかい肌だったろう。むっちりした股から腰にかけてのなめらかさに、多田はこんなに均整のとれたホトケを見たのも珍しいと思った。

「新潟から富山、能登あたりの粋すじの女ですぜ、どえらいところまで流れてきたもんじゃ」

鑑識が白マスクの中で大きくいった。

「多田さん、怨恨か情痴ですぜ。女はあのときには抵抗しとりませんな」

死体を裏がえすと、すでに無数の死斑が出ている。多田は目をそむける。いっきに饐えた臭気が鼻をついたからだった。

石ころは、川原の石を詰めたものである。セロテープはどこでも市販しているものらしい。犯人は器用な男とみえて、松板で箱を造るのに、釘づけしてから、ていねいに化粧カンナをかけている。大工か建具職人でないと、できない仕事である。石を詰めて海底深くに沈めようとしたのだが、箱は浮いたのだ。石の詰め方が足りなかったのであろう。

〈石を積んで釘づけをすました。舟に乗せて海へ出た。そこで投げ込んだ。しかし、犯人の意図を裏ぎって、いったん沈んだ箱は浮いた。夜であろうから、そのことを確認する間もなく、犯人はひきかえしたのである……〉

多田利吉警部補は証拠品を風呂敷に包んで、翌朝、新潟にもどった。死体は相川市立病院で解剖してもらうことにした。

本部に戻ると、多田は上司に一応の報告をしておいてから、市内にある新潟大学の内浦教授の部屋を訪ねた。博士の担当は地質学であるが、例の新潟地盤沈降の研究発表以来、名の売れだした人である。多田はある事件以来、この内浦と昵懇(じっこん)になった。殺しの好きな先生で、その推理には独自な見方を示すところがあって、意見をきくのはこれが最初ではない。気さくな人で、学者らしくないあけっぴろげの性格は多田も気に入っている。

博士は折よく部屋にいた。窓ぎわによって読書していた。

「御勉強のところを、どうも」

多田が入ると、内浦は微笑して迎えた。

「碁の勉強だ」

そういった博士は『スミの研究』という小冊子を机の上に投げ、かるいあくびをした。

「潮流のことを教えてほしいんです」

と多田はいった。

「佐渡の小木港に近い宿根木という村を知っていますか」

多田は漂流してきた死体について詳細に話した。博士は心もち疲れた顔つきを次第に緊張させてきいていたが、多田の話がすむと、いつもの諧謔味(かいぎゃくみ)のある調子でゆっくりいった。

「鑑識のいうとおりやな。石川、富山、新潟の海岸ぞいだろ。海流は、能登から北にかけて、岸よりに流れとる。これはまあ、常識やな。新潟地盤の決潰だって、一年に五メートルは削られとる計算になるが、防災方法は潮流の足を喰いとめるしかないわけだ。で、われわれは、岸にテトラポッドをならべて流れをゆるめとるわけだが、小木の町に能登の木っ端が流れついたって、きみ、不思議ではないやね」

「そうですか」

多田はちょっと暗い顔つきになった。捜査範囲の広さにへきえきしたのである。

「能登だけにかぎらんよ。文献によると、きみ、朝鮮の漂流物が加賀や越後に流れついとる。不思議ではないね」

さらに内浦は語気をひくくした。

「あんたは、うつぼ舟という舟の話を知っとるかね」

「うつぼ舟？」

内浦は肘を机にせりだした。

「柳田国男先生の考証によるとだな、加賀の国で、そのくりり舟が発見されとる」

「くり舟？」

「死体を入れた舟のことだよ」

「………」

多田は内浦の無精髭ののびかけたしゃくれ顎のあたりを睨んでいた。

「約二百年ほど前の話だがね、宝暦年間のことになる。安宅（あたか）の浜へ、うつぼ舟が漂着した。舟といっても九尺四方ばかりの厚板の箱だった。隅々は白土のしっくいをもって固めてあった。ひらいてみると三人の男が入って死んでいた。柳田先生は、この死人について、『大船（たいせん）が沖で難破したとき、船主その他の大切な人とか、水心（みずごころ）を知らぬ者をそんな箱に入れて流した』と書いておられる。たとえ死んだ姿だけでも、どこかの海辺に打ち寄せられることを願って流したものだといわれているのだが……しかし、きみ、その女はそんなに別嬪だったのかねェ」

「ええ」

多田は、内浦のいう「うつぼ舟」に気をとられて、こんな返事をした。

「情交をすませたあとで殺していますよ。先生のいわれる舟のように、どこかの海辺に打ち寄せられることを願った代物ではなさそうなんです」

「石を入れれば、最初は沈む。だけど、沖は深いからね。中途でとまって、潮流にながされる。嵐でもあれば急速度で打ちあげられてしまう。犯人はずいぶん手落ちなことをしたもんだ」

内浦はちょっと笑った。

「わたしもそう思いますね」

「わしの推理では、その男は漁師ではないよ。箱にカンナがかけてあったとして、大工や建具職人とはかぎるまい。このごろは、きみ、カンナぐらいはどこの家にだってあるし、ちょっと手先の器用な奴ならできることだしね」

「それにしても、念が入りすぎていませんか」

「犯人の愛人だよ、きみ。薄化粧をしていたというじゃないか、その女は」

博士はつぶやくようにいった。

「女の死顔に白粉をぬって紅をさしてやる、カンナをかけて、死出の箱を飾ったのだ」

博士はまた、にやりと笑った。

翌日から、多田利吉は、この箱詰死体の身許割り出しに奔走することになった。

三

証拠品のうちで、手元にのこった最後のものは木目柄の絞りゆかたであった。川原の石やセロテープはどこにだってあるものだし、キメテにはなっても、捜査の糸口とはなり難い。問題は、ゆかたの売り元にしぼられた。みたところ、かなり新しいものらしいことが希望をもたせたのだった。もちろん、石川、福井、富山と、関係県警に緊急手配をすませて家出人や行方不明者の調査も依頼してある。しかし、まだ、その返事はこない。

多田利吉は、本部の同僚で着物のことにくわしい男にもたずね、市内古町にある老舗(しにせ)で「とちぎ屋」という呉服屋の主人にたずねに行った。古町は新潟芸者の町で、「とちぎ屋」は粋筋(いきすじ)の店といえた。多田が風呂敷包みから取り出したゆかたを、頭のはげた主人はしばらく手に取って眺めていたが、

「こら、鳴海絞(なるみしぼ)りですがな」

と、かすれ声でいって、

「白地に木目を絞り染めしてあります。さようですな、これは堀留(ほりどめ)もんに限ります」

「堀留というと？」

「東京の堀留ですわ。問屋もんですよ。生地は浜松か真岡(もおか)あたりの木綿ですがね、近頃は、長板や中形に押されて、あんまり鳴海絞りに力こぶを入れてなさる問屋はありませんや」

「というと、数が少ないというわけですか」

多田の顔は思わずほころんだ。

「さようです。堀留へ行きますと、丸マスさんはヤレ若鮎ゆかたやの、三勝さんは三勝染めだの、それぞれ問屋で呼称がありましてな、絞りゆかたはどこでも扱っておりはしますが、産地はこのごろは限られとります。お調べになるにしてもわかりやすいと思いますな」

「私の考えでは……」

多田は気さくな主人の顔を見ていった。

「石川か富山あたりの小売店かデパートで売られたものではないかと思うのですが。やっぱり、この地方は東京から仕入れるわけですか……」

「岐阜、大阪から仕入れはしとります。しかし、ゆかたの柄はやっぱり東京が圧倒的です。大阪に丸マスさんの支店はあります。問屋はみな、各所に支店をもっとりますからな。堀留でたずねられたら、売り先もわかりますでしょう」

多田は礼をのべて「とちぎ屋」を出た。それから、午後三時の「越路号」で新潟を発ち、東京へ向った。

刑事という商売は、いろいろなことに詳しくなるものである。多田は、ゆかた生地を追って堀留に行く経験はもちろん最初である。夜になったので、日本橋近くの安宿に泊り、翌朝早くに堀留に出向いた。驚いたことに、この町は問屋だらけであった。数百軒の呉服問屋が自動車や自転車の行き交う道の両側に密集していた。かんたんに考えてきたことが悔まれた。

多田は電車道にある堀留交番に立ち寄り、ゆかたを扱う問屋の名を二、三教えてもらった。二丁目にある「ひきた」というその問屋に風呂敷包みをひろげてみせた。若い番頭が出てきたが、この種の刑事の問いあわせは最初でないらしく、番頭は、しばらく見ていて、

「これは、ひょっとしたら近松さんのものですわ。うちにも鳴海絞りはありますが、らせんと養

老を扱っとります。木目は古風で柄ゆきも粋ですからね、近松さんあたりで聞いて見て下さい」

と、突慳貪（つっけんどん）にいった。多田は番頭に教えられたままに、近松商店をふり出しに、つぎつぎと廻って十二軒の問屋を廻ることになった。ようやく、その絞りゆかたの問屋を見いだしたときはほっとした。その問屋は横沢商店といって、小伝馬町に近い通りにあった。かなり大きな間口の店である。

そこの番頭は、品物を見るなりいった。

「うちの品物です。しかし、これは去年の作品です」

「北陸へ卸されていませんか」

「北陸ゆきもありましたよ……」

番頭は困ったような顔つきをした。売り先は、帳簿を見ればわかるようなものなのだが、シーズンを過ぎると、二、三枚の店頭売りも出ている。完璧な売り先は測定しがたいというのだった。伝票は「上様」とかいただけで記帳してしまう種類の客もある、というのである。

「大口で、北陸にはどんな小売屋さんがありますかね。教えて下さいよ」

多田が熱心にきくので、番頭はいったん帳場にひっこんでから、部厚い元帳簿をもってきた。昨年の台帳である。多田利吉はその売り先を手帳に記入していった。

高岡、富山、輪島、七尾、黒部、魚津、直江津の七市にあった。多田はそこの小売店の九軒の名前と売掛反数を詳しく記入した。店頭売りで、地方客が買った数量はまず数少ないとみて、問題の木目絞りが東京で売られたものから出ていることはまず確率がうすいと多田はみた。以上の九軒のうちから買ったものであればしめたものだ。多田は出張の目的がだいたい果せて、ほっとした。

三時の汽車で上野を発った。久しぶりの東京であったけれど、ゆっくり見物するわけにもゆかない。捜査はようやく糸口にふれた段階である。見物どころでない。疲れた体を固い椅子に落すと、多田は死んだように眠った。

夜九時近くに新潟へついて、ガランとした本部に入り、廊下を歩いてゆくと、上司の荒井警部がドアを押して一課の部屋を出てくるのに鉢合せした。

「きみ、佐渡のホトケは妊娠しとったよ。五ヵ月だそうだ」

警部はそういうと、隣りの主任の部屋へ入って行った。

〈あの女が妊娠?〉

多田は一と晩あけた松ヶ崎で帰りを待っている妻の顔を思い浮べた。

四

解剖の結果でわかったことなのだ。女は妊娠五ヵ月であった。したがって、子宮の中にある血液の固まりは、犯人が出た場合のキメテになる重要な新資料だが、妊娠五ヵ月の女を絞め殺した犯人は、いったいどういうつもりで殺したか。女が哀れでならない。多田は箱の中で見た白い面長の薄化粧の顔を思いだしながら二つの場合を考えてみる。犯人が夫の場合だ。女が自分の子を宿しているのを絞め殺すのだから、発作的凶行の色が濃い。二十六、七の美貌の妻と暮していて、殺さねばならない動機は、先ず女に男ができた場合だが、痴話喧嘩が昂じて、気づいてみたら死んでいたというケースもあり得るのである。あとになって驚いて、愛着のあまりに死顔に薄化粧を施し、海底に沈めて、完全犯行を意図したものか。

もう一つの場合は、夫以外の男の犯行ということになるが、どうも、この線はうすいように思われる。女の身なりや表情から察して、どこやら落ちついた中級生活者らしい影がみとめられる。それに鳴海絞りのゆかたは今では貴重だと、堀留の問屋はいった。ゆかたには長板、本染、中形などいろいろあるけれど、絞りゆかたを普段着にしていたらしい生活は、そう下級の人とは思えない。といって、良家の若妻を流しがやったにしては、死体処理が念入りすぎてはいないか。と考えてくると、一つの家庭内に起きたトラブルが犯行原因だと考えられていい。同一家庭の人間がゆっくり箱をつくったのである。あの頑丈な箱をつくるには素人では二日はかかるだろう。いずれにしても、殺してから相当時間を押入れかどこかに匿しておかねばならない。川原から石を集めてきて箱に敷きつめ、その上に死体を寝かせている。時間と手間をかけている。あるいは共犯者か幇助者のいたということも考えられる。

多田は先ず、新潟県下の各署に手配して、家出妻の情報収集に躍起になった。三日目になって、新聞を見たといって、南魚沼郡に一件、村上市に一件の届出をみたが、いずれも該当者でないことが判った。

〈やっぱり富山か、石川か？……〉

十六日の夕刻、多田はぶらりと新潟大学の地質学教室に内浦博士をたずねた。

「きみは、ゆかたばかり追及しとるようだが……」

と内浦はタバコをすすめながらきいた。

「関係県警の熱の入れかたがうすくて困ってます。他県は自分の県内の迷宮入り事件で手一杯ですからね。もっとも、女の変死体一つぐらいは、毎日のように県下にもころがっている時勢ですから……」

多田は疲れた顔でいった。

「今日は、ほかのことを伺いにきました」

「あらたまって何かね」

「このあいだ、先生が話されたうつぼ舟のことです」

内浦は、ああそうか、といった顔になって、人の二倍もありそうな長い顎をひくと、机のひき出しをあけて、茶色の表紙の文庫本を取りだした。

「これを貸すよ。柳田先生の『うつぼ舟の話』だ」

多田は手にとってみた。ぎっしり詰った活字が、いまは頭に痛い。読むのは大儀だと思ったが、これはいいものを借りたとも思った。明日から、富山と石川へ出張するつもりでいる。汽車の中で読むにしては恰好の本だった。

「うつぼ舟のはなしは、この本のほかにもいろいろあるんだが、ぼくの聞いた話にこんなのがある。越前あたりの貧しい村で、年寄りを海へ棄てたそうだよ」

「生きているのをですか」

「そうだ。まあ、いってみれば、海の楢山（ならやま）だな。七十になると老夫婦をくり舟といって、木をくりぬいた箱舟に乗せて、枕もとに、餅だの煎豆（いりまめ）だの、当座の食糧を置いておく。沖へ曳いていって、そのまま棄ててくる話だ」

「ひどいことをしたもんですな」

「貧乏国の昔だから、そんなことはまあ珍しくはない。子供をまびくのだって、山の中の壺に棄てた話は北陸ならどこにでもある話だし、生れたての赤ん坊を箱舟にのせて海に流したという舟もやっぱりうつぼ舟に入るだろう」

「………」

「ぼくは、新潟の海を見ていて、つくづく考えることがある。それは、つまり何千年も昔から打ち寄せているあの波のことだ。県下でひどいところは年に五メートルも削られ、きみ、測候所の建物は、いま、日和（ひより）山の海の底に沈んでしまっているよ。海はしかし、ケロリとして相かわらず凪いだり、騒いだりして、波を打ちあげている。あれぐらいのテトラポッドで自然の流れをゆるめるのに何の足しになるものか。われわれはいま政府から三億円の金をもらって護岸工事をしているが、八年目の今日になっても、工事は微々たるものだ。自然の力は大きい。神秘なものだな。いつかテトラポッドにひっかかっていた木っ端を見ていて不思議に思ったことがある。それは、どこかの床の間か何かに使われていたらしい柱だった。その柱がどこからきたものか誰も知らない。海は毎日、いろいろな神秘なものを運んで流れとるわけだ。たまには死体もあっていいわけだよ」

内浦はタバコを大きく吸って、

「ゆかたの追及に旅をしないのかね」

と話題をかえた。

「明日から出張するつもりです」

「能登を洗ってみたらどうかね。能登には死体を箱で流すような思いつきをする人間がいるかもしれない」

「どうして、能登がくさいのですか」

「いや、なに、わしのカンのようなもんさ」

内浦はそういって微笑していた。

「鳴海絞りは七尾の町に五反と、輪島に八反売れていますからね」

と多田は手帳を出して説明した。

「問屋が小売屋に卸しても、ストックということがあるだろう。あながち、十三反のゆかたが売りきれているとは限るまい。とにかく、能登を目標にしていくことだな」

内浦はしゃくれた顎を大きくうごかして自信ありげにいった。多田は微笑して聞いていたが、正直、あぶないもんだと思う心も一方にはあった。しかし、博士がそのようにいうならば、先ず能登から聞き込んでみるコースもいいではないか、と考えた。

「それじゃ、とにかく行ってきますよ。おっしゃるとおり、能登を振り出しに行ってみましょう」

「それがいい。佐渡は四十九里というが、あれは柏崎との距離をいったのではなくて、実は能登との間を歌ったもんだ。能登はきみ、佐渡の隣りだから」
多田は文庫本をポケットに入れると博士の部屋を出た。大学は小高い地域にあるので、すぐ窓の下に海がみえる。寝かしつけたような黒い小松林の向うに、白く荒れた海がとどろいている。波音をきいていると、多田は不意に緊張をおぼえた。

五

「うつぼ舟は空洞の木を以て造つた舟、即ち南方の小さい島々に於て、今尚用ゐられて居る所の、刳舟(くりふね)丸木舟のことで無ければならぬが、多くの日本人はもう久しい間、その元の形を忘れてしまつて居る。我々の親たちの空想の『うつぼ舟』には、潜水艦などのやうに蓋が有つた。斯うしなければとても荒海を乗切つて、遥々遣つて来ることは出来ぬものと、思ふ者が次第に多くなつた為であらう。加賀での出来事から更に四十六年を経て、享和三年二月廿二日の真昼頃、常陸の原やどりとか云ふ浜に、引上げられたと伝ふるうつぼ舟などは、其形たとへば香盒の如くに円く、長さは三間あまり、底には鉄の板金を段々に筋の如く張り、隙間は松脂を以て塗り詰め、上は硝子障子にして内部が透き徹つて隠れ無く、覗いて見ると一人の生きた婦人が居り、人の顔を見てにこ〳〵して居たとある……」

多田はここまで読んできて沖を眺めた。列車はいま、柏崎をすぎて直江津に向っているが、右手は日本海である。灰色にけむっているから沖の佐渡はみえない。高い波がうねりながら見えかくれする磯に打ち寄せ、米山をすぎるころからは波音は更に高くなった。

〈この波が千古の昔から、こうして岩をくだいている。どこからか知らぬ土地から流れてきたいろいろのものも打ち寄せているのだ……〉

多田はそういった昨日の内浦の言葉を思いだしながら「うつぼ舟の話」に目をおとす。

「瓢箪に乗つて来るといふ列仙伝の如き絵様を想像し得た以前から、瓢のやうな内部が空虚で外見の具備した物は、三韓の人民に取つてもやはり奇異であった故に、夙く此類の口碑を発生せしめたのであらう。殊に渚に近く村を構へ、日月の出入を眺めて海と天とを混同して居た人々には、是ほど大きな問題は少なかつた筈である。実際人間の智巧を以て、箱や樽などを作り出すのにも、天然の手本とすべきものが沢山は無かつた。故に始めて空洞の木や瓢の類が、水に浮んで流れて来た場合の、好奇心は強烈なものであつて、幾多の誤つた宗教観、もしくは後世の詩人の及び難しとする空想境を、誘ひ出すに十分であったので……」

「舞の本では大織冠の一曲に、鎌足勅命を奉じて海底の明珠を求めんとする時、龍王之をすかし返さんが為に、乙姫のこいさい女といふ美人を、うつぼ舟に作りこめて、浪の上に推し揚げるといふ趣向がある。

流れ木一本浮んであり
かこかん取之を見て……
沈香にては無し
佐しや割つて見よとて
此木を割つて見るに
何と言葉に述べ難き
美人一人おはします

とあって、見た所は流材の如く、割って見なければ中に美人が居ることが知れなかつた……」

多田は能登に二日、富山に三日、絞りゆかたの売り先を調べて、直江津に二十二日の早朝についている。内浦のいったとおり、能登から調べて行ったのだが、博士のいったことは当らず、心あたりはどこにもなかった。残るのは直江津だけになっていた。

疲れた足どりで多田利吉は直江津の警察に入ったが、このとき、顔見知りの主任が待っていたようにして声をかけた。

「大急ぎで本部に連絡してくれ。ここに寄ったら電話しろということづけだった」

多田は、何か新事実がわかったにちがいないと思った。で、電話口に走った。本部の課長は次のようにいった。

「大至急に市振(いちぶり)へ廻ってくれんか。駐在所から電話があってね、年ごろも体つきもホトケと符合する若妻が行方不明だそうだ」

多田は、課長の声がいつになく興奮しているのを知った。

「市振の村ですか」

「どこか在の部落らしい模様だがね。いいかね。話の模様では、どうやらホシに近いようだ、御苦労だが頼む」

多田は大きく息を吸いこんだ。直江津の十反のゆかたに市振は含まれているはずであった。

市振は富山県との境界にある海岸の村である。距離からいって、そこの住人が直江津で買物をしたって不思議ではない。足もとにホシは落ちていたか。

「主任……」

多田は傍にいる警部へ性急にいった。

「市内のまつだ屋呉服店で十反の絞りゆかたが売れているか、あたってみて下さい。市振の村へ売れていたら、そいつがホシですよ」

主任はポカンとした面もちで、多田の性急な口もとに見入っていた。それからすぐ、

「ようし、すぐ刑事を廻す」

と意気ごんでいった。

「わたしは市振へとびます。いいですか、市振の派出所に電話連絡をたのみますよ」

そういうと、お茶も呑まないで多田は走り出ていた。

六

市振の村は直江津から五十キロほどはなれている。糸魚川(いといがわ)駅をすぎて、青海、親不知(おやしらず)、市振とつづくのである。中心に親不知の難所があるほどだから、けわしい崖と海とにはさまれた段丘の村であった。

多田利吉警部補が市振駅に降りたのは、十月二十二日の午後三時ごろのことである。海ぞいの村は駅前にかたまって人家があったが、トタンや瓦屋根の上に白い海がみえ、潮の匂いがみ

ちていた。大きな海鳴りが、ここでも多田の耳を打った。どこかに製材所があるらしく、キューンというのこぎりの音がしている。

　多田は村の中心地にある巡査部長派出所に立ち寄った。岩島という眼のひっこんだ小柄な巡査部長が待ちくたびれた顔で迎えて、口早にいった。

「ここから一キロばかし山に入ったところに、歌垂（うたたれ）という六、七軒しかない部落がありましてな、そこの木沼という農家でありますが、若い細君が姿を消しているという噂でして……」

「農家でですか」

　多田は、どこか頼りなげな物言いをする巡査部長の小造りな顔をみて訊いた。大工か建具職人であってほしいものであった。

「はあ」

　巡査部長は、帽子をかぶりなおしながら、

「ひと月ほど前から主人も細君も姿をみせておりません。家はからっぽだそうです」

　おかしな話だな、と多田は思った。

「主人は三十七とかで、出稼ぎに出とります。細君はそれまではうちにいたそうですが、どこへ行ったのやら、いなくなったというはなしでしてね」

「日頃から主人と喧嘩でもしていた細君だったんですか」

「べつに、そんな仲ではなかったようですが。しかし、細君が姿を消す前に、一度だけ大声出して争っているのを聞いたという話もあります。年は二十九ですけれども、若くみえたということですし、怪しいとみて本部へ連絡したわけです。刑事さん、この女は噂によると、よそからきた女でしてね……」

と巡査部長は声をひくくしていった。多田は急に目を光らせた。

「よそというと……」

「京都だそうです。主人が半年ほど前に、出稼ぎ先からつれて帰ったという女でして。とにかく、これから案内しますよ」

巡査部長は、用意してあった古型の国産車に多田を乗せた。若い運転手が待っていた。

「山裾までこの車で行って、登り道は徒歩で行かねばなりません」

彼は多田のわきに坐りながらいった。

その部落は、麻尾山という市振の背後にせり上っている深山へ入る途中にあった。車を捨ててから、相当歩かねばならない。

〈主人も細君も家を捨てている。女は京都からきたという。この二つはどうやら符合はするが、あの絞りゆかたを着た粋な女が、こんな山の上の辺鄙な部落に住んでいただろうか?〉

多田は期待にふくらむ思いと、それと逆なものも感じながら、車にゆられていた。山の肩にかかった陽が、紅葉した山の肌を美しく照らしだしている。急な坂道であった。曲りくねった道を、自動車を降りてから三十分ほど歩くと、やがて道は平坦になった。山あいに小さな家のかたまっているのが見える。

「あれですよ。あれが歌垂村です」

と巡査部長がいった。

反対側は大杉の生えた絶壁のような樹海が空を圧していて、扇面を半開きにした形になって白い空が出ていた。空の下は海であった。

「親不知の断崖であります」

巡査部長は汗をふきながら、反対側を指して説明した。海は灰色にみえた。黒い断崖にそって波しぶきのあがる浜がみえた。黒い点になって岬のはしに岩がとんでいた。多田は親不知のけわしい絶壁の海を、こんな角度から見るのははじめてであった。

しばらく休んで眺め入った。汽車の窓から眺めるのとは変った感じである。こんな山上に村があろうとは考えてもいなかったし、それに、おそらくは列車のほうからこの地点を眺めても、黒一色の山襞（やまひだ）がみえるだけで、村は襞の中に吸いこまれてしまっているにきまっている。

多田は不思議さをおぼえた。二十年ものあいだこの新潟県で刑事生活をしているけれど、県下を隈なく見聞しているとはいえないのだった。まだまだ未知の世界があるのだという感慨がふかまるのである。

「岩島さん」

多田は背のひくい巡査部長にいった。

「こんなところに、京都からつれられてきた女がよく住んでいましたね」

「さあ、わしも不思議に思いました。美しい女だったと村の者はいっとりますが、都会の女でこんなところへ来て辛抱できるような女子(おなご)は、なにか事情があったのかもしれませんな」

老巡査部長はそういって、首をふりながら先を歩きだした。

七

木沼源造というその男の家は戸が閉っていた。鍵がかかっているので、表戸も裏戸もあかなかった。捜索令状をもっていなかったから、ムリにこじあけて入るわけにもゆかない。無人の家でも所有者があるからには人家にちがいなかった。しかし、ずいぶん汚ない家だ。ひくい檜(ひ)皮(わだ)ぶきの六畳と三畳ぐらいの家であった。石ころをならべた檜皮の上には、陽当りがわるいために苔が生え、背高いぺんぺん草が枯れている。多田は入口の腰高窓の桟木の間から中をのぞいたが、暗くて何もみえない。

「まるで、木小屋みたいな家ですな」

　と岩島がいった。

「ひと月以上も人が住まないと、ボロ家同然になってしまうんですわ。それにしても、こんな岩かげの湿地に、よく住めたものですな」

　ひとわたり家の周囲を見廻してから、三十メートルほどはなれた山裾に背をむけて建っている隣家を訪ねた。五十近い女と二十二、三の女が山仕事の態(なり)で家の前に出ているのを、岩島がよびとめて大声できいた。

「木沼源造さんの家はからっぽですがのう」

　女はふりかえった。片眼がヤニ眼である。つぶれたように黄色い膿汁(うみ)が出ている。

「はあ、源造さんもあねさんも見えんですわいな。能登のほうへ普請に行きなさってのう、あねさんもつれて行きなさったという話ですがいな」

　多田はごくりと咽喉を鳴らした。

「普請？」

　思わず大声で問いかえしている。

「源造さんは大工さんですか」

「はえ、仏さまの大工さんでござります。お寺さんばかり建てに行っとりなさる腕っこきの大工さんですわいな」

　そういって五十近いヤニ眼の女は、陽灼けした顔を心もち歪めて多田と巡査部長をじろじろ眺め入っている。

「それでは、その人の奥さんは面長で、受け唇の美しい顔だちで、すらりとした人じゃありませんでしたか」

「はえ、そんな、お人でやんした。京のお寺からおいでなさったとかいっとりなさいました……」

「源造さんが、京都へ普請に行って、そこで知り合った人ですね」

「はえ、そうですわいな」

「奥さんと、何か話されたことがありますか」

「一、二度話はしましたが、うちらとはあまり話さないお人で……いつも、家の中にひっそりしとられましたでのう」

　多田は、このときもう一度、木沼の家をふりかえってみた。山蔭の雑木の生えた湿地に、いま、その家は傾いて見える。

「奥さんは病気か何かじゃなかったですか」

「いいえ、そんなことはきいとりません」

〈どうやらホシが見えだしたようだ。きっと、その女が殺されたのだ。源造が殺ったのか？〉

多田はポケットから手帳をとりだした。肝心のことをきかねばならない、と身構える。

と、そのとき、村の者が奥の山道から四、五人かたまりになってぞろぞろやってきた。誰かが知らせたものにちがいない。白髪のザンバラ髪の七十を越えたと思われる老婆が折れ曲った膝を撫でさすりながら前へ出た。じろりと多田の顔をひとにらみしてから、

「源造のあねはよお、源造につれられて能登へ行ったじゃ。能登の普請場じゃそうな。ンでも、おかしなことにのう、あねが出てから二日目にの、京からきたという男しゅがみえてのう、源造のあねを知らんかとたずねたじゃがのう」

瞬間、多田と岩島は思わず目をカチ合せていた。

〈源造の女房を追ってきた男……情痴だとすれば、その男が一枚からんでいるのではないか？〉

「どんな男だったですかね、その人は」

「さあて、青白い顔でのう、貧相な人じゃった」

老婆はそういって眼をしばたたいた。

村の者たちは、多田の質問に、わりに素直にこたえてくれた。それらの話を綜合すると、だいたい木沼源造とその細君の行方については次のようなことがいえる。

木沼源造の家は、この歌垂村ではふるいほうで、源造の両親は、源造が十四歳のときに死んでいるという。ふたりとも、病気で死んだのである。

源造は孤児になり、市振の村の大工職で繁松嘉平次という棟梁の家に弟子入りして職人になった。源造は生れつき手先が器用で、二十二になったとき一人前になっていた。繁松組はこの地方では神社仏閣の建築では名をなしていたので、源造はこの特殊建築の技術を身につけた。彼は繁松組が京都の臨済宗本山相国寺の塔頭（たっちゅう）の普請をひきうけたとき、和尚にその腕をみとめられて、諸国の末寺の普請に、請われて傭（やと）われるようになった。したがって、歌垂村へは帰れなくなり、盆暮の墓参に戻ってくるしかない年がつづいた。彼の家が荒れ放題になっていたのはそのためである。

ところが、半年ほど前に源造はひょっこり嫁をつれて戻ってきた。嫁は若くて美しい女であった。面長な色の白い女で、受け唇がかわいい。村の者たちはびっくりした。それから、源造は京都へは出かけなくなった。また、繁松組の組下にもどって、近在の寺普請に傭われてゆく暮らしにもどった。

源造と嫁は仲がよく、ついぞ喧嘩などしたことがなかった。不思議なことに、源造は、自分の荒れた家を建て直そうとはしなかった。しかし、嫁はべつに不服でもなさそうで、源造の働きに出ている留守中は、家で縫いものをしたり、一日じゅう陽なたに出たりして山を眺めくらしている。村の者とはあまり話さなかったが、出あうと笑顔をみせてうつむいた。

その源造が隣家にきて、能登の九十九湾（つくも）に近い寺普請に行くといった。嫁もいっしょにつれて行くからと、あいさつにきたという。九月はじめのことである。べつに、不審に思うすじあいのことでもなかった。主人の源造が遠方へ働きに行くのだから、嫁も普請場の近くで暮したほうがいいにきまっている。村の者たちは、毎日、所在なげに古家で退屈している若嫁のことを気の毒がっていたから、源造のこの思いつきをいいことだと思ったのである。

源造は蟬しぐれのはげしい夏の山道を、嫁をつれて、あとをふりかえりながら下って行った。

〈その日が、その嫁の最後になった……〉

と、多田は口の中で言ってみた。

〈しかし、どうして、その源造が嫁を殺さねばならないのか……〉

九月はじめに出たのだから、死体が佐渡へ流れついた十月十二日から繰ってみると、四十日も前のことである。医者は死亡を十四、五日前と推定しているから、能登へ出かけてからの凶行であろうか。

多田は肝心のことをきいてみた。

「村を出る前に、大声で喧嘩をしていたというのは本当ですか」

隣家のヤニ眼の女が答えた。

「あン人らにしては珍しく大声で話しとりなさった」

「奥さんは妊娠しているようには見えませんでしたかね」

「さあ」

村人たちは顔を見合せたが、誰もが確実なことを知っている様子はなかった。

〈すると、京都からたずねてきたという男は何者だろうか?〉

この場合、多田の頭にうかぶのは、どこからか源造がこの女を村へつれてきて以来、女の体を世間から隠していはしなかったかという疑問である。そうでなければ、こんな汚ない荒れ家に都で育った若い女が辛抱できるはずがあるまい。

〈源造は、その女を誰かから奪ってきたのではなかろうか。そうでないと辻褄が合わない。追ってきた男がその女にからんでいる。殺された動機はそこにある。京の男も怪しくなってくる……〉

多田は歌垂村の坂道を下りながら、親不知の海がみえる地点にきたとき、岩島にたずねた。

「あの絶壁の海へ、夜なかに、三メートル以上ある箱をかついで行くことはできないでしょうな」

岩島はひっこんだ眼をむいて多田を見上げた。

「それは、とうていできませんよ。凶行は、能登ですよ、刑事さん」

やはり、内浦のいったことが当っていたのかと、多田はふたたび、灰色に煙っている北の能登半島の方角を眺めやった。そして四日前に、トンネルの多い山間を縫って走った列車の旅を思いだしていた。

九十九湾は七尾から、まだ北へ五十キロはなれた北の壁だ。七尾で、ゆかたは五反とも出てきた。

〈とすれば、直江津の十反の中に、女の着ていたゆかたがなくてはなるまい……〉

多田は急ぎ足になった。

ところが、この返答は、市振の駐在に帰ったとき、すでに直江津からもたらされていたのだった。岩島の細君が電話をうけていて、至急に直江津に連絡するようにといったのだ。多田は電話口に走った。たのんでおいた直江津の刑事主任の甲高い声がひびいてきた。

「あったよ、きみ。たしかにまつだ屋の行商係で、寺井宗吉という若い店員が歌垂の村で、その女に絞りゆかたを売っとるんだ。今年の六月だそうだ。ありがたいことに、ここらあたりの販売方法は、店へ買いにくる客のほかに、店員が農閑期の村々へ行商して行く仕組みでね、市振や歌垂の村は、毎年その若い男の廻り先だったそうだよ。店員のはなしだと、ひどく荒れ果てた家で売ったおぼえがある。しかし、その絞りを買ってくれた女はずいぶん綺麗だったといってるね。間違いはなかろう。身許はこれで割れたわけだ」

多田利吉の胸は割れるような音をたてた。
<ガイシャが割れた。あとは、木沼源造を追えばいいわけだ！>
多田は大声でどなった。

「主任、至急に刑事を二名応援によこして下さい。それから石川県七尾署に連絡をたのみます。行先は九十九湾の寺です」

「寺？」

「普請中の寺を探せばわかるんですよ」

八

カマキリがカマ首をもたげたようにみえる能登半島には、中央部に能登島を抱いた七尾湾がある。南部の七尾市から北に向って南側の海岸に沿うて行くと、佐渡の南端にある小木町と同じ名前の小木という町に出る。日本地誌上で、同名の町が海をへだてて向きあっている例は少ないといわれているが、この能登の小木町も昔から漁港としてさかえた町であった。湾が入り込んでいるので、順風を待つ待避港として殷盛(いんせい)をきわめたといわれている。冬には北海道のイヵを求めて出稼ぎに出る船が多い。この小木の町から小さな台地を五百メートルほど行くと、九十九湾という樹の葉のヒダのような細かい入江をもつ沈降湾に出た。九十九湾は河谷が沈降した俗にいう溺れ谷である。細長い川のような湾が入りこんでいて、美しい凝灰岩の洞穴のある島や岬が風光地をかたどっていた。

多田利吉警部補が、直江津から応援にきた若い刑事二名と三名の七尾警察署員を同行して、九十九湾の日和見山の上に立ったのは、十月二十三日の夕刻のことであった。

多田警部補は、七尾署員に調べてもらって、普請中の寺の在所をたしかめていた。その村は市之瀬という湾の奥の台地にあった。

寺は、臨済宗相国寺派に属する一等地で万年山西方寺といった。この春から庫裡と本堂を新築中で、派出所で調べたところによると、請負の建築業者は繁松組と越前の時野組の者がトビ職頭で入ってきていた。大工の総勢は二十名、かなりな大普請といえる。木沼源造はたしかに繁松組の組下として働いている事実がわかった。

この情報が入ったとき、多田利吉はこおどりした。ホシは目の前にいるのである。しかし、ここまで追いつめてきて逃がしてはならなかった。日和見山から市之瀬の村へジープをとばしながら、多田は調べてくれた七尾署の刑事にいった。

「本人は細君を殺っておいて、素知らぬ顔で働いているわけですよ」

「ほかの大工に何げなくきいてみますと、細君は市之瀬へきていたことはきていましたが、二十日ほど前に歌垂の村へ帰ったと本人はいっとるそうです」

「その歌垂には女はいなかったんだ」

「すると、嘘をついとるわけですな。わたしはチラと、その男が飯場の横を通りすぎるのをみかけましたが、小柄な色白で、職人らしからぬきゃしゃな感じのする男でした。あんな男が……と思うと不思議なほどですよ」

「ただ一つ疑問なのは、どこで殺ったかということだが、職人たちはどこで合宿しているのですか」

「寺の古家で寝泊りしているんですが、木沼源造だけは、市之瀬村の桑谷弥之という百姓家の離れを借りています。そこで細君と自炊していたそうです」

「桑谷の家でききましたか」

「親切に教えてくれましたよ。細君のことを、桑谷では睦子さんと呼んどりましたが、睦子さんは九月のはじめにここへきて、月末ごろ歌垂へ帰ったといっとります。たぶん源造がいいくるめたものと推定できますね」

「口のうまい男だな、きっと」

そのとき直江津の刑事が口をはさんだ。

「しかし、その離れはどれぐらい母家と離れているのかな」

「三十メートルは離れております。夜、寝ているところを計画的に絞め殺してしまえば声もたてられませんし、声をたてたとて一軒家だから外へは聞えませんね」

「そこで、誰もわからないように松板であんな頑丈な箱をつくれますかね」

「大工だからお手のものでしょう。ガンガンやっていたって、本職の仕事をしているのだと思えますからね。板は仕事場にいっぱいあります」

「それから、セロテープの件はどうでしたか」

と直江津の刑事がきいた。

「七尾の薬局で職人ふうの男が大箱を三函求めていました。大箱三函ですと、三メートル三〇の木箱の目貼りは充分間にあうそうです。薬局の主人がそういいましたから、たぶん、買いにきた男が木沼にちがいありませんね」

多田は高鳴る胸を押えて、埃の舞い上る乾いた田圃道をつき進んだ。両側はせり上る山になっているが、道は川ぞいにあって、帯のように水田が両脇につづいている。稲掛けの柵に黄色くかわいた稲がかけられ、農夫の立ち働いている姿がちらほら見えた。

「海まで、だいたい、何キロありますか」

「川へ出れば、ここは沈降湾ですから、もう海へ出たようなもんですよ。川下から夜のうちに舟を出せば、誰にも気づかれないで、二十分で沖へ出られます」

「川原に石がありますか」

「急な川ではありませんからね。川原はずいぶん小石の豊富なところでして」

犯行可能は充分に考えられるわけである。何もかも物証と合致する。多田は、市之瀬の村にさしかかるときに、額の汗をふいた。胸が鳴った。七尾署の刑事たちは、直江津からの連絡で逮捕の下準備を万端ととのえてくれている。

西方寺は村の右端にある山の中腹にあった。太い赤松の茂った林をぬけて山門をくぐると、だらだら坂になり、すぐスダレに囲まれた建築中の本堂の骨組みがみえた。あかね色の空に、それは巨大な傘のようにそびえている。建前はすんだとみえ、屋根張りがつづけられている。飯場はトタン屋根で、台地のかかり口に建っていたが、中ではもう火が燃えていた。白煙が屋根からもれて、濃い山の色に吸われている。魚を焼く匂いもした。

夕刻なので仕事じまいの時間なのであろう、職人の大半は下へ降りていたが、一人だけ骨組みの上にあがって、屋根のシタミを打っている男があった。刑事たちは入口で諸方に散った。多田と直江津の刑事と七尾の刑事の三人が、何喰わぬ顔で暮れなずんだ仕事場へ入り込んでゆく。

トン、トン、トン、トン、トン。頭の上で、せわしげなシタミ打ちの金槌（かなづち）が動いている。

「あの男ですよ、屋根の上の」

と七尾の若い刑事が、付近の職人をひとわたり物色したあとで、多田に耳打ちした。多田は通りがかった職人にきいた。

「あの人が木沼さんですかね」

「そうだが」

といって大工は暮れなずんだ屋根の上を見あげた。半分だけシタミが打たれて、あと半分は下板が傘の骨のように末ひろがりに出ている。

「すまぬが、下りてきてもらえないだろうかね」

多田は事務的にいった。男はじろりと多田を一べつすると、スダレにそうたZ型の足場をのぼった。すぐその屋根の上に男の頭が届いた。一瞬、静寂がきた。

「木沼さん、お客さんだよ、下で待ってるよ」

さっきの大工のいう声がきこえた。金槌がやんだ。男はぬっと屋根の上に立った。シタミの板が音をたてて、一枚だけ地面にストンと落ちた。男はじっと下を見ていた。

「木沼さんかね、あんた、木沼源造さんだね」

多田は仰向いていった。声がふるえた。

「ちょっと下りてくれないかね」

裏口から廻った刑事たちは、土台石をまたいで暗くなりかけたスダレの中で待機している。

男はいつまでも動かなかった。立ったまま、多田を見ている。あかね色の雲が掃いたように男の背後の空を走り、その空の下で海がみえ、波が立っている。

カラ、カラ、カラ、カラ、と金槌が屋根の上をころげてきて、ポトリと地面に落ちた。男が少しうごいた。シタミ板が、また一枚ころげ落ちた。大工たちもじっと上を見ている。

「おーい、もう、仕事をしまいな」

大工の一人が叫んだ。

木沼源造はいつまでも下りてこなかった。逮捕は屋根の上で行われた。多田が梯子(はしご)をのぼって、下から柔らかくいった。

「木沼さんだろ、あんたを迎えにきたんだ」

直江津の刑事が走り寄って手錠をかけたとき、木沼源造は石のように固くなってふるえていた。多田は屋根の上に立って遠いあかね色の海を見た。犯人を捕えたという喜びの感情はあった。しかし、胸の一部に吹きすぎる冷たい風を感じた。それは、ここまで追いつめてきて、ようやく仕事が完了したという刹那の虚脱感とはちがっていた。多田は海と空とのあかね色にそまった水平線に、ぽっかり浮いたうつぼの舟を見たのであった。

多田はだまって木沼をジープに連れて行った。村を出るころ口をきいた。

「あんたは、奥さんの死体があがったのを知らなかったのかね」

瞬間、木沼は蒼白い頬をひきつらせた。異様な目つきで多田を睨んでだまっていた。多田は、木沼の顔をはじめて近くで見た。

「京都からきた男はどうしたのかね」

木沼はだまって多田を睨んでいるだけである。少年のように肌の白いヤサ男であった。

〈こんな男が大工職人だったか。村の人たちは腕のいい寺大工といったが、こんな男だったか。この男があの女を殺したのか……〉

多田はいつまでもその横顔を見ていた。と、ひくい声で木沼源造は最初の言葉を吐いた。ひどい吃りであった。

「あ、あ、あのひとは、自殺したんや。む、睦子は自分で、し、し、死んだんや」

多田利吉は木沼の顔につよい視線をあてた。いいかげんなことをいう奴だと思った。

〈嘘をつけ、首を絞めた跡が歴然とあったんだ！〉

九

木沼源造は七尾警察署の控室で次のように供述をなした。多田には意外な内容であった。

九月二十九日のよる、京都からおしょうさんのつかいがみえたといって睦子は、しおれていました。わたしは気をつよくもって、いきることをかんがえろ、となんどもいいました。睦子は、相国寺京都塔頭（たっちゅう）の瑞雲庵（ずいうんあん）のおしょうさんのかくしおんなだったのです。睦子は七十二歳にもなったとしよりのおしょうさんを、すいていたわけではありません。いつも、にげたい、にげたいといってくらしていました。わたしはふしんに行っていて、睦子としりあい、そのにげるのをてつだったのです。二人はふうふになるやくそくをしました。新潟県市振村にかえったのは京都からのおってをのがれるためでした。睦子は、おしょうさんの子どもをみごもっていました。いしゃにそうだんして、その子をおろそうとしましたが、睦子のからだがびょうじゃくだったために、しゅじゅつできないことがわかり、しかたなく子どもをうむしかなかったのです。わたしは睦子がたにんの子をうんでもよいから、じぶんといっしょにくらしてくれといいました。睦子はそのことによって、わたしがてらだいくとしてのせいめいをなくすることをおそれていました。わたしに、すまない、すまないといってくらしていました。九月三十日のあさがた、四時ごろのことです。とこのなかにねているはずの睦子がいません。わたしは桑谷さんのはなれのくらがりをてさぐりでさがしました。睦子は、はり木におびをとおし、くびをくくって死んでおりました。わたしは睦子がいとしかった。死んだ睦子をだいてあたためてやろうとしました。睦子はいきかえりませんでした。

わたしはちいさいときからこどくでそだっています。だいくのぎじゅつをおぼえたのも、じぶんひとりでおぼえたのです。睦子はわたしのいっしょうに二どとあらわれない女でした。睦子はわたしにはかけがえのない女でした。その睦子が死んだ。わたしはかなしかった。わたしはちいさいころ、死んだ母おやからきいた親不知のうみのはなしをおもいだしました。親不知のうみのそこには、大きな岩のあながあり、そのあなはせんじょうじきもあるほどひろく、しょこくからながれてきたひとのほねだとか、ぶつぞうをいれたはこだとかが、いっぱいおしながされてつまっている。そのあなは、だれものぞいたものがいません。うみのそこをながれるみずのちからが、そのあなへしぜんとおいやってくれるのだと母はいいました。くらい、くらい黄泉(よみ)のくにだと母はおしえました。そのあなへ睦子がゆけば、だれもしらない。わたしだけがしっているのです。睦子はえいえんにわたしのものです。睦子をだれにもわたさないために、わたしは松いたではこをつくって、十月一日のよる、死んだ睦子をいれ、おきにながしました。わたしはかわらの石をはこにつめておりますときに、ごろごろしたおおきな石を、あまりたくさんしいておくと、睦子のからだがいたいだろうとおもったのです、石のりょうをついすくなくしたのにちがいありません。睦子の死たいはうみのそこにしずんでしまったことだとおもっていました。やがて親不知のふかいうみのあなのなかにはいりこむことだとばかりしんじていました。

わたしが睦子をころしたのではありません。睦子はじさつしたのです。死んだ睦子のからだをわたしがかってにうみにしずめたつみはかくしません。どうぞ、わたしにそのつみのつぐないをさせてください。


この自供によると、木沼源造は寺大工職として京都の相国寺に働いていたとき、塔頭の瑞雲庵の住職と内縁関係にあった睦子を愛するようになり、七十二歳の老僧から睦子を奪った模様である。禅寺の庫裡の裏で、不幸な暮しをしていた睦子という女はどのような女であったか、このことは調べてみなければわからないことであったが、おそらく、四十も年齢差のある老人と暮していた睦子が幸福な過去の女とは思えない。薄倖な境遇だったから、若い大工職の源造に惹かれたということも考えられぬでもない。女人禁制の本山塔頭の寺院で、匿（かく）し女として生きてきた睦子と源造の恋は、日蔭に咲いた花のようにわびしい感じがする。市振の村へ睦子をつれて逃げてきた大工職が、あんな汚ない家に恋妻をかくまっていたというのも哀れでならない。京都から追手がきたというのは、睦子を探し求めた老僧が使いをよこしたものであろうか。

多田利吉警部補は、ひととおりの記録をすませると、木沼源造を同道して新潟県警本部に帰ることにした。彼は七尾駅を出発するとき、新潟大学にいる内浦に電話した。

「やっぱり能登でした。只今、犯人は捕えましたよ。しかし、ずいぶん突飛な告白をしとるんです。その内容は帰ってからゆっくり話すつもりですが、あなたはどう思うか聞いてみたいです」

簡単な電話の説明だけでは何のことかわからぬらしい内浦教授は、次のようなことをいって電話を切った。

「うつぼ舟の縁起についてかね。昔も今も人のすることはかわらない。しかし、それはあの本を読めばわかることだがね。柳田先生もいっておられるように、たいがいの話は、口碑か、後世の文人のつくり話だと思うがね」

案山子（かがし）

福井県南部の山岳地帯の寺泊部落に住む古茂庄左とさと夫妻。渓下の日蔭田のつらい労働にも仲良く精を出す評判の夫婦だった彼らだったが、ある時以来、さとの姿が見えなくなっていた。近所の人が庄左に問いただすと、さとは神護院に参詣に行って留守なのだと答えた。だがいつまでも帰ってこないことを不審に思った知人が家を訪ねると庄左は意外な言葉を口にした。

水上本人が気に入っている作品で、作中の沼や田んぼは幼少時代の記憶をもとにして書いたのだという（大伴秀司「水上勉の周囲」『別冊宝石』114号、1962年12月）。

※

初出＝『週刊公論』1961年1月9日・16日合併号
初収単行本＝『黒い穽』（光風社、1961年5月）。その後『うつぼの筐舟』（角川文庫、1962年7月）、『水上勉選集　二』（新潮社、1968年8月）などに収録された。本文は『水上勉全集』第一巻（中央公論社、1976年6月）収録のものに拠った。

一

福井県越前南部一帯は山岳地帯で、いずこも高地になっているから、百姓はみな段々畑に陸稲(おかぼ)をつくっていた。しかしこの物語の、寺泊(てらどまり)部落だけには水田があった。深い山奥から、いくつもの渓谷をくぐって流れる寺泊川の水は、まるでかけひの水のように細いチョロチョロ水にすぎなかったが、山が深いために年じゅう水はつきなかった。

寺泊部落に、古茂庄左(こもしょうざ)という百姓がいた。四十二歳になる小柄な律義者で、先祖からうけついできている持田(もちだ)の稲作りに精を出した。庄左というのは庄左衛門という先祖の名をいったものであろうが、水呑百姓のこの男の名をよぶのに、庄左衛門と長たらしい屋号をつけてよぶのはふさわしくなかった。村の者は「庄左」とよんだ。

庄左にはさととい う妻がいた。さとは七つ下の三十五歳である。ふたりの仲には子供がなかった。さとも働き者で、いっしょになってから喧嘩一つしたことがなかった。子供がないためか、さとは、村のどの同年輩の女たちよりも若くみえた。山仕事や畑仕事で疲れる上に、つぎつぎと子供をつくって、眼にみえて老けてゆく女たちにくらべると、さとはいつまでもういういしかった。

さほどの美人というほどでもない顔だちだったが、生娘のような肌をしているので、ちょっと見では二十代にみえた。

庄左はさとを愛した。二人は朝早く起きると、二人ぶんの弁当をつくり、つれだって渓下の水田へ仕事にゆく。

渓下の田圃は夏のさ中でも寒いほど冷えた。泥がふかく、近くの山水が溝をあふれて田へそそいでいたので、田植えも草取りも夫婦は臍の下まで泥水の中につかった。いわゆる貧乏田圃といわれる日蔭田である。

庄左の家は日蔭田を、渓下に大小併せて五反もっていた。この田を守りしておれば、夫婦は喰いはぐれがなかった。しかし、陽のあたる畑作百姓にくらべて、蔭田の守りは辛い。

さとは、いくら渓水が冷えても、泥まみれになって乳房の下まで水につけねばならなくても、稲作りに励んだ。子供が生れないのは、さとの腰から下が冷えるせいだと村の人はいったが、さとは、水田を捨ててまで子を生むことはできなかったのである。子供がなくてもあきらめねばならなかった。

渓下の田圃には、あまり村人は近よらなかった。高地の畑での仕事が多かったせいもある。庄左の田圃から山を越すと、松尾山神護院という真言宗の寺院があり、村人はヒマを見つけてはおこもりに出かけるのだったが、そのときぐらいしか庄左の田圃をみたものがなかった。だれもが庄左とさとの精を出している日蔭田から、青々とした稲穂がのびているのを眺めたときは息をついて、

「えろう精出しなはる夫婦や」

といった。庄左とさとの楽しみは穂がのびる喜びにあったが、村人のだれにも気づかれない楽しみもあった。それはいってみれば、夫婦が仕事を終ったあとの田で楽しむ秘密である。

向い山に陽が落ち、泥田から上る頃は扇面を半すぼめにしたような渓田はうす暗くなりかけている。田から上った彼らは、山裾の川へゆく。

川水は膝のあたりまでしかない。乾いた川岸の土の上には、岩つつじの花が咲きこぼれている。岸にくると、さとも庄左も裸になった。ふたりは泥によごれた野良着を洗った。岩つつじの花のわきに、負い籠があって、出がけにもってきておいた着がえが入っている。

水はすき透るように澄んでいた。さとの白い軀は、鏡にうつるようにみえた。さとは腰が細

くくびれていた。乳房のあたりの白さは、庄左には見あきないほどで、泥田の中にこんな清潔なさとの軀がかくれていたとは思えなかった。傷一つないなめらかな白い肌だった。

「さと、こっちへこい」

庄左は自分の野良着を洗い終ると、恥ずかしがるさとの手をひっぱった。

二

昭和三十五年の八月はじめの夕刻、庄左は泥田の中に胸までつかり、三番草をとっていたが、日が落ちかかる山の端をみて、

「さと、もう帰のうかいや」

といった。

「あい」

とさとはこれも乳房から鼻先にまで、泥のはねあがっている顔をくずして、夫のあとから仕事じまいにかかった。

山裾の川岸には、まだ遅咲きの岩つつじが咲いていた。いつもの岸にくると、さとは、野良着をぬぎはじめた。彼女は野良着を洗い、それから、汗をおとした。と、そのとき、うしろに

いた庄左が、

「さと、そらなんじゃ、蛭じゃろ」

と声をあげた。さとのはち切れるようにふくれた尻の一ヵ所に、黒いみみずのようなものがへばりついていた。

「蛭でねえか」

庄左はうす暗がりの中にしゃがんで、す早くその動物をひっぱった。やはり蛭であった。さとの血を吸いつくしたそのぬめぬめした紫黒色のひかった動物は、庄左のぬれた指の間からするりとぬけて、水に落ちた。

「いやじゃな、いつから蛭がおるようになったか」

さとは咬まれたあとを掻いている。べっとり血がついている。咬まれていても痛覚はなかったのである。さとは、指についた血をみていった。

「うちは肥えているから少し血を出した方がええのう」

庄左は赤いさとの血がとめどもなく流れるのをみて口惜しがった。

彼は、岸べの蕗の葉をちぎると、その傷口に貼ってやった。

夜、庄左は寺泊部落の寄り合いによばれた。会議の内容は、松尾山神護院の寺普請に使役として出る日数割りの相談だった。信仰のあつい村であったから、部落代表のいうとおりに、五日ずつの使役が決った。二時間ほどで、寄り合いははねた。

部落代表の家から、庄左は隣家の若い伊作とつれだって帰ってきた。村道をはなれて、竹藪のある小道にさしかかったとき、伊作がいった。

「庄左さ、あんた知っとるかいの」

「なにをな」

と庄左はふりかえった。いつにない、話下手の伊作がいくらかどもりながら声をかけてきたから不思議に思った。

「さとさんのことじゃが」

「さとの」

「おいな、村下（むらしも）の健と出来とるちゅうでねえかや」

瞬間、庄左の眼先がくらくらくなった。足をとめて、暗がりの中で、伊作の顔を見まもった。

「ほんまかァ」

「わしはきいただけやけどな、気いつけんとあかんぞ。健に寝取られては……お前も口惜しかろが」

そういうと伊作はすたすたと自分の家のある竹藪の左側へ曲っていった。

庄左は遠のいていく伊作の足音を聞きながら胸がなった。

〈さとが姦通していた〉

はじめは信じがたいことだったが、寄り合いに出てもろくに喋らない伊作のいったことだから真実性があると思った。

庄左は割れるような胸を押えて家へ走りこんでいた。

さとは腰巻の上に白いさらしの襦袢を一枚きただけで、縁に出ていた。

「さと」

庄左はふるえ声でよんだ。しかし、あとの言葉はどうしても出ない。真実をきくことがおそろしいからであった。さとの横ずわりした軀が、うす明りで、筵の上にういてみえる。

「なんやな」

とさとはいった。けだるそうにこっちをみた。

「何でもない」

と庄左はいった。やけに煙草をすった。無心なさとの顔は、どこをみても自分をあざむいているとは思えなかった。

庄左は、だまって、寝所に入った。

「ああ、えらい寄り合いじゃった。この忙しいのに神護院へ寺普請の使役じゃぞ」

そういいながら、彼はふとんをかぶった。伊作のいった言葉がいつまでも耳にのこった。

村下の健というのは、敦賀市の石灰小舎で働いていた若者だった。村の女に手を出すのが早くて嫌われていた。背が高く色白で、造作のととのった、なかなかの色男である。村の女たちは健のように好かんたらしいとよくいったが、満更でもない蔭口をいって健の魅力を問題にする者もいた。その健に、恋女房のさとが、何かされたという伊作の言葉は針のようにさしたのである。

あり得ることであった。さとは毎年米を健の家のモーターで脱穀してもらう。健はよくさとの背中に俵をのせてやりながら、さとの軀がいいと冗談をいった。そのことはさと自身からきいたことでもある。庄左は冬になると、炭焼人夫になって、ひと月あまり山に入る。さとがいざその気になれば、健とかくれて会うことはいくらでもできる。

翌日、庄左は村下の健の家を何げなくさぐったり、さとの顔や軀を横眼でじっとみつめたりした。

さとはふだんと変りはなかった。しかし、嫉妬は、相手がさりげなくすればするほど、深まるのである。

渓田の泥の中で、庄左は草をとりながら、無口になった。さとは夫のその変化に気づかないはずがない。

「おど」

とさとは泥の中でいった。

「何か、おめえ、くさくさしとるようだがのう、寺普請の寄り合いからのう」

「そうか、そんな風にみえるか」

と庄左はふりむかないでいった。

「何でもない、何でもない」

といってだまっていた。日が落ちて、庄左は重い足を山裾の川にまでひきずっていったが、そこにひと足さきにきて裸で浴びているさとの軀は遠いもののように思われた。

と、そのとき、またさとの白いふくらはぎに大きな蛭がへばりついていた。庄左は血の流れるさとの餅肌をみつめていた。この軀を健にとられたと思うと憎らしかった。

さとは岩に腰かけ、髪を洗いはじめた。さとの髪は長かった。川の流れに髪をさらしてうかべているさとのうつむいた背の肩胛骨(けんこうこつ)が少しきゃしゃにみえる。やせたようにもみえる。乳房が心もちたるんでみえる。庄左はごくりとつばをのみこんで、

「さと」

とふるえ声でいった。

「おめえ、健と出来たてほんまか」

さとは黒髪の中から白い顔をのぞかせて夫をみつめた。

「……」

何のことやらわからぬといった顔である。その顔がまた庄左の心をかきたてる。

「だまっているのは、あった証拠だぞ」

と庄左はどなるようにいった。走りよって肩をつかんでいた。

「ほんまのことをいえ」

さとはおびえながらいった。

「健と、うちが出来た……阿呆じゃな、おど、誰がそんなこというた、おど」

さとはさんばら髪をふり乱して夫にしがみついて否定した。庄左はさとの肩を何どもゆり動かしたが、さとはだまるばかりであった。

夜になっても庄左は嫉妬に狂った。さとは夫が誰からそんなことをきいたのか、その相手を知りたいと、いうだけだった。さとの押しだまった顔は、庄左には憎らしかった。ながいあいだ騙されていたと思うと憎悪は猛った。庄左の脳裏で黒い血が流れた。それはさとの肌を咬んでいた蛭のいく筋もの流れに似ていた。さとの軀の中から出た血は妖気を漂わせて庄左の殺気をあおった。

十年もの間、一どもみたことのない庄左の顔をさとは見てふるえた。

三

竹藪のはずれにいる伊作は、庄左の家にさとのいないのに気づいた。それは三日目のことである。伊作の家と庄左の家は同じ洗い川をつかっているので、伊作一家に、隣家のさとの茶碗を洗ったり、米をといだりする姿がみえないことは珍しかった。

村のだれもが、さとのいないことに気づいたのは伊作の口から話がつたわって、それからまた三日ほどたってからである。伊作は、さとの姿がみえないのは、庄左がさとの浮気をなじって、折檻したためだと思った。さとはきっと、寝所の中で、顔をはらして泣いているにちがいない。

しかし、このことは伊作には、効果のあったことである。伊作が、あの夜の村の寄り合いの帰り道で、庄左にいったことは根も葉もない嘘であった。

伊作は庄左とさとが仲のよいのをみていて、悪戯心が起きたまでのことである。ちょっと風波を起してみたかったにすぎない。庄左がさとの姦通をつげ口されて、どういう態度に出るかに興味があった。それには村下の健は都合のいい相手といえた。

庄左が今後もさとを相変らず可愛がっていたら見上げたものだと伊作は思った。しかし、このことはさとが顔をみせないことによってはっきりわかった。

庄左もまた平々凡々の男だったのだなと、伊作は思った。折檻されて家を出てこない、あの働き者のさとに悪いことをした、と後悔した。

伊作は六日目の夕方、山道を渓田の方から歩いてくる庄左に出あった。

「庄左さ」

と伊作はいった。庄左はギロリと伊作をみた。しかし、すぐ、またいつもの人の好い光をたたえた眼にかえった。伊作は庄左の眼がなぜそんなに早くかわったのか、そのことにあまり気をとめなかった。

「さとさんはどうしたか」

「さとか」

と庄左はいった。

「さとは神護院へ参ったがいな」

「そうか」

と伊作はほっとした。それでは、さとは折檻されたのではなかったのか。

「えらいのう、おこもりかいのう」

と伊作はいった。

「三番草がとれたでのう、中休みくれちゅうで、しわのばしにゆかしてやった」

庄左はそういうと、心もち蒼ざめている顔をほころばせていた。

伊作はそのまま庄左と別れたが、ふと、庄左はずいぶんさとに長期間の休みを与えたものだなと思った。いくら、神護院のおこもりといって、一週間ちかいのは腑におちない。

伊作は、庄左が、一週間近くも、さとに休みをやったのは、自分のいった嘘を気にして、さとに寺ごもりをさしたのではないか、と思った。

しかし、伊作はそう思ったあとで、急に足をとめた。

〈それはおかしいな、さとは姦通なんかしていないのだ。庄左が嫉妬に狂っていくら神護院へゆけといったって、あの働き者のさとがおいそれということをきいたろうか。彼女のことだから、追い出されれば、田圃に出て働くことだろう……〉

伊作のこの疑問は、やがて、村人の二、三にもつたわり、さとがその後いつまでも庄左とつれだって、野良に出る姿がみえなくなるに及んで、次第に噂はひろがった。

――さとは家出したのだ。

――いや、さとは家の中で泣きくらしているのだ。

――さとは神護院におこもりしているのだ。

村人の中で三説が乱れとんだ。庄左と気やすくしている年寄り株の一人が敷居を跨いだのは、それから二日目のことであった。

「庄左さ」

と年寄りはいった。

「さとさんは神護院からえろうかえりがおそいのう、何かいうてきたかのう」

庄左はぽつりとこたえた。

「なにもいうてこん、さとはどこかへ逃げたんじゃ」

庄左の顔は蒼ざめていた。無精髭が生えている。眼つきが角だっているので年寄りは眼をしかめた。もはや庄左のその顔は、つい十日ほど前の寄り合いの夜のふくよかな顔ではなかった。

「どこへ逃げた?」

年寄りはききかえした。

「お前さんらのような仲よしが、喧嘩するちゅうことは考えられん。どうしたか、そのわけをいうてみてくれえ」

庄左はすぐ返事しなかった。しばらくして彼はいった。

「さとは日蔭田の守りがいやになったんや。今日びあんないやな仕事に精出す女子(おなご)はない。さとは器量がええから、どこかよそへゆきとうなったゝじゃ、日頃からそういうとった……わしは逃げたもゝを追う気はせん」

「……」

年寄りはだまっていたが、またききかえした。

「それにしても神護院へゆくといって出たんじゃろう」

「それはあいつの口実だったかも知れんじゃ」

庄左はそういうと、年寄りの前で鎌をとぎはじめたのである。うす暗い土間のそこらじゅうには竹や麻がらをけずったあとがあった。庄左は何か、工作物をつくっていたらしい。

年寄りはうちひしがれた庄左に同情した。さとが憎かった。

「女子というもゝは、わからんもんじゃのう」

年寄りはそういって、深くうなずいて帰ってきた。

この話もまた村じゅうに一日にしてひろがった。

四

さとが失踪したということは当然村の駐在所にいる堀内文太郎巡査にもきこえた。巡査は、村の噂話をきいて、それが、真にさとの失踪であれば、仕方のないことだと思った。しかし、あの仲睦まじかった夫婦がとつぜん一夜のうちに喧嘩別れして、さとの方が失踪するなどとは不思議でならなかった。

　堀内巡査は五十をすぎていた。すでに停年がせまっていた。この村にきてもう七年になる。村のいろんなもめごとや、夫婦喧嘩に口をだしたりする。彼は秋風のふきはじめた九月半ばの一日、竹藪の端にある庄左の家へぶらりとよった。

　庄左は表の陽なたで、小豆をたたいていた。サヤに入った小豆を槌でたたくのである。小豆はサヤからこぼれて集まってゆく。巡査は筵の上にぽろぽろとこぼれ落ちる赤い小豆の実をみながら、

「庄左さん、いい天気じゃのう、ちょっとささとさんのことできたがのう」

といった。庄左は生垣のはずれから巡査の顔がみえだしたときに、すでに、顔いろをかえていた。彼は炭のように髭の生えた頬と厚い唇をふるわせて、巡査をみつめた。巡査はやわらかくいった。

「じつは、これは専門的のことで恐縮じゃがのう。身内の者が長いこと失踪して戻ってこん場合はのう、失踪届というもゝを警察に出さにゃならん。それがきまりでのう」

　庄左はこのとき、もっていた槌を地べたに落した。

「捜索してほしい場合は捜索願というてのう、様式がきまっておるのじゃが、それを書いてほしいんじゃ。いっぺん敦賀の本署へ行ってもらわんとどもならん」

堀内巡査は気の毒そうに庄左をみつめてそういった。庄左はかすれた元気のない声でこたえた。

「はあ、それではのう、敦賀へいって頼みますわいな。本署へいうて出ればええですかいの」

「出頭して、係の人にいえばええんじゃ、なに、ちゃんと探してくれるわ。さとさんはええ女子じゃったからの。魔がさして出ていったものの、今ごろではきっと後悔しとりなさるじゃろ。なに、警察はあんたの味方じゃからの、捜索願さえ正式に提出してくれれば八方へ手をつくして探してあげますよ。どうやな、さとさんは一体どこらあたりにいるじゃろうか、お前も考えてみたことがあるかのう」

「……」

庄左は巡査の顔に見入った。柔和な巡査の細い眼が見られないらしかった。そんな眼ざしを、庄左は伏せて、落ちていた槌をひろった。

「武生か鯖江か、福井じゃろうか、どっちみち宿屋の女中か、店屋に奉公するぐらいしか口がないやろ。しかし、器量よしじゃったからな。ひょっとしたら、お前さんに日蔭田の苦労をさせたくなくてたんまり銭をもって戻るかも知れんいうとるもんもあるほどじゃ」

巡査はそういうと、ひしがれた庄左の心をなごめるように微笑して、庄左の家を去った。

「元気で精出しなされや」

と巡査は何どもふりかえっていった。

庄左はその翌日敦賀警察署にゆくといって、駐在所の堀内文太郎を訪ねている。庄左は巡査から詳細な手続方法をきくと、村を出た。浜づたいに、バスの通っている敦賀街道に出て市の警察についた。

敦賀警察署は、このずいぶん時日のたち過ぎた農婦の失踪事件の報告をきいた。いちおう捜索願を受付けることにした。

署員の考えたことも、村人たちや堀内文太郎巡査が庄左にいったことと大差はなかった。敦賀市の警察にも、このごろはこの種の家出人、失踪者の届出は相当ある。

それは、この市が、郡部に辺鄙な村を含んでいるためで、近ごろはそれらの村々から、無断で飛び出した気儘娘や、家出した次男坊の捜索願が山積していた。係官は、無精髭を生やした農夫の庄左の顔をみながら、この男なら、女房に逃げられても仕方がないな、と考えながらそれらの書類の下に庄左の捜索願を綴じた。

「よろしいですよ。関係署に手配しまして一日も早く捜してあげますよ。みつかったら駐在にしらせてあげましょう」

と係官はいった。庄左はていねいに頭を下げて市の警察署を出た。すでに山国は秋もふかまりかけていた。市からバスにのって、庄左が帰る途中の山には蔦の葉の赤らみはじめるのがみえた。

十月に入ると、渓田の収穫期であった。今年は稲を刈るのに、さとはいなかった。庄左は水量の多くなった日蔭田に舟をうかべて、腰をまげ、一日じゅう稲を刈った。刈った稲を、昔はせっせと舟の上で束にして、稲架(はさ)にはこんでくれたさとはいない。

庄左はひとりで穫り入れをすました。疲れた髭ぼうぼうの姿で村へ帰ってくる庄左の姿を、いたましく見ない者は誰もなかった。

十月半ばになった。谷向うの松尾山神護院の寺普請にゆく村の先発隊の五人組が庄左の渓田の横の道を通って峠をこえようとしていた。

「みなよ、庄左さんは、えらいでかい案山子(かがし)をつくっとるのう」

と、若者の一人が道から下にみえる遠い田圃を指さした。

「さとがおらんようになって、さびしかろのう、今年は一人きりの穫り入れじゃった」

そういって、五人の者は峠をこえた。

なるほど、庄左の水田の中には、一本の大きな大人の丈ほどありそうな案山子がたっていた。頬かむりをした藁づくりの案山子にみえた。案山子は古びていて、ところどころはもうくさりかけている。秋の暮れの案山子ほどみじめなのはなかった。寒い風が、刈り跡の稲株の上をふいていた。

冬になった。山には白雪が舞った。庄左の水田に氷が張り、寒い凍てた風が一日じゅう谷をふきはじめた。

村で、六十歳以上になる信心あつい男女が、白い衣を着て、首に輪袈裟(わげさ)をかけ、杖をついて、また神護院へ冬ごもりに出かける日がきた。凍てた朝、三、四人ずつの男女の白いかたまりが、杖の上にくくりつけた鈴をならして、庄左の田圃のよこを通っては峠へ歩いてゆく。

と、その仲間の一人の男が田圃の畦(あぜ)の近くに立ち止って眼をギロリとさせた。

「あれは、何じゃ」

庄左の日蔭田にはった薄氷の上に、いちめん海苔のようにへばりついた黒い糸屑のようなものがあった。よくみると、それは糸屑ではなかった。何かもっとべつのものにみえた。男は薄氷の上を歩いてその黒いかたまりのみえる所に近づいた。

「うえッ」

男はもっていた杖をふるわせて棒立ちになった。

それは人間の黒髪であった。髪は海苔を敷いたように薄氷の上に浮いていた。その髪の根もとには、埋もれた一本の案山子があった。首だけの案山子であった。髪はその案山子の頭から生きもののように黒々と浮いてみえた。

奥能登の塗師（ぬし）

昭和26年4月26日に那智滝に無理心中した二人の男女。男は輪島に住む漆工、女は京都燈全寺塔頭昌徳院住職の妻だったという。二人の接点はどこにあったのか。「那智滝投身人別帳」を読んだ作者は、そこに書かれた情報をもとに、生前の二人の足取りを調べ、その結果を語り始める。

※

初出＝『小説現代』1963年10月号に、「那智滝情死考　奥能登の塗師」として発表。
初収単行本＝『那智滝情死考』（講談社、1964年3月）。その後『日本海辺物語　上』（雪華社、1967年6月）などに収録された。本文は『水上勉全集』第二巻（中央公論社、1977年2月）収録のものに拠った。

一

「那智滝投身人別帳（じんべつちょう）」によると、「昭和二十六年春四月二十六日午前十時頃」とあるから、戦後の動乱期もようやく過ぎ去り、国民生活も、安定して、ひところの困窮状態にくらべると、誰もの暮しが豊かになりはじめていたころのことである。サンフランシスコ平和条約もこの年の九月に締結をみているから、内地の各所に駐屯していた進駐軍兵士も、母国に向って帰り仕度をはじめている時期だ。死体の発見されたのは那智滝の滝壺を取りまいている、灰色の岩石の中の前方にひときわ高くつき出た、巨岩の穴のようなところであった。天空から落下する激しい水しぶきでずぶ濡れに濡れている岩場に、ふたりの男女の死体は、約三メートルばかり距離をおいて転がっていた。春のことだから、かなりな観光客があった。和歌山市からきていた修学旅行団の一中学生によって発見されている。滝壺へは近よれないように柵がはりめぐらされていたから、元気のいい少年が、監督者の眼をぬすんで柵をくぐって滝壺をのぞきにいったのである。場所柄からいって、勇敢なこの少年がいなければ、死体は当分、岩にかくれたまま放置されていたかもしれない。幸いなことに、死後推定二十時間頃に発見されている。

「新宮警察署より樽井警部補の出張をみて、慎重なる死体検視によれば、男は、年のころ二十七、八。細面の長身、一見病人あがりのようにみえる髭面なるも、女は美貌にして、年のころ二十五、六。衣服も、小菜の紋柄のお召を着、太鼓帯も好みよき濃紫紺のものを締め、帯止め、帯締めすべて小物類の整いたるところをみるに、良家の細君か、それとも娘のように思われ、夫婦とは思われず。男の着衣から、女の持ちものから、身元のわかるもの発見されず。新宮署で、鑑識係によりあらためて、検視せしところ、男の手指の爪や皺に黒褐色の塗料か、染料の沁みこみたる痕跡鮮明にあり。尚、これを分析してみるに、漆工ならんか、完全なる『漆』を検出せり。

よって、全国手配し、漆器業に関係せる組合、販売業者に照会せしところ、男は、石川県輪島市鳳至に住む漆工寺泊久七二十八歳と判明、女性のみはなかなか判明せざりしも、よくよく男の身元を端緒として調査してゆくに、豈はからん、京都市上京区今出川寺町上ル、臨済宗燈全寺本山塔頭昌徳院住職妻森谷加代二十六歳と判明せり。能登輪島の漆工と、京の大寺の妻とが如何なる縁にて結びつきしや。死体は約三メートルほどはなれて在りしもあきらかに水口よりつれ添いて投身せる情死体と思われしかば、例によりて、鳥飼これに興味を抱きて、たまたま、本宮社殿並びに絵馬堂の改築寄進のため、京都、奈良へ旅する機会ありたるにより、この年の夏、足をのばして上京区なる寺に詣り、投身男女の過去につき、以下の如き経過を見聞することを得たり……」

奇特な行為といわねばならない。「投身人別帳」の誌者鳥飼又三郎氏は、わざわざ、京都燈全寺内昌徳院を訪ねて森谷加代の身元や死ぬ直前の事情をしらべ、さらに、歩をのばして、石川県奥能登海岸にある淋しい輪島の町に来て、漆工寺泊久七の人となりを仔細に調べあげて別記しているのであった。

鳥飼氏は、末尾に次のように記しているが、果して、これは無理心中であったであろうか。

「女は絹白足袋、絹長襦袢、お召単衣(めしひとえ)、本絹名古屋帯など、着衣からみて豪華なる盛装といえり。しかるに男は人絹サージの紺ズボンにYシャツ、カーキ色ジャンパーの粗末なるものを着せり。寺泊は森谷加代と同郷の身なるも、一方は京の大寺の嫁となり、一方はしがない漆工たり。心中の動機は、死人に口なきが故にわれらが空想によって判断する以外にはなきも、おおかたの意見は無理心中と判断されたり。酷なるかな。美貌の若い寺妻の、まだういういしくもみゆる餅肌の、キメこまかなる死体を検視せる係官はすべて、眼を涙ぐませ、溜息をつきて、哀れなる無理心中のまき添えとなりし女に同情せり」
「投身人別帳」に誌されたところでは、那智本宮神官鳥飼又三郎氏はもちろん、新宮本署もすべてこれを無理心中としているのである。果してそうであったろうか。以下作者の調査によると、漆工寺泊久七とその女、森谷加代の情死の真相は次のようにみえる。無理心中か、相愛投身自殺かは読者の推断によらねばならない。

二

石川県珠洲(すず)郡曾々木(そそぎ)村というところは能登半島の突端に近い寒村である。輪島から約一時間。海岸沿いを北に向ってバスにゆられ、ようやくにして到着できる海辺にある。ずいぶんうら淋しいところだ。

波の打ち騒ぐ岩壁すれすれに道がつづいていたが、ややもすると、通行人の足もとに波しぶきがかかるような低いところもあるかと思えば、風浪に浸蝕された巨岩怪石が、道ばたから海に向ってつき出ていて、洞穴があったり、あるいは人工のトンネルがあったり、峻嶮な道は、北の果ての貧しさを現わしていて、眼を被(おお)いたいような恐ろしい岩の道がつづいた。

この岩場の道を約二十分ばかり通りぬけたあと、ぽっかりと北に向って視界がひらける。

曾々木の村に到着したのだ。村といってそんなに大きなものではない。ひくい砂丘に、やせた古松が、枝をゆがめてばらばらに生えている約百メートルばかりの海岸に、朽ちかけた舟小舎と、トタンぶきや、藁ぶきの、粗末な屋根をもった入母屋（いりもや）づくりの、かたむいた家々が点在している、貧村にすぎない。

村は海に背中をむけているので、年じゅう汐風が吹いていた。

寺泊久七は、この曾々木村一九二番地で漁業をいとなむ寺泊久太郎の次男にうまれた。死んだのは、二十八歳だから、大正十二年に生れたことになる。久七の生れたころや、まだ小学校へ通っているころは、村と輪島を結ぶ道路は今日のようにはひらけてはいない。前述の岩をほりぬいたトンネルができたり、岩石を迂回して海にさしわたした架橋のような道ができたのは後年になってからである。バスも通らない波をかぶる杣道（そまみち）があったにすぎなかった。

久七の父親は、この村で漁業をいとなんでいたが、近海でイカ、鰯などを獲るくらいの仕事では、久七のほかに、まだ五人の子供を抱えた家計はいつもぴいぴいしていて、母親の松乃は、近くの小作田を耕して食扶持（くいぶち）を稼いだ。いわば半農半漁といえたが、その母親の小作田は、高い山が海へずり落ちる傾斜面に、石垣を積んでつくられた千枚田であった。

耕地は貧弱だった。蓆（むしろ）一枚ぐらいしかない田圃が、幾百となく区切られていて、この田に足をつけて苗を植えていると、裾の方から汐風が荒く吹きつけてくる。畦の乳籠に入れられて母の作業を見守っていた久七には、いつも母の姿は、風に吹きとばされそうにみえた。

子供は村の習慣にしたがって、次男坊以下は、小学校六年生までは自宅におくけれど、六年を終ると遠くの町へ出稼ぎに出す。輪島、金沢、福井、遠い者は京、大阪へ丁稚小僧に出て、各々の好む道に入って、他郷で暮すのである。久七は輪島の塗師屋(ぬしや)へ弟子入りした。昭和十二年のことである。十四歳であった。

塗師屋というのは輪島漆器の製造販売元、つまり「親方」とよばれる家のことで、久七の弟子入りしたのは鳳至町にある田能(たのう)与三郎親方の家であった。ここには幾人もの兄弟子や職人がいて、古参者に新参者はいじめぬかれる習慣だった。

曾々木の村から、着換えを入れた風呂敷包みを一つ下げ、田能の家の敷居をまたいだその翌日から、久七は「ぽいまわし」になった。「ぽいまわし」とは、能登あたりの方言で、追いまわすという意味で、一種の雑役夫の名称である。つまり、一日の大半を子守りや、家事の雑用に追いまわされたわけである。田能の家には子供が多く、二男三女がいた。久七はまだおむつをしている赤ん坊を背中に負っては使い走りをした。子守りをしながら、漆器くさい田能の家の家風に染まってゆき、仕事をおぼえていったわけだ。朝は五時に起きて、塗師や下職人のくる塗師土蔵(ぬしぐら)を清掃する。羽毛や俎板(まないた)などの道具をそろえる。一日の使い水を汲んでおく。仕事場の側にある小便桶がいっぱいになっておれば、これを奥の便所に移しておく。能登では小便のことを「ばり」とよぶが、「ばり弟子」といわれたのも、この朝早い小便桶のうつしかえが日課となっていたからである。これらの仕事は朝食前の仕事で、それがすむと、職人衆の家を廻って「呼び」にゆかねばならない。いよいよ職人衆があつまって仕事をはじめると、職人衆の周囲へ物をはこんだり、手伝いをするも久七の役目であった。そうしたあいだに兄弟子から道具の名を教わったり、漆をクロめたり、カヤリ取りをしたり、さらに鮫の皮や木賊で木地を磨くなどの手仕事を順々におぼえていった。

じっさい塗師屋の仕事は幾段階にも分れて複雑だった。輪島漆器というものが、国内のたとえば、会津や川連などの量産品にくらべると、精緻で堅牢であるといわれたのは、そうした古いしきたりを重んじながら、上物生産に没頭したためかもしれない。

塗師屋の田能は、下地職人、沈金職人を町内に何軒ももっていて、遠くは京、大阪、越前あたりから、椀、盆類の注文があると、これをひと手にうけて、下地、沈金に注文をだし、自家の塗師土蔵に入れて、乾燥し、発送するまでの一切をしていたから多忙といえた。

参考までに漆器というものの工程をここに略記しておく必要がある。

まず、木地拵えである。注文によって木地師から購入した素地類を、その裂傷、板の接ぎ目部分、木釘の頭などの凸凹をとりのぞいたあとで、小刀や、ナタ、ノミなどで、専門職人が細かく削りとるのだった。

次は刻苧拵え。木地のあわせ目や、割れ目をノミで彫り込んで、その間に生漆と欅の粉を混合した刻苧を竹ヘラで三回にわたって埋めるのだ。これを乾燥したのち、鮫の皮か木賊でていねいにみがくのである。

その次は着せ物かけ。素地の破損しやすい部分だとか、あるいは重要な部分に布を漆で張りつけておき、これを乾燥してから、布の端や突き出た部分をいちいち鉋、小刀などで削りとってゆく。そのあと、ふたたび、鮫の皮か木賊でみがくのである。

四番目は総身つけである。欅の粉を燃やしてつくった総身粉と漆とで調合したものを、布の空き間へながして、いわゆる下地塗りをする。

五番目は、一辺地着け。六番目は一辺地研ぎ。七番目は二辺地着け。八番目に至って、メスリを行う。メスリとは、二辺地着けを終って乾燥されてある木地を、鮫皮でかるく磨いたあと、生漆と糊と砥の粉でまぜたものをうすく塗る作業なのである。

以上の八工程を経たものが、木地師の家からはこばれてくる。これをうけた塗師屋はいよいよ本塗りにかかるわけであるが、塗りにはまたいくつもの段階があった。

中塗りとよばれるのは、地研ぎの終ったものを堅い布でつよく拭きあげてから、油分をふくまない黒目漆でうすく中塗りすることをいう。つづいて、中塗り研ぎ、小中塗り、小中塗り研ぎといった順に塗ってゆき、やがて、上塗りの段階に入るのだったが、真綿でやわらかく拭きあげて、所定の色塗漆や花塗漆で塗りあげるこの作業は、細心な気くばりを要し、チリ一つ落してはいけない、しめった土蔵の中での作業でもあっただけに、慎重をきわめた。塗りあげた物を塗師風呂とよぶ段にならべ、チリをふせぐとともに、塗り垂れのたまりを防ぐために、時間を計って、ときどき椀や膳の位置を転換しなければならない。この作業を「カヤリ取り」といった。塗師風呂は、適度の湿気をふくんだ戸棚のことである。濡れ雑巾で時折拭ったものだ。この手かげんには高度なコツがあるといわれ、さらに上塗りの場合には、鳥の羽根の先をとがらせたものでチリを素早く拾いあげるのである。この仕事がまずいと、漆器は台無しになってしまう。手馴れた職人の腕が必要とされたわけだ。

塗師風呂の前に塗り机を置き、坐りきりで作業をする上職人たちは、むっつりと物をいわない。その間を、ほこりをたてぬように走り廻らねばならない「ばり弟子」の久七は、四方からの低い罵声をあびながら暮したものだ。

弟子入り三年目に、塗りをおぼえている。すなわち、久七にも漆をのせる台机があたえられて、兄弟子や上職人とならんで仕事ができたのは十六の時。どんなに嬉しかったかしれない。「俎板直り」という行事があった。つまり、これは「ばり弟子」から職人の卵になった祝いの日である。花見の季節や鮴(ごり)の季節がえらばれていた。兄弟子たちと一しょに酒をのんで、仲間入りを告げられるのだが、俎板直りがすむと、最初は杓子(しゃくし)、箸、膳の足などのすべて「シ」のつく簡単な仕事から塗りはじめてゆくのだった。次第に、重箱だとか、丸盆だとか、煙草盆だとかいった上物にうつって、ようやく一人前になるのである。

八年目に年季があける。この一年ほど前から、塗師土蔵に入って、上塗りの稽古が許された。塗師土蔵に入る初日の祝いを「羽毛直り」といい、また兄弟子連中にふるまい酒をするのがしきたりだった。久七は二十歳になっていた。

森谷加代が、田能の家の女中に住みこんできたのは、久七が、羽毛直りをすませて塗師土蔵に入ってまもない春の一日のことであった。

加代は、十八であった。細面の美しい顔だちをしていて、紺がすりの単衣に黄色いメリンスの三尺帯をしめ、田能の家の敷居をまたいだ。子守り女にきたのである。

三

加代は、母屋(おもや)と棟つづきにある赤壁土蔵の塗師土蔵のわきの暗い部屋にほかの女中たちと一しょに寝起きしていた。母屋の与三郎夫婦の下働きや子供たちの守りや、飯炊(めした)きをしたりした。このほかにまだ販売先の伝票を整理したり、職人の賃銀台帳をつけたりする女の用事はあったが、家事を専門に見たのは加代である。しかし、時たま、加代は塗師たちのいる土蔵へ入ってきて、母屋からのことづけをいったり、忙しい時は小さな木地をもちはこんだりした。久七は、白いふくらはぎを丸出しにして、甲斐甲斐しく階段を上ってくる加代をみて、愛くるしい子だと思った。

加代は十八だというのに、いくらか年齢よりは上にみえた。肉づきのいい軀をしていた。といって、肥っていたわけではない。鳩胸のこんもりふくらんだ乳房は、すでに成人した大人のものであったし、ほっそり細まった胴のくびれのわりには、腰が丸くむっちりと発達している。ふと、年増のような色気が出た。こんな娘が、誰の世話で田能の家へ来たのだろう、不思議でならなかった。加代は職人たちの誰からも可愛がられた。

久七が昼飯をすませて、土蔵の軒下の陽なたに出てタバコを吸っていると、加代が前を通りかかった。

「加代ちゃん」

久七は勇気をだしてよび止めた。

「あんた、どこから来たんや。輪島か」

「へえ」

加代は塗師の中でも、もっとも若い久七から声かけられたことに恥しさをおぼえたらしい。耳もとまで赧(あか)くして、立ち止ると、

「折戸です」

とこたえた。

「折戸」

久七はびっくりした。折戸という村は、久七の生れた曾々木から、さらに北へ向った海岸にあった。燈台のある岬に近い孤村だときいていた。曾々木までは、久七が俎板直りをしたころにバスが通り、かなり道ができていたけれど、折戸まではまだ徒歩でゆくしか便はなかった。山また山の海ぞいの嶮しい道をこえ、四時間歩かないと到着できない奥能登の突端の村である。

「へえ、折戸から……あんた、ほれで、お父さんや、お母さん、村にいるのか？」

「お母さんは死にました。お父うが兄やんとふたりでいます」

と加代はこたえた。

久七は加代が母無し子であることに同情をおぼえ、

「お母さんは、いつ死んだんや」

「あたいが八つの時」

加代は小さい声でこたえた。久七は母親のない貧しい折戸の部落に育ったこの娘が、まるで都会で育った娘のような白い肌をしているのが不思議に思えた。

「久七さんは」

と加代は人なつこい眼をむけて低い声で訊いた。

「わいか。わいは曾々木や」

久七はこたえた。

「へーえ、曾々木」

もちろん加代は知っていたにちがいない。折戸からきたのならば、バスを待ちあわせた終点の村が曾々木であったからだ。

「ええとこですねやな」

と加代はいった。

いま、久七は、貧乏な家からまびかれるようにして出てきた辺鄙な曾々木の村を、ええとこやといった加代の顔を、まじまじとみた。折戸に比べたらええとこかもしれぬ。

「お父さんは何をしてんの」

「百姓と炭焼きしてます」

曾々木の村と似たりよったりの暮しにちがいなかった。

久七は同じ海つづきの、波の荒い村に生れた加代に親しみをおぼえた。同じ村の出のようななつかしさを抱いた。

久七は、顔をあわせるたびに加代と話すようになった。加代の性質もよくわかった。貧しい家にうまれたのにかかわらず、陰気なところのちっともない、人見知りしない明るい性格である。

久七は、もうそろそろ嫁のことを考えねばならない時期であった。年季があけて、上塗師となり、土蔵入りがきまれば、いっぱしの職人といえる。輪島塗師の習慣としてはお礼奉公の二年がすめば、どこへ働きにいってもいい自由な身である。久七はお礼奉公のあける二年間、加代はまだ娘のまま、自分を待っていてくれるであろうかというかすかな不安と喜びをおぼえて胸をときめかしていた。

久七のほかには職人の中には独身者はいなかったから、加代が美しくて、男好きのする娘であることが職人の誰もにわかってくると、自然と土蔵の中は、久七の嫁に適当しているのではないかという雰囲気がもちあがった。木地職人の年寄りなどは口に出してそれをいった。

「折戸の娘ォにしてはすぎた娘やな。勿体ないほどええ軀をしとる。久七、精を出してお礼奉公をすませてな、早ようあの娘を嫁にもらえ。漆のことはここにいておぼえておるし、如才のない明るい性質じゃから、きっとお前を成功させるじゃろ……ええ嫁じゃ」

年寄りがそういうと、他の職人たちもうなずくのである。久七は赧い顔をして俎板にしがみついていた。何かの用事で加代が二階へ上ってくると、カヤリ取りの手がふるえるほど胸が燃えた。

久七が、加代に胸中を打ちあけたのは、輪島の観音町にある重蔵神社の祭礼の夜であった。使用人たちは宵祭を見にゆく許可がおり、夕食をすませて、ぞろぞろと神社の方へ出た時、女たちだけが歩いてゆく田能の店の連中の中に加代をみとめて久七はいった。

「加代ちゃん、浜へ出て見いいんか」

胸が高鳴っていた。

「うん」

加代は麻裏の音をさせ、皆からはなれて尾いてきた。神社のよこから、小川に沿うて海岸へ出た。白い浜には、若い男女がよりそうようにしてちらほらみえたけれど、久七には浜と海は乳いろにかすんで一色にみえ、人影は入ってこなかった。遠くに舳倉島がかすんでみえる。

「加代ちゃん、七ッ島が見えてる。来てみんか」

久七は加代の足をとめて、加代の軀がしなうように寄りそうた時はじめて手を握った。

「わいは、田能の親方に弟子入りしてあしかけ十年になる。もうすぐお礼奉公もあける。再来年の春になったら独立できる。ほしたら、親方にたのんで、輪島の町に、小さな家でもいい、間借りでもいい、世帯をもたせてもらうわな。わいは、立派な沈金職人になりたいんや。塗師の勉強はもうすんださかい、あとは沈金か、下地の勉強やけど、何ちゅうても、沈金の仕事は歩がええ。一枚のお盆に絵を散らして何百円も取れる立派な腕前になったら、塗師もそれで成功したといえるやろ。わいは腕のいい職人になりたいんや。加代ちゃん。わいは正直、あんたをみてから勇気が出て来た。安い月給のお礼奉公にはげみが出て来た。わかってくれるか」

加代はこっくりうなずいていた。うるんだ眼を久七になげ、いつまでも、握られた手を汗ばませて立っていた。久七は耳に口をつけて訊いた。

「わいが好きか、加代ちゃん」

「うん」

と加代は首をタテに振った。

「わいの嫁になってくれるか」

加代はしずかにうなずいた。久七は浜の砂地に足をめりこませて陶然として突っ立っていた。

〈立派な職人になろう。この娘を幸福にしてやらねばならない……〉

わが心にいいきかせたのである。

四

京都市上京区にある臨済宗本山燈全寺派宗務所から、使者の佐分利春応が田能の店へきたのは、昭和二十五年九月末の重蔵神社の祭礼がすんで間もない一日のことである。佐分利春応は、紫の絹衣の上に鉄色の単衣の被布(ひふ)を着て、襟をふかく白布の護衿(ごきん)で埋めていた。背が高く、鼻すじのとおった秀麗な春応の顔は、みるからに、由緒ある本山の宗務所につとめる執事長代理らしい立派な風格を現わしていたので、応対に出た販売部の女の子が、眼つきをかえて奥にいる与三郎に報告した。

「京都の本山からえらい坊さんが来なさいましたえ」

与三郎はわたされた名刺をみて仰天した。燈全寺といえば、京都五山の一つである。大徳、南禅、東福、建仁、相国などと肩をならべる臨済正宗の本山である。古くから、能登の業者へもきこえている寺院であった。おそらく全国末寺を合わせると、燈全寺派は、禅宗寺院でも、もっとも大きいのではあるまいか。

与三郎が名刺をみただけで、頭の中にそんなことを思いうかべたのは、ほかでもなかった。これまでに、与三郎は、京都へ何どか足をはこんで、禅宗ではなかったけれど、東山の知恩院で、斎膳(ときぜん)、椀、盆などの大量注文をうけてもどっていた。もちろん、その製作もひきうけて、納品をすませていた。だから、燈全寺宗務所ときいただけで、頭にぴんときたのであった。

へっぴり腰で表へ出てゆくと、与三郎は春応和尚を奥の間へ通した。加代にうす茶を持参させた。

春応は、加代からさし出されたうす茶をうまそうにすすりながら、平盆にもられた最中(もなか)をくちゃくちゃとかみくだくと、やおら口をひらいた。

「とつぜん、うかがいましたのは、来春に行いまする燈全寺開山夢窓国師の大遠忌に使います、斎膳、椀、飯櫃その他の什器をお納めねがいたいと思いましてな」

与三郎はびっくりした。外交員を派遣して、注文をもらってくるのが普通なのに、客の方からわざわざきてくれたのだ。これは主客転倒といえた。畳に頭をすりつけんばかりに低頭して、

「ありがとうございます」

と与三郎は礼をのべた。

「数量はいかほどでございましょうか……」

「五百人分……」

と春応はこたえた。与三郎は二どびっくりした。厖大な数量だった。もし、この契約が成立するとすれば、今日からで木地の手当てに奔走しなければ間にあわない。春応は、驚いている与三郎の顔を柔和な眼ざしでみつめながらいった。

「田能さん。五百人分の値段といいますと大変な額でございましょう。こちらは檀家、末寺からの寄進によって金を集め、いわば他人の金で支払うのですからよろしいようなものの、やはり、それだけに有難い奇特な金でございます故に、一膳たりとも、粗品を納めてもらっては困るのです。物によっては、熱い湯につけただけで、ピンと音をたて、ひわれ目のゆく椀もあっ

て、一回きりで使いものにならぬ粗椀をみることもしばしばありますが……あのようなものを納めてもらっては、大遠忌当日にくる客は全国の末寺と檀家の方ですからね。すぐ露見してわれわれ幹事の責任になってしまいます。くれぐれも堅牢で上塗りの上物を納めていただかないと困るのですよ」

「ごもっともでございます」

と与三郎は低頭してから、自信ありげにいった。

「手前どもでは、決してそのような不作なのは販売いたしておりません。品物はいちいち手前が塗師の手からとって見きわめた上でないと店へは出しませぬし、よく乾燥してから発送しております。安心でございます。どうぞ、得心のゆくまで、手前どもの塗師土蔵（ぬしぐら）をご覧になって下さいませ。手ぬきしておる箸一本とてございませぬ。うちにはすでに、京の知恩院、智積院、高台寺さんなどへ納めずみの……膳椀つくりでは古い塗師もおりますから、自信をもっておうけできると思います」

与三郎は真剣な眼ざしでいった。そういうふうにでもいわなければ、この和尚はすぐに立ち上って下駄をつっかけ、外へ出てゆきそうな気がしたからだ。輪島には、膳椀つくりの仲間業者はまだ二十商店ばかりあった。この鳳至町の通りに軒をつらねている店では、田能は名もきこえているが、何も、田能だけが卸元（おろしもと）ではなかった。気に入らなければ、他の店へ契約されてしまう。

「さあどうぞ、いちど塗師土蔵をごらん下さいまし」

与三郎は春応をせき立たせて案内に立った。と、この時、奥の間へ、加代がまた膝をついて煎茶をはこんできた。春応に向って丁寧にお辞儀をすると、畳の上を音もなく膝を擦って近づき、しずかに、湯呑みをさしだした。

春応は加代の白い手をみていた。

「娘さんですか、田能さん」

と見惚れたような眼を主人にむけてきいたのだった。

「いいえ、女中にござります」

と、与三郎は恐縮してこたえた。

加代は自分のことをいわれたので、赧くなって顔をうつむけていたが、春応はますます加代の姿に見とれているのである。

「左様か……無躾(ぶしつけ)なことをおききしましたな」

と口ではあやまりつつも、なお、いつまでも微笑をくずさないで、加代のうなじのあたりをみつめていた。

やがて佐分利春応は与三郎の案内で塗師土蔵の作業ぶりを見学した。もどってくると、即座にいった。

「あなたのところに決めましたよ。与三郎さん。お作品は素人のわたしが一見してもわかるものではございません。ただ、与三郎さん、わたしは、あなたのお店で働いておられる職人さんやら、女中さんの顔を見ただけで信用がおけました。加代さんといわれましたかな……あのような美しい女中さんが……明るく働いていらっしゃるお店はざらにはない、きっと、製品にも心のこもったものができ上っていることと思います。値段だけは一つ勉強して下さい。来年の四月十日が大遠忌です故、三月末までに納入して下さればよろしいのです。ここに契約書をもってきましたから、どうぞ、おあらため下さい。それにこの金は手付金です。大量の注文のことですから、木地や資材にいろいろと費用もかかることでしょう。僅少ながら本山からあずかりました金を置いてゆきます」

春応がさしだしたふくさ包みをあけると、水引きのかかった熨斗袋に五拾万円の紙幣が入っていた。

誠実な注文客といえた。与三郎は三どめの感激を眼にうかべて低頭した。

「きっと、ご希望に添える品をお納めできると思います。田能の店をあげて精根をこめ、御本山遠忌に間にあわせていただきます」

畳に手をすりつけた。与三郎はしばらく面をあげなかった。とつぜん、舞いこんできた、この背の高い四十五、六にみえる落ちついた僧の顔が気高くみえ、不況にあえいできた塗師屋の台所に明るい光りがさしこんだからにほかならない。

座を立って辞去しようとする春応和尚に与三郎はいった。

「今晩はどこにお泊りでございましょうか」

「宿はべつにきめてはおりません。用事もすみました故に、ゆきあたりばったりの宿に一泊して、奥能登の景色など眺めてから帰りたいと思います」

と春応はこたえた。すると与三郎はすかさずいった。

「宿といっても、輪島には、ほんの商人宿しかありません。よろしかったら、私どもの離れでいかがでございましょうか。おちかづきに、ご一泊願えたら、これ以上のことはありません。それに、近くには、上時国、下時国、曾々木の海岸、白米の千枚田など、いろいろと美しい風光の名所もございます。私どもでご案内いたしますから……ご遠慮なさらずにどうぞご一泊下さい」

春応の顔が急に真顔に変った。そうして一瞬きらりと与三郎のうしろをみた。そこに加代が立っている。

「ほう、それはありがたい。お言葉にあまえて、泊めてもらってもよろしいかな」

そういってにんまり笑った。

「加代さんとやらに、能登を案内してもらってもよろしいですかな。田能さん」

「よろしゅうございますとも……この娘も奥能登に在所のある娘でございます。どうぞ、心おきなく、おつれ下さい」

与三郎は、快く泊りたいといってくれた春応に感激した。数百万円の商取引きが成立した。由緒のある京都五山の別格派燈全寺の宗務所へおさめる品だ。この本山代理の和尚に、加代をつきそわせて、能登を何日案内させても、こばむ理由はないのである。心からもてなしをして帰してあげたい。

五

佐分利春応は、その夜田能の家の離れ座敷に泊り、翌朝早く起きると、与三郎の店のオート三輪に乗って、近くの観光地を廻った。約束したとおり、与三郎は、加代にその案内役をさせた。

加代は春応を案内して、白米から曾々木にゆき、山へ入り、両時国衆の平家屋敷も見せ、さらに、奥へ入って、平時忠の墓に詣った。春応は加代のてきぱきした案内ぶりに感心していた。もっとも、加代には、この奥能登の名所旧跡を歩くのは最初ではない。学校の遠足や旅行で、たえず近くの由緒のある寺や神社へきていたから、道馴れしていたのである。

「あんたの生れた村はどこにありますのや」

曽々木の洞穴の岩の下にオート三輪をとめて、磯の岩場にいっぷくした時だった。春応はいくらか下がり眼尻になる皺ばんだ眼を細めて加代に訊ねた。

「へえ。ここからは見えません。折戸の村はまだ、北へ五里ゆかないと着きません」

加代はこたえた。加代にしてみれば、輪島へきて、最初の遠出であった。なつかしい父親と兄のふたりが精を出して働いている村が山向うにあるかと思うと走り帰りたい望郷の思いにせまられていた。岩場の上にたって北を指さしている加代のきめのこまかい横顔は心もちはりつめていて、澄んだ眼はうるみをおびていた。

「折戸にお父さんは何をしていなさる」

「へえ、炭焼きをしております」

「……」

春応はあらためて加代をみた。この美貌の娘が炭焼きの家の出なのであろうか。信じられないといった眼であった。

佐分利春応は、輪島に帰りつくと、与三郎の用意した早目の夕食をすませて、列車に乗って金沢へむかった。金沢から大阪行きに乗りかえれば、翌日の正午に京都へつく。与三郎は、わざわざ出張してきて、大量の注文をしてくれた春応に重ねて礼をのべ、汽車の発車する間際まで、窓べりに立って見送った。その汽車がいよいよ動きだす直前であった。

「与三郎さん」

春応は窓から白い首をつき出すようにして、低声でいった。

「加代さんはいくつになられます」

「はい、二十五でござります」

「もうぼちぼち嫁入りですな」

と春応はいって微笑した。しばらく、だまっていたが、眼の奥にキラリと光るものをうかべて、

「誰か、よい結婚の相手でもないのですか」

ときいた。

「それが」

と与三郎はいった。

「気立てのやさしいいい女でござりますのに、いっこうに……ありません」

「輪島の職人衆には眼がないのですな」

春応はそういってまた笑った。旅のあいだじゅう加代に魅(ひ)かれていたことが与三郎にもわ

かった。もっとも、この場合、与三郎が久七のことをとやかくいう筋合いでもなかったのである。京の大事なお客が、加代を気に入ってくれたことは嬉しいことである。おそらく、この愛想のよい初老の僧侶は、投宿中、何かにとなく世話を焼いてくれた加代をねぎらう意味の心を、そのようにいいあらわしたのかもしれない。与三郎は手を振って、汽車の遠ざかるのを眺めていたのだ。

その佐分利春応から、手紙がきて、加代を燈全寺山内塔頭昌徳院の新命和尚神谷松庵の嫁にくれないかといってきたのは、約十日ばかりたってからのことである。

田能の店はそのころ燈全寺本山の五百人分の膳椀の注文のために活気を呈していて、休んでいた木地職人が、塗師土蔵のわきに建てられた仮建築の仕事場でロクロを廻す音がしきりにきこえていた。

手紙をみて、田能与三郎はびっくりした。次のように読めたのである。

――前略、拙僧輪島に出張中は何かにとおもてなしをうけ深謝仕りおります。さっそく、貴殿より手渡されたる見積書を本山宗務所に提出、評議員並びに檀家総代の認可を得ましたからご休心下さい。ついては、本日あらためて書信をしたためますのは、大遠忌用の什器の件ではなく、その節拙僧を奥能登へ案内して下さった森谷加代さんのことについてでありますが、当本山内塔頭に昌徳院という寺があり、ここに当年三十二歳の新命和尚が独身でおります。神谷松庵といいますが、相国僧堂で約十年間の修行を終え、管長橋本独峰師の印可をもらった逸材にございますが、この松庵の嫁に如何かと、拙僧あまりにも親切にしていただいた能登の旅の有りがたさが忘れられず、相談してみたところ、本人はそのような娘ならばぜひもらいたい、ついては、一ど加代さんを見たいと申しまして、乗気を示しておりますので、先ず田能様のお考えをお聞きいたした次第です。昌徳院は拙僧の住する山内方広寺と法類にあたり、先住は本山執事長を永年つとめて、七十二歳で他界。新命和尚松庵は三年前に相国僧堂副司(ふうす)寮におりましたのを住職として遇せられた者にて、寺は由緒もあり、決して生活に困窮するというようなことはなく、加代様さえご承諾下されば、幸福になれるのではないかと愚考いたします。松庵の人間については拙僧の後輩であり、永年見てきており、信用のおける人物であることは申すまでもありません。しかしながら、このような結婚話は、当人たちが先ず肝心でござりまする故、一どふたりを会わせて見て下さるまいか。膳椀その他の什器も進行中のこととて、次の出張は拙僧、松庵を同道して伺いたいと思いますが、これも田能様のお考えを聞いた上でのこと故、先ずは取急ぎお伺い致した次第でございます。

ご多用中恐縮ながら、ご一報下されば幸甚に存じます。

田能与三郎は文面に現われた春応和尚の気もちがわかる気がした。加代は誰の眼にもそのようにみえるのだろう。職人仲間でさえが加代のことをわるくいう者はない。塗師の久七が惚れぬいていることもよく知ってはいたが、この手紙は与三郎には黙殺できなかった。

〈加代が京の本山塔頭の嫁になる……〉

考えただけで嬉しかった。

ほかでもない。輪島漆器というのは、代々、各地に販売出張員をおくって、すべて、その外交によって注文をうけ、これを納品する仕組みになっている。現今のように、デパートや、美術工芸品店で、華々しく販売するという時代ではなかった。戦争によって漆器業は壊滅したとさえいわれた。戦後早々の食糧不足の時代には、朱塗りの汁椀や、まき絵の盆などに気をとめる者はいない。業界は不況にあえいだのである。

ところが、この物語の起きている昭和二十五年はようやく、世間も落ちつきをみせてきて、町にそろそろぜいたく品が見えはじめたころだ。臨済宗総本山燈全寺でも、檀家から寄金をあつめて、開山国師の大遠忌を催そうかというような話がもち上る時代であるから、輪島漆器も、ひところは、輸出専門に細々と不況の中から立ち上ろうとしていたとはいえ、何といっても国内需要が必要だったことはいなめない。

加代がもし、燈全寺塔頭の嫁になってくれれば、田能の漆器も、京の禅宗本山に橋頭堡(きょうとうほ)をもつことができ、同業の誰よりも、いち早く、仏教界に進出できるのではないか。

与三郎がこのように踏んだのは、加代が自分の娘ではなくて、北の果ての折戸の村から、風呂敷包みを一つぶら下げて飄然と住みこみにきた女中であったからかもしれない。いずれは、職人の久七と一しょにしてやって、輪島の町に小さな世帯をもたせてやろうと考えていたものが、突然にきたこの佐分利春応の手紙によって気がかわった。

〈加代は玉の輿に乗る。加代が京へ嫁にゆけば、商売もひらける……〉

金に眼のない与三郎の腹は、考えるまでもなく決まっていた。

〈何とかしてこのはなしをまとめてみよう……〉

与三郎は加代に相談しないままに、京都へ手紙をかいた。願ってもない話だから、一ど、その松庵様とやらをつれてきてくれぬかと返答した。

森谷加代が、燈全寺塔頭昌徳院の嫁になったのは以上のような奇縁が端緒だが、半ば、親方田能与三郎の商略的策謀によって輪島を出発したといえたかもしれない。

加代は翌年の二月に、いったん折戸の村へ帰ったが、あらためて、田能夫妻につき添われて二月八日の雪の降る日に京へ旅立った。そのまま、戻ってこなかったのである。

六

久七の知らぬまに、親方の与三郎が計画を着々と進めたのだった。はじめは京都の寺なぞへ嫁にゆくことをしぶった加代も、与三郎と妻の春枝が懇々といいきかす熱心さに頭を下げた。とうとうゆく決心をするに至った。この経過を久七は知らなかった。

これはもっともだったといえる。塗師は、前述したように塗師土蔵で働きづめである。土蔵と母屋は棟つづきではあったけれど、母屋から用事があって呼ばれないかぎり、塗師は母屋へ出てこない。全然没交渉なのであった。これは、漆器にホコリがつくといけないからであり、作業中は、みだりに立って動いたりすることは禁じられていたからである。それに、五百人分の膳椀をひきうけた田能の塗師土蔵は、すでに木地屋の仕上げたものが山積されていた。中塗研ぎの分担であった久七は仕事に追いまくられている。土蔵から出るヒマがなかった。

親方から京都へゆかぬかと話をきいて以来、一方では心がうごくものの、一方では久七が心の隅にある加代は、土蔵へゆく用事があっても、ほかの女にまかせてゆかなくなった。久七となるべく顔を合わさないようにした。これも与三郎の眼が光っていたからだ。

加代が、久七に寄せていた純な思いを捨てて、京都へ行ったのは、折戸の村の父と兄の暮しが助かるということもあった。与三郎は、もし加代がこのはなしに乗ってくれれば、折戸の父親に手厚いあいさつをするし、炭焼きしか知らない老父を、田能がもっている曽々木の奥の欅(けやき)山(やま)や、モミ山の番人にしてよいといってくれた。

　加代には願ってもないことである。与三郎がそんなことをしてまで京都の寺へゆかせようとしている腹の底がわからない。久七とはべつに固い約束をしたわけではなかった。自分がゆく決心さえすれば、反対する者は誰もいない。それに、京都から、一どきたことのある佐分利春応が、やがて間なしに、相手の男だといってつれてきた神谷松庵という若い僧侶はおとなしい男だった。京都の大寺の住職らしい落ちつきと、あかぬけのした風貌をしている。眼がほそくて、鼻のひくい、ウチワのような扁平(へんぺい)な丸い顔をしていたけれど、人の好さそうなかんじがした。荒くれ者の多い木地屋にまじってばかりいる輪島の生活の中では、知りあった男たちの誰よりもやさしく見え、都会の匂いがした。人物としては春応のいったように申し分がなかった。由緒のある燈全寺の塔頭寺である。生活には生涯困らない。いってみれば、玉の輿であった。

　幼いころから貧しい炭焼きの家に育ち、子守りばかりして暮した加代は、人なみの生活は知らなかった。生れた家は、海風にさらされていた。木小舎のような小さな家であった。折戸のあたりは、能登でとくに生活水準が低いといわれる。どの家にも、畳を敷いた部屋はない。すべて筵(むしろ)であった。筵の敷いてないところは冷たい板の間だ。寒い部屋で、雪風と海風の轟々と鳴りさわぐ断崖の裾をみつめながら、都会にあこがれて暮した加代には、京の寺は夢のような嫁ぎ先であった。加代は与三郎に決心した旨を告げる時に、こういった。

「親方さん、久七さんのことをよろしくたのみます。久七さんは、あたしを好いていてくれます。将来りっぱな沈金師になって、世間へ名の知れる人になりたいと、あたしにいいました。きっと、久七さんは、あたしがお嫁にきてくれるものと思いきめているか知れません。それでわたしは久七さんにだまって京都へゆくのが、わるいような気がします」

与三郎は眼を丸くした。

「おかしなことをいう。お前は、久七に……約束でもしたンかいな」

「いいえ」

と低声で加代はこたえた。ほっとしたように与三郎は加代の眼をみて、

「そんなら、久七に遠慮はいらんやないか。あの男は、年季があけていても、まだまだ、嫁をもろうて暮してゆける腕やない。久七が一人前になるまで、お前はひとりで待つ気か。そんなことしてたら、お前は婆さんになってしまうがな。良縁は口がかかった時にうけんとあかん。加代、このような縁は生涯に一つしかないよい縁やど」

与三郎のいうことに加代はこっくりうなずいた。

加代の京都へゆく日は、母屋だけに報らされて、塗師土蔵には箝口令がしかれたが、粉雪の

ふる鳳至町の道に、加代が与三郎に買ってもらったブルーのレザー製の、チャックのついたスーツケースを一つだけもって立った時、塗師土蔵の中でカヤリ取りの柄をにぎっていた久七が、急に壁ぎわに寄っていた。分厚い壁に穴をあけたような暗い金網窓があった。その金網に顔を押しつけて久七は表の通りを睨んでいた。

加代の姿は、金網の亀甲に千切られてみえる。ふりかかる粉雪が風と一しょにふき込んでくる。

久七は知っていた。職人たちが母屋の噂を耳にし、久七にも告げていたからである。木地頭の兵助という腰のまがった梅干顔の老職人が、久七のうしろからいった。

「久七よ。泣くんじゃない。お前は男や、えらい職人になったら、京の女子でも、輪島の女子でも、好きな女が嫁にできる。精を出して早よう一人前になるんじゃ。親方にさかろうてはいかんぞ。親方のなさることは、考えがあるんじゃ。ええか。あきらめるのやど」

久七はカヤリ取りを忘れて呆然と立っていた。軀の芯から、力がぬけた気がした。腑抜けたような久七の顔に、雪をふくんだ風が金網窓を通してふきつけた。

「早よう、閉めい。外をみるな」

と老職人がいい、久七の前へすすみ出ると、鼻汁をすすりながら、うしろ手にぴしゃりと鎧戸を閉めた。

七

寺泊久七は、人間がかわったように無口になった。寝部屋と称される職人部屋から朝五時に起き出ると、顔を洗って、すぐ塗師土蔵へ入った。ほかの職人のこないうちに、一心に中塗り、小中塗り、上塗りの仕事に精を出した。その仕事ぶりは病的なかんじがするほど、根をつめていた。ふつうなら、心にきめた女が他所へ嫁いだわけだから、痛手のために仕事も手につかぬほどの放心期間があってもさしつかえないわけだが、久七は、加代が輪島を去った翌日から、仕事に憑かれたように精を出しはじめた。

これは願ってもないことであった。それでなくても、三月末までに五百人分の膳椀を京都へ納めねばならない。しかも、いろいろとやかましい燈全寺宗務所に賞められるような上品を納入せねばならない。田能の土蔵は夜おそくまで残業がつづく。職人の中には世帯持ちが多い。遠くの宿舎から通っている者ばかりだから、毎日の残業がつづいてはやり切れない。そんな時に、人がかわったように二人分も三人分も働く久七の精勤は、先輩たちには助かった。誰ひとり文句をいう者はなかったのである。

「あれは気ちがいじゃな。夜さりのうちに、五十の椀の中塗りをしあげよった……」

朝になって、久七の塗師風呂棚に、昨夜はなかった五十個の椀がずらりと並んでいるのをみると、上塗り職人たちは魂消た。分業になっている漆器工程は、仕上げに自然とせっつかれる効果をあげて、とんとん拍子に仕事がはかどったのである。

「やっぱり、あれは男やな。曾々木の村の海風にたたかれて育った男やな。女のひとりやふたりにうつつをぬかしおって、自分の本職を忘れるようなのらくら男じゃなかったよ……えらい男じゃ。燈全寺へ納める仕事が済んだら、ぼちぼち店でももたせてやる相談もせにゃならん」

と、現金な与三郎は、ほくほく顔で他の職人にいった。

「あの男は性根のある男じゃよ。きっと世間に名の知れる塗師になるにちがいない」

能登輪島の塗師屋田能与三郎から、五百人分の朱塗膳と、それに付属する斎膳用の飯椀、汁椀、中椀、小皿、飯櫃、杓子などが五百人分、百数十個の梱包された木箱に入れられて、京都市上京区にある万年山燈全寺の本坊に届けられたのは、三月二十八日の夕刻のことである。宗務所にいて、迫りくる大遠忌の用意に大童であった役僧たちは、試みに一個の梱包箱をあけてみて、そのまばゆいばかりの朱の色の鮮かな仕上りに見惚れた。

「輪島の塗師の腕やな。りっぱな椀や。この色艶といい、塗りあがりのなめらかさといい、どこへ出しても恥かしゅうはない代物や」

役僧を分けて出た佐分利春応が細眼を輝かせて、手の平にのせ、飯椀の一つを撫でさすりながらいった。

「わしは、田能の店の塗師土蔵を見てきたんやが、大勢の職人が汗だして働いとった。この椀一つ作るのに三十いくつの工程があってのう……なかなかの辛抱のいる仕事じゃった。いろいろと苦労のいる話を主人が説明してくれたが、やっぱり、主人の自慢したとおり、見ただけでも輪島の品のよいことがわかる」

春応は喜悦の色を両頬にほころばせていつまでも見入っていた。

いっぽう、輪島の田能の塗師土蔵は、さしもの大仕事がすんだあとであるから、ひっそりしていた。それは、大嵐がすぎ去った静寂に似ていた。仕上がった製品を、いちいち和紙にくるんで、切藁の入った箱に一つずつ重ねて梱包する。この作業だけでも、土蔵の一階は占領されてしまうほどの数であった。発送の日は、女子衆も、男子衆も、店全体が一丸になって手伝ったが、それも終った。オート三輪でつぎつぎと運ばれていき、貨車に積みこまれた最後の箱を見送って帰ってくると、職人たちは力のぬけたようにほっとした。

与三郎はその夜、木地職、塗師、沈金師一切の関係者を離れの座敷によんで酒をふるまった。大きな仕事がすんだあとで、酒もりをするのは習慣だったのである。しかし、不況のつづいた田能の店では、仕事仕舞いに酒の出るのは珍しかった。久七は、職人たちのならんだ下の座にすわって、寸づまりの小造りな顔をうつむけていたが、誰とも話をしなかった。自分だけそこにとりのこされたような、久七の座だけが空虚なかんじがしたのは、つい先日まで精出しづめに働いた大仕事が済んだという大きな空虚感のせいではなかったのである。しかし、その久七のだまりこくった姿に、職人たちはさほど気をとめていなかった。

一夜あけて翌日になった。塗師土蔵につづいた寝部屋から、寺泊久七の姿は消えた。酒に酔った職人たちが寝しずまっている早朝のうちに家出したものである。からんとした久七の部屋には、何一つなかった。書置きもなかった。もっとも、久七は何ももっていなかった。十四年前に、曾々木の村から、着換えを入れた風呂敷包みを一つ下げてきた当時のままである。ぜいたく一つせずに暮してきたからであった。

職人たちは、寝呆け眼を見あわせ、働き者の久七がいないことを不思議がった。

「きっと、曾々木へ帰ったンじゃよ。曾々木のお父うに給金をわたしに帰ったんじゃよ」

木地頭の兵助が物識り顔に梅干顔をつき出していったが、翌日も翌々日も、久七は帰ってこなかった。

曾々木の村へ連絡がとられたが、久七は帰っていないということであった。

「放っとけ、放っとけ、あいつのことだ。きっとここへ戻ってくるわ。あいつはここで仕事をおぼえるしか能のない男じゃった。あの大仕事に精を出したあとじゃ……どこぞ、和倉の温泉にでも湯治に出かけたゝかしれん……」
与三郎はそんなことをいって職人たちを安心させたけれど、内心では、もし、温泉へゆくような計画でもあったのなら、久七のことだから、一ト言だけはことわってゆくはずだと思っていた。行先が案じられたのだった。

八

万年山燈全寺の開山夢窓国師の霊をなぐさめる六百年大遠忌は、四月十日の早朝五時に、松林の中に建っている大きな法堂の中からひびく大太鼓の音によってはじめられた。行事は管長岩本貫道を導師に、塔頭昌徳院住職神谷松庵の維那（いのう）、方広寺住職兼本山宗務所執事長代理佐分利春応の侍香、塔頭奇獄院住職坂上信道の傘持ち、同桂徳院住職平井謙隆の鐘持ち、同弘源院住職菅原徹念の木魚、同善智寺住職小林精拙の回向（えこう）など、それぞれ、末寺諸派、塔頭寺院から集まった住職、徒弟、沙弥（しゃみ）約三百人の役僧が円型をなして法堂の土間に居並び、大柱にはりめぐらした紅白の幔幕（まんまく）のうしろには、茣蓙（ござ）を敷きつめ、合掌正坐した檀信徒の総数約千人に及んだ。すべて、末寺諸派が回覧を廻して、この大遠忌のために講をつくり、あるいは籤（くじ）びきによって参詣客をとりきめて、全国からよび集めた善男善女の姿であった。

法要はまず、開山夢窓国師への読経にはじまり、つづいて、今上天皇祝聖、檀信徒総家の他界者霊供養とつづき、午前五時からはじまった読経は、午前十一時まで、広大な一万六千坪の樹間をふるわせ、京の町空にひびきわたった。

この法要が済んだのち、方丈の襖をとりはずして、広い宴会場が用意され、檀信徒、役僧、係員などが一堂に集まる斎食の会がもよおされた。

天井の高い庫裡では、京都五山の各専門道場から応援にきた雲水どもが、甲斐甲斐しく衣の袖をたくしあげて襷をかけ、朝から炊飯に精出し、味噌汁、菜葉の煮つけ、油揚、昆布、高野豆腐、椎茸の煮つけ、香の物をそれぞれ、朱塗りの客膳の上にならべた椀につけもりし、山内塔頭から集まった小僧が、尻はし折りして、これを宴会場に捧げ運んだのである。

広大な百二十畳の広間に、五列にならんだ檀信徒は、小僧たちの手によって、眼前にそろえられた朱塗りの斎膳の色の美しさに眼を瞠ったのである。

「輪島の塗りじゃ」

と檀信徒のひとりが感心したようにつぶやくと、誰もが汁椀をささげもって、中身をすする前に鼻先へもちあげて、精巧な椀の塗り上りに驚嘆の眼をむけていた。なるほど、新しい椀は、ぷーんと漆の匂いをただよわせ、温かい味噌汁をすすると、しゅんとかすかな音をたてて、腹をへらした善男善女の空腹をそそった。

この大がかりな斎食が済むと、信徒は方丈を出て帰路についたが、さしもの大宴会のあとは汐がひいたような静けさであった。

しかし、庫裡の中は大童であった。汁椀を洗うもの、飯椀を洗うもの、膳を重ねるもの、五百個の斎膳を取り片づけねばならないのだから、大騒ぎといえた。

習慣によって、上質の上塗りを経た斎膳、椀の類は、いったん水洗いをすませても、油気が染みてのこっているので、さらに熱湯によって洗わねばならない。

熱湯を通せば、上物であればあるほど、湯からもちあげた瞬間に、乾燥しはじめるからである。

煮えたぎる湯が大桶につがれて、その前に襷をかけた剃髪頭の雲水どもが毛ずねを出して、うしろからはこばれてくる水洗後の椀をさらさらと熱湯にさし入れた時であった。

「うぇーッ」

と桶のわきにいた一人の僧が声をあげた。

「これは何じゃ。輪島の塗りが湯に溶けてしまいよる。何ちゅうこっちゃ」

眼をまるくして湯気のたつ桶の中を凝視した。

「………」

僧らはうしろに集まった。よくみると精巧な塗りあげとみられた椀は、まるで熱湯によって削がれるかのように朱の色を失いはじめたのである。もちあげた一人の僧が大声をあげた。

「こりゃ、ひどい椀じゃ。塗りあげに手がぬいてあるんじゃ。どこの品物じゃ。幹事にいえッ。椀がはげたぞと幹事にいえッ」

湯桶につけられた椀のどれもが、白湯を真っ赤に染めて剝げていた。

報告をうけた佐分利春応は宗務所の事務机に略袈裟を投げ捨てて佇立した。


「如何にして、昌徳院住職神谷氏の妻森谷加代が家出をせしやとたずねても、すでに、住職は塔頭を放逐され、岐阜県下の貧しき三等地に配置され、新しき僧の代とかわりおりたるために、詳細なる事情はきくこと能わざりしも、山内塔頭の各寺を廻りて、当時の模様を又聞きするに、輪島塗り斎膳を注文せる宗務所の責任者たりし、方広寺住職佐分利春応は、責任をとって辞職後、発狂して今日は京都岩倉にある精神病院に身を托する身となり、これが協力者たりし神谷松庵は、その妻森谷加代が輪島塗り本舗の田能の出なりしがために、山内各寺よりとかくいわれ、中には商取引の際に、佐分利と共に、代金に水増しを行い、一方、田能への納入金を値切れるだけ値切りたるために、輪島の粗悪品を納入しなければならぬハメになりたるや知れずと噂されたり。また、森谷加代との離婚は、当時より噂もしきりと起り、岐阜に引越しせんとする松庵師が荷造りしておる最中に加代は失踪せるなり。ただし、その日の朝早く、昌徳院をたずねし、Yシャツに紺ズボンの職人風の貧しき男あり。この男と加代が表庭の隅にて会談せるを寺男の作兵衛なる者目撃し、これを松庵師に告げるに、松庵師は気にせず、『能登へ帰るといい張る女故、放置しておけ』と返答せりと。思うに昌徳院をたずねし男は寺泊久七ならん。輪島を出でて放浪し、身をもちくずして自殺などせんと思いたちて、死ぬ直前にひと目会いたい昔の女、加代をたずねんとて来りしものに相違なし。加代は久七と会いて、折から本山より放逐されし夫の松庵からも、冷たき眼をもって遇せられる破目となりたる不幸をかこち、ともに意気投合して、そのまま昌徳院を逃げしものか。四月二十三日のことなれば、滝壺にて発見されし両名の死体が二十時間後の死後と鑑定をせられしことからみて、両名が那智に来りしは二十四日か五日のいずれかならん。美貌にして賢女たりし森谷加代が、未だうら若き身にて、奥能登の折戸村に父も兄もいることを忘れて、流浪の職人と身投げなどせしは、すべて男のいうままに無理矢理ひきずられて、那智飛龍の荘厳なる景色に見惚れるうちに、忽然と死に誘われしものならんか。哀れなる無理心中なり」

「投身人別帳」の誌者は、以上のように記している。果して、寺泊久七と加代の死は無理心中であったろうか。

死人に口なしの謂どおり、新宮署に運ばれた二人の死体からは、その真相を告げる物は発見されなかったから、真相はわからないといえる。

ただ、作者が憶うに、燈全寺本山に納めた斎膳、椀、五百人分のでき上りは、はたして、如何ような粗悪品であったろうか。思いだすにつけても、久七が、加代の去ったその翌日から、ひとりで、中塗り、中塗研ぎの中工程をひきうけて、作業をつづけた一事である。漆器の工程に何らの知識ももたぬ作者ではあるが、熱湯で朱塗の上塗りが剝げたということは、常識的にみても、中塗り仕上げが粗雑にされていて、その上に、上塗りがなされたためとしか思えない。一見して艶やかな上塗りの見事さも、中塗りの土台に手が抜いてあれば、そのような馬脚を現わすのは当然と思われる。

久七に恐るべき策謀があったのであろうか。

それは今日になってもわからない。

真徳院の火

昭和1X年の10月2日、京都にある真徳院は17歳の少女によって放火された。京都神崎村出身の孤児だった彼女は、真徳院近所の下駄屋で下女をしていた。片眼が不自由だが美しい彼女は真徳院に散歩に出かけるうちに、ある一人の寺の小僧と親しく言葉を交わすようになっていた。

よく知られた「五番町夕霧楼」（昭37）と「金閣炎上」（昭54）は昭和25年に起きた金閣放火事件をもとに書かれているが、この作品は昭和37年に起きた壬生寺の放火事件から着想を得て書かれている。

※

初出＝『小説新潮』1962年10月号
初収単行本＝『西陣の蝶』（中央公論社、1963年5月）。その後『越後つついし親不知』（角川文庫、1966年11月）、『京都物語　一』（全国書房、1966年8月）などに収録された。全集未収録。本文は初収単行本のものに拠った。

一

昭和十×年の秋の中頃に、放火によって焼失した臨済宗燈全寺派別格寺、壬生の真徳院は、重要美術品に指定されていた建造物「法堂」を焼いた。この法堂は、二重屋根の豪壮なもので、京都の町でも、もっともゴミゴミした壬生あたりの家々の屋根を、見下ろすようにひときわ高く聳えていた。真徳院は、開山は夢窓国師である。足利三代将軍義満が創成建立したといわれ、古刹の多い京の禅寺の中でも、町なかに在ったということで一風変っていたともいえる。

寺領とする境内はそんなに広くもなかった。問題の「法堂」と「庫裡」、「舎利殿」、「方丈」などは、応仁の乱に焼けたのち、徳川期になって再建されたものがそのまま残存していたものだが、法堂には、阿弥陀如来が祠られていた。この木像は、慶派の巨匠運慶の作によるものと伝えられ、国宝に指定されようとしていた矢先のことであった。如来像も灰燼に帰した。
焼けた日は、西山の山肌がすっかり紅葉しかけた十月二日で風のつよい日である。宵の七時五十分ごろに法堂の内部から火が出た。すなわち、如来像の安置されてある一だん高くなった堂宇の中心部の須弥壇にたれ下った打敷きに火がつけられ、像の両側にたれ下った金襴の飾り模様のついた柱かけに火はのび、やがて乾燥しきった木造の階段を焼ききって天井に延火している。放火犯は近所に住んでいた曲谷きよという十七歳の少女であった。

真徳院のある仏光寺通りを大宮通りの方角へ約五十メートルほど入ったところに、堀口履物店と看板のかかった間口三間ぐらいの下駄屋があった。犯人の曲谷きよは、この店で下女のような仕事をしていた

きよは店主の堀口才蔵の在所である宮津湾にそそぐ由良川の川口にある神崎村からきていたが、才蔵の遠縁にあたる家の子だった。下女といっても、厳密にいえば親戚の間柄にあったといえる。

堀口才蔵は、この年五十三で、年のわりに頭のはげ上った老けた相をしていた。商人らしい小造りな体をせかせかと動かしてよく働く律義者だった。店先に下駄、八つ割り、鼻緒、傘の類までならべて売っていたが、店は、同じ神崎村の出の女房のせきという才蔵よりは七つ下に

なる、才蔵の体の倍ぐらいありそうな肥った女が差配していた。

堀口履物店は、一見小売店のように見えたが、働き者の才蔵は、店の奥につくった仕事場で一日に五十足もの下駄を仕上げるので、店売りでは間に合わなくなり、市内の小売店はもちろん、近在の伏見、鳥羽、久世、西院などの小さな下駄屋へまで卸売りしていた。外交は才蔵自身が自転車にのって出かけたけれど、配達のための店員が二人いた。いわゆる丁稚(でっち)といわれる子で、二十歳と二十一歳。この男の子たちも、神崎村から来ている。

曲谷きよが、堀口才蔵の店にくるようになったのは、才蔵が由良川へ桐材を買いにいった時の縁からだった。才蔵は毎年盆になると、墓参りもかねて、神崎村の生家に帰った。その都度、近在の山を歩いて桐材を買った。下駄というものは、よく乾燥した材料を使わねばならない。それに、柾目(まさめ)の通った桐材を、生木のままで値踏みするのはむずかしい。才蔵は永年、その道で苦労していたから、桐材買いは巧かった。彼は、ステテコの上に同じちぢみのシャツを着こみ、サラシの腹巻きをし、その腹巻きの中には札束の入った大きな布財布を入れていた。小柄な才蔵が、腹巻きをふくらませて山へくるのを、近在の村人たちは待っていた。才蔵は現金で買ったのである。買った木はそのまま目じるしをつけて放っておいたが、秋口に京の職人を伐り出しによこした。

堀口才蔵が、神崎村の「尾根部落」の山へきたのは八月末の暑い陽ざかりだった。ここらあたりは桐の多いところで、山の入口にある高台に、かならずのように桐を植えている。才蔵は持ち主の治左衛門という部落の者の案内でその山を歩いていたが、朝から陽ざかりを歩いて、疲れきっていたので、木陰でいっぷくしようと思って、治左衛門を誘って、湧き水のある渓間へ下りていった。と、そのせまい山道の前方に、虫籠を手にした一人の背高い少女がいた。色の白い娘だが、どういうわけか、器量のいいのに似合わず片眼は膜がはったように眼病を患っている。少女は左方の片眼をきょとんとひらいて、膝頭の出たつんつるてんの単衣の裾を気にしながら才蔵をみつめて立っていた。

「村の娘さんやな、えろう、ぎょうさん、虫とって……なんちゅう虫やね」

「へえ、くつわ虫ですねん」

と治左衛門という男は才蔵のふくれた腹巻きに眼をやりながらこたえた。

「この娘(こ)ォは、父親(てておや)もお母んも死んでおりまへんねや、尾根の新左衛門の娘ォで……隣の太郎助の子守りをしております」

「新左衛門の？」

「へえ……」

才蔵は治左衛門の顔を見て声をあげた。

「新左衛門が死んだんかいな」

「へえ、去年の秋どした。お母んと木ィ出しに山へいっとりましてな、木馬の下になって腹を切られて死にましたンや」

才蔵は汗ばんだ眼をしばたたいた。

「そいで、お母んは」

「お父のむごたらしい死に方を見たら気ィがおかしゅうなりましてな、春のうちはぶらぶらしていましたが、五月にぽっくり心臓麻痺で死にました。かわいそうに、この娘ォは孤児どすねン」

しょぼついた眼を少女の方に向けて説明する治左衛門の声は才蔵に哀れをおぼえさせた。ほかでもない、この新左衛門は、堀口才蔵の生家と遠縁にあったからだ。

才蔵は神崎村の大字神崎に生れているが、祖父の頃は、生家はこの尾根部落にあって、祖父の父、すなわち曽祖父は尾根の新左衛門から婿養子にきた人だということをきいたからであった。とすると、いま、眼前に、竹でつくった虫籠を手に、病んだ眼をひきつらせるようにしてこっちを仰ぎ見ている少女が他人のようには思えない。

「子守りをしてるて……学校は」

「へえ、もう卒業しましたンや。頭のええ娘ォですけどな、眼ェがわるいもんやで、京、大阪へ行儀見習にゆくちゅうわけにもゆかしまへん。隣の太郎助が傭い入れて、子ォを守りさせて喰わしてますんねや」

「何ちゅう名ァや」

「へえ、きよいいますのや。気性のやさしい子ォで、ほれ、いま、手ェにさげとります虫籠は、くつわ虫で……太郎助の子ォらァに獲(と)ってやる虫どすがいな。村の子ォらァは蝮(まむし)の出てくるような草やぶたによう入らしまへん。けど、きよちゃんだけは子ォにせがまれると、どんなところへでも虫捕りにゆきますわいな」

才蔵は、肌の白いきよが、眼さえわるくなければ、京へ出て縁づこうものなら玉の輿にでも乗りかねない均斉のとれた成熟した体をしているのに目をみはった。

「十六や、いうたな」

「そうどす、かわいそうな娘ォどす」

才蔵は、治左衛門のとがったはげ頭をみながら何どもうなずいて、少女がわきを通りすぎて、陽の照った山はなの桐畑の向うへ消えるのを見ていた。

桐材を見終った才蔵は、部落を出る時にいった。

「あの娘ォをわしにあずけてくれへんか。新左衛門はわしのひいお爺ィの筋の家や、他人ごとに思えなんだ。京ィよんで、嫁入りさきを考えてやろ思う。どうやな」

治左衛門は眼をしょぼつかせて感動した。

「けっこうどす。旦那さんに見こまれたのなら、あの娘ォもよろこびますやろ、京ィゆけるときいたら、あの娘ォはほんまに嬉しがりまっしゃろ」

由良の神崎村ばかりではない。宮津の近在でも、山をへだてた若狭の村でも、貧しい家の子は、小学校を出ると、京、大阪へ行儀見習と称して下女に傭われてゆく習慣であった。堀口才蔵が、桐畑の渓間で見かけた遠縁筋の曲谷きよを仏光寺大宮の履物店へつれてきたとしても不思議ではない。それは当然といえたのである。

その年きよは十六歳で、海の見える尾根の部落へ迎えにいった才蔵のあとから、風呂敷包みを一つもったきりで、秋風が吹くというのに、夏の単衣(ひとえ)をきていた。太郎助の子たちが山のはなまで見送ったが、きよはいつまでも村をふりかえって、なつかしげに片眼をはれぼったくうるませていた。桐の花が実を結んで黄色い固い種子を落す頃であった。才蔵は職人に伐採を命じておいて、きよをつれて部落を去ったのだが、いつまでも、桐畑の方を見ているきよに問うた。

「いつまでも見てるけど、そんだけなつかしいかいな、きよ」

「へえ」

ときよは片眼をむいていいった。

「旦那さん、桐畑の向うに太郎助の子ォが手ェ振ってます」

才蔵は、職人たちの方に気をとられて気づかなかったのである。なるほど、よくみると、桐畑の端で、三、四人の子たちが手を振っている。きよの守りをした子たちにちがいなかった。

二

曲谷きよは仏光寺の店にくると、女房のせきの下で働いた。ところがどういうわけか、せきと性格が合わなかった。それはふたりの体質が正反対であるのに似ていた。せきはビヤ樽みたいな肥満体だし、きよはほっそりした背高い娘である。といって痩せているというほどでもない。胸のあたりも、腕も、お尻もふっくら肥っている。それでいて、着やせしたようにほっそり見えるのだった。せきは子供がなかったから、才蔵が、この娘を家につれこんだことで、ふっと、養女にでもする了簡ではないかと臆測した。眼のわるい娘に店を取られるような錯覚をおぼえたらしいのである。才蔵の眼の届かぬところで、些細なことでもカンシャクを起して、片眼のきよを叱りとばした。才蔵は家の手伝いをさせながら、都会の女らしく育てあげ、店に出入りする職人から嫁にくれと口がかからぬでもないと思って、きよを連れてきただけである。

由良の田舎に子守りをさせておくのは勿体ないと思ったにほかならない。

「そないに、キイキイいうておこらんでもええがな。あの子ォはかわいそうな子ォや。わしが養のうたらなどこへも行くところがないのんや。孤児や。かわいそうや思って、大切にしてやって」

と才蔵は仕事場から、台所の方で叱りつけているせきをみていったが、せきは、ふふんと下ぶくれの浅黒い顔を仰向かせていいかえす。

「あんた、どことのう、あの子ォは、すすどいとこがありまっせ。今に見ていなされ、店も何もかも、かき廻されてしまいますわ」

それは京にきてから、めっきり美しさをまして、店番もし、お客にも愛想よく下駄を売ってみせるきよの働きぶりによった。せきには嫉妬が半分以上あった。

「一生懸命やのや。あの子ォは、一生懸命で働いてンのや」

才蔵はせきのおらぬ日は、何かにと、きよにやさしく言葉をかけ、ひまがあれば、町内の真徳院へあそびにいってもいい、というのだった。

「大けな寺やねン。禅宗のお寺でな、国宝になるちゅう阿弥陀さんがまつったあるヮ。ほれ、あれが法堂やがな」

店さきから、つま先だってガラス戸ごしに町の空を仰ぐと、煤(すす)けた向いの家の屋根の上に、青銅いろのそり棟の巨大な伽藍がみえる。古松の梢が枝ぶりを舟底型にのばして、法堂の周囲をとりまいているのだが、こんなごみごみした町なかに、それは威圧するようなたたずまいであった。

「仰山坊さんがいやはるんや。朝早ういくとな、お経さんをあげてはるのゝも参観でけるさかい、いっぺん、お前、寺ィいってみんか」

曲谷きよはこっくりうなずいて、いつまでも真徳院の伽藍を眺めていたが、無口でおとなしい口もとをつぼめたきよが、片眼を見ひらいて、じっと寺を凝視している横顔を、才蔵はチラと眺めて美貌だなと思った。京へつれてきてよかったと思った。


きよが、真徳院に散歩に出かけるようになったのは、年があけて十七になった春ごろであったろうか。そのころはもうきよは店の用事にも馴れてきていたし、配達にいく店員たちの荷造りだとか、仕切りの整理だとか、いっさいが出来るようになっていた。どういうわけか、せきが妊ったので、ゆくゆくは子が生れれば、せきも、きよに何かにと家事を手伝ってもらわねばならない。来た当初のようにつらくあたることもなくなっていた。

才蔵はせきが妊娠したことを勿論よろこんでいたし、いっそう働き甲斐が出たような顔つきで仕事場にいた。由良から送られてきた桐材を才蔵はノコギリで、丸太のままを下駄の寸法に伐り、これをまたタテノコで三つに割った。真ん中の四角い柾目の通った部分は上物に仕上げる、両面の月型になった方は学生下駄のような朴歯に仕上げる。綿のはみ出たふとんを尻高にかさね、両足で、はさんだ桐材を、こまめに下駄の型につくりあげてゆく才蔵の手際は早かった。せきはそのわきにいて、鉋のかけられた下駄の面を、トクサで磨いて艶出ししていたが、肥満体の上に腹がつき出ているので、横ずわりした姿は力士が坐ったようにみえぬこともない。

「あの子ォ、このごろ、えろう、真徳院へいくようになってますえ。誰ぞ知りあいでも出けたンとちがいますか」

とせきがいったのに、才蔵は、耳をひらいた。

「知り合いて、誰が出来るかいな。京には誰も知り合いはおらんはずや。散歩にいってるのとちがうのんか」

「このあいだな」

とせきは薄くなった眉の下に糸のように細まった眼を、思いきり見ひらいていうのだった。

「岩田はんのおばはんが、お寺はんへ参らはったら、坊さんと、うちのきよが、どこやら、一しょに歩いてたいいまっせ」

「坊さんと」

「へえ、そうどす。あの子ォ、あれで、なかなか隅におけまへんなァ。ちゃんと、真徳院の坊さんと仲良うなってしもてんのや……」

才蔵は不審そうに手をやすめた。

「坊さんて……真徳院の小僧やろ」

「へえ、そうどす。あそこには、中学やら大学やらへいってはる小僧はんが仰山いやはります。よう、法堂のまわりを掃除してはるのゝをみたことがありますさかい、きよがあそびにいってて、話したゝがきっかけで、仲良うなってしもたゝとちがいまっしゃろか」

「まさか」

と才蔵はつぶやいた。

眼のわるい娘である。器量はよいにしても、大きな欠陥があるのだから、坊主どもが、相手にするような門前の娘ではないのであった。才蔵は一笑に付した。

「せき、よけいなことというのやないでェ。そら、岩田のおばはんの眼ェがどうぞしてたゝや。あの娘ォが小僧と仲良うなる。そんなはずはなかろ」

事実、きよの散歩は、そんなに長時間ではない。店員たちを荷造りして送りだしたあと、才蔵とせきにことわって出かけてゆくのだが、顔つきにもこれといった変化はなかった。ただ、気を病ませることといえば、散歩は毎日欠かさずすることである。雨が降れば休むけれども、夕方になってあがるようなことがあると夕食をすましたあとでも、きよは真徳院へ出かけた。ふえろう、熱心な散歩や、とせきは才蔵の耳に小声でいうが、ふと、才蔵も心配にならざるを得なかった。しかし、真徳院へあそびにいってもいいといったのは当人の才蔵であった。よほどのことがなければ、だまっているしかない。

じっさい、真徳院は、この仏光寺通り商店街の子供たちだけでなく、大人にとっても、広大な散歩場といえた。町は家が立てこんでいるので、通りに山門をもち、石畳の長くのびた境内に入るとそこはカラリとひろがった空がみえる。青松の植った空に伽藍の屋根が大きくそびえ、法堂も、方丈も、庫裡も、セメントの広々としたタタキがめぐらされているので、付近の老人は、毎日、陽をあびて背中を干していた。

きよも、きっと、見あきない京の大寺の風景に見惚れているに相違ない。才蔵は、そんな風に思っていた。

ところが、その曲谷きよが、真徳院の庫裡の中へ入っていくのを見たということをいう者が出て、才蔵はびっくりした。

「やっぱり、あんた、きよは寺の小僧はんと仲ようなってたんやがな」

とせきはそれみたことか、といわぬげに才蔵にいった。

才蔵は不思議に思った。庫裡や方丈はたしかに真徳院の土塀の中にあって、そこへ入るには、寺の誰かが許さないことには入れないのだ。才蔵は、三月末のせきの留守の夜、きよに何げなく聞いてみた。

「お前、真徳院の寺ン中へ入ってゆくそうやが、誰ぞ知りあいでもでけたんかいな」

曲谷きよは、しばらく、才蔵の小造りなしわくちゃの顔に眺めいっていたが、急に顔を伏せると、目頭をうるませた。

「だまってたらあかんがな、お前、誰ぞ寺の中に好きな人でもでけたんかいな」

きよはつぶらな濡れた眼を才蔵にむけて、にらむようにみた。才蔵は息を呑んだ。妖しい女の眼をそこにみたからである。

「どや、はっきり、いわんか、小僧はんと仲良うなったンか」

「………」

きよは才蔵の仕事場の床に顔を伏せると、いつまでも、片方しかない穴のあいていない荒けずりの下駄を瞶めて返事をしなかった。肩先がふるえていた。才蔵とせきが心配していたことが当ったことをその眼は示していた。しばらくしてから、きよは、

「すんまへん」

といって、そこへ泣き伏した。

三

曲谷きよが真徳院へ散歩に出かけて知り合ったという相手は、真徳院の八人いる小僧の中で

上から五番目にあたる承石という小僧である。その年十九歳になる子で得度式を終えた沙弥職であった。承石は洛西にある宗門立の中学校に通っていたのだが、五年生の三学期に肺病を患って卒業間際で休学し、そのまま寺にひきこもってぶらぶらしていた。細面の顔だちの上に、病身なので、いっそう蒼白い透けた肌をしている。目鼻立ちがととのっているので女のように美しかった。曲谷きよが、たいくつなままに真徳院の山門をくぐって、池のほとりにある聖天堂の前にきたとき、夕の読経を終えた承石とはじめて会った。きよは最初、墨染の衣を着た小僧の承石をみて、ちょっと視線をあてただけですぐに、眼をそらせたのだが、承石の方は、すでにきよのことを知っていたとみえて小鈴(こりん)の紐を指にまきつけながら声かけてきた。

「履物屋はんにきやはったひとどっしゃろ」

すでに声がわりしたかすれ声である。

「境内へ散歩にきてはんのも、よう見かけて知ってます」

曲谷きよはびっくりして承石をみつめた。京都へきて、他人から声をかけられた最初である。きよの胸はなぜか大きく動悸をうった。承石の眼は人なつっこい澄んだものをきよに与えた。

「この聖天はんは夫婦(みょうと)の仏さんどっせ」

と承石はいった。承石の白い顔はきよの肌よりも美しくて、シミ一つなかった。きよは吐息をついて見入った。

「眼ェどないしやはりましたンや」

「………」

きよは承石のいたわりのこもった声に左の片眼がうるみはじめた。

「小さい時に、病気したンどす。黴菌が入ってつぶれてしまいましたんどす。みんなは風眼（ふうがん）やいわはりますけど」

「お医者はんにかからへなんだんどすか」

「はあ」

医者にかかれる境遇ではなかったのだと、きよは心の中で思いながら、承石とそこにしばらく向きあって佇んでいた。

聖天堂のまわりには梅が芽をふいていて、林のはしにあじさいの葉が大きくむらがりはじめていた。花はまだ咲いていなかったが、春さきの庭は背中をかすかに汗ばませるほどの温かい風がふいている。

「お坊さんは京のうまれどすか」

きよは聖天堂の石段に腰をかけてたずねた。

「わしか、わしは富山県や」

と承石はいった。きよは片眼を瞠った。同じ日本海の海つづきの県であることになつかしさがわいた。

「富山のな、市ィから海の方へ三里ほどいったとこにある水橋ちゅう町やね。そこの漁師の家にうまれたンや」

「漁師はんの……」

「そうや、十歳の時にここへもらわれてきたんや」

「もらわれてきたて？」

「水橋のな、菩提寺の和尚さんの世話で、ここの小僧になったんやがな」

由良の尾根部落の桐畑からも、神崎の漁師村がながめられた。藁ぶき屋根の舟小舎のならんだ浜へ、赤銅色の陽焼けした漁師が裸足で出てゆくのをきよはみたことがあった。いま、眼の前に衣をきて立っている同年輩ぐらいにみえる僧が、そのような漁師の家にうまれたのかと、きよはなつかしいものを感じて、

「うちは由良どす。京都府の北のはしどす」

といった。そうして、きよは、幼い頃にみたことのある天の橋立や、宮津の町や、尾根の部落の桐畑についてはなした。承石は眼を光らせて、じっときいていたが、やがて、松林の向うの庫裡の奥の方から、木鐸をたたく音がすると、急におびえたように顔いろを変えて走りこんでゆくのだった。

きよはその日から真徳院の散歩を欠かさないようになった。富山の水橋町から小僧になってきている承石に会いたかったのである。その時はまだ、承石に対する恋情は芽生えていなかったかも知れない。ただ、どことなく、不幸な影を背負ったような承石の顔と痩せ細った手首などが、いとおしく思われたにすぎない。

曲谷きよが、承石から禅寺の普段の生活の厳しさについて話をきいたのはそれからまもなかった。承石は、やはり、その日も、きよのくるのを待っていて、法堂の雲のうす暗い階段のところで問わず語りにはなすのだった。

「兄弟子が仰山いるさかい、ちいと熱があるいうても寝てられへんのや。寺の掃除だけでも、朝から晩までしてもすまへんさかいな。みんなに受けもちがありますねや。わいは、聖天さんの掃除が受けもちで、朝晩の勤行（ごんぎょう）もつとめんならん。朝は四時起きで、薬石のすむのんが七時。それから、自分の時間やけど、もう体の芯がだるうて、うごきまへん。死んだように寝汗かいて寝ますねや」

禅寺の日常生活というものは、勤労作務（さむ）の中に精神的な修行をも織りこんで、ひたすらに働くことを課しているというのであった。それを健康な小僧たちと一しょに済ませてゆくことは、病気あがりの承石にはとても耐えられないと、頬を染めて、承石はいうのであった。

きよはきいていて、

「おっさんにいわはったらええのに、体がわるいさかい、休ましておくれやすいうて、たのまはったらええのに……」

というと、承石は赤いくちびるをつきだすようにしていった。

「長老はんは、えらい人やさかい、院寮に寝てはる。兄弟子がいじめるのや。みんなァ根性わるや。このごろ、わいのことばかりいじめよる」

承石は、きよだけにしか訴えられないのだという顔でつづけた。

「せやけどな。修行がいややいうても、水橋へは帰ねんのや。うちにはな、もう、お父うもお母ァもおらん」

「………」

きよはきりっと片眼のまなじりをつりあげて承石をみあげた。

「ほんなら、あんたも」

「そうやがな。わいは孤児やねん。漁師の家の子ォやけど、本当は、お母はんは富山のな、料理屋に女中さんしとって、お父つぁんのわからん子ォうんだんやがな。わいは私生児や」

はき捨てるように承石はいうと、陽に焼けて赤くなった黒衣の袖口から蠟のような蒼白い手をだして、きよのうしろにきて、肩に手をおいた。きよは承石の手にふれた。熱い手であった。

「坊さんがいやでも帰ぬことはでけへん。せやさかい、わいは辛抱してるしか仕様がないのんや」

承石はそういうと、夕闇の落ちはじめた庫裡の方へ足早に消えていった。兄弟子のたたく木鐸の音が気になるらしかった。

きよは承石が去ると、承石の姿の呑まれた庫裡の大きな建物のまわりを歩いた。高い土塀に囲まれた寺内は八人もの小僧がいるのにシンとした静寂があり、やがて、カチカチと激しい拍子木の音がきこえた。

食事のはじまる合図だった。小僧たちの読経が流れてくる。作務にも、食事にも、朝夕読経ばかりしている小僧たちの中で、体のわるい承石の顔がきよには哀れに歪んでうつった。

〈かわいそうな、小僧はんや……〉

きよはいつまでも庫裡のまわりを歩いていた。

泣き伏したまま、そのような真徳院の沙弥承石との関係をはなし終えたきよの肩のあたりを才蔵は瞶めていて、何どもうなずいていたが、その時、きよはこんなことをいった。

「旦那はん、その承石はんの姿が、このごろ見えまへんのや。小僧はんに聞いたら、えろう悪うならはって、庫裡の奥に寝たきりやいうてはりますのんや。もう、そないに長いことはおへんやろ、いうてから、あたしに承石はんのこと、好きやったんかて、いわはる小僧はんがありました……」

「そいで……」

才蔵は急に渇いたように咽喉をならしてきよの顔をみた。

きよはしゃくりあげながら、いった。

「あて、好きやったいうて、小僧はんにいいましたんどす。ほしたら、そのひと、こわい眼ェして、法堂から庫裡の方へ走ってゆかはりました。きっと、承石はんを折檻しやはったにきまってます」

きよの顔は紅潮してきていた。才蔵はそのきよの横顔をみてどきりとした。すでにきよは、承石と出来てしまっているのではないか。ふと、そんな気がした。才蔵の眼に、あの一年前の、由良の桐畑の渓間で、太郎助の子たちにやるための虫籠を下げて立っていたきよの顔がうかび、それが、いま、めっきり女らしさをただよわせはじめたような妖しさとかさなると、才蔵は急に自分を襲ってくる嫉妬に胸を焼いた。

「きよ」

才蔵はかすれ声でいった。

「お前、真徳院の庫裡へ入ったそうやがほんまか」

「……」

きよはだまって才蔵を見返した。やがてぽつりといった。

「庫裡やかて、法堂やかて、誰もいやへん時に、承石はんにつれていってもろたことがおす」

才蔵はどきりとしてつばをのんだ。

「きよ」

といったが、次の言葉が出なかった。きよの片眼が妖しくうるみをおびてきた。胸の隆起が大きくうごいている。才蔵は、この女を真徳院の肺病やみの小僧にとられたと思うと、口惜しさに打ちのめされた。やがて、腹いせのような気もちが起きてきて、きよを犯してみたい衝動にとらわれた。

「きよ」

才蔵はやにわに、きよの体をうしろから羽掻いじめにした。

「お前を寺の小僧みたいなもんに呉れてやるつもりでつれてきたんやないぞ。わいが、わいが、お前をもろたる。お前をわいが大事にしてやる」

才蔵は狂ったようにきよに挑んだ。きよは泣きはらした片眼をひんむくようにみひらき、才蔵を拒んだ。小造りな体ながら、山をかけ歩いた男の体は、手早く娘の裾を割っていた。足をばたつかせて泣きじゃくる口もとに仕事場の座蒲団をかぶせて静めると、やにわに押しかぶさったのである。

きよは抵抗をつづけなかった。

「ええか。きよ。せきには黙ってたらええのんや。わからんようにな。だまってたらええのんや。わかったな」

才蔵は喘ぐようにいつまでもきよの耳もとでいった。

「お前を、真徳院の小僧ずれに取られてたまるかいな。わいは、お前を山でみた時から好きやったンや」

発育しきったきよの体は、せきとくらべて才蔵には得難いほどのすべすべした新鮮さであった。きよは腑ぬけたような片眼をうつろにひらいて、たかぶる才蔵のなすままに仰向いていた。

四

黙っておれば、誰にもわかりはしないと才蔵はきよにいいふくめたけれど、女房のせきは、きよの挙動の変化を敏感に察知して、疑ぐりぶかい眼で見るようになった。せきは、双児(ふたご)かもしれないと思えるほど大きくとび出た腹をしていた。九ヵ月目になると、産婆通いをはじめて、店へ出る日も少なくなった。奥の四畳半で、ごろんと寝ている。いきおい、店番をしたり、夫の才蔵の仕事場の手伝いをしたりするのが、きよの役目になってゆく。きよは真徳院の散歩をやめてしまった。それがせきには気がかりになった。嫉妬も手伝った。せきは、険のある声で、きよをどなりつけた。些細なことにでもいちいち難くせをつける。だが、きよは、ひとことも、せきに口ごたえはしない。いわれるままに頭を下げて、しおれているだけであった。

「気ィにしたら、あかんえ。あいつはヒステリイや。子ォをうむまで、気ィがたってよるのやさかい、耳に入っても、しらん顔でいたりィ」

と才蔵はいった。せきが眼をつりあげている形相は、女といえるようなものではなかった。才蔵はうなだれているきよに哀れをおぼえる。ますます、せきの眼の届かぬところでかわいがった。せきとの肉体交渉が跡絶えているのもその理由であった。才蔵はスキがあると、きよを抱いた。

きよは、店の隅の暗がりだとか、仕事場の隅で、丁稚たちのいないスキをみて、才蔵に抱きつかれた。才蔵は息をつめて床の上へ押し倒してくる。きよは片眼をにぶく光らせて、才蔵のなすままにしていた。

真徳院から葬式が出たのは九月の終りである。方丈の廊下にある半鐘が鳴りひびいたので、それで、寺に催し物があることはわかったが、その半鐘で葬式かもしれぬと思ったのはきよであった。きよは、才蔵に真徳院へゆくことを禁じられていたから、店の板の間から、法堂の屋根を眺めていた。

「お寺の小僧はんが死なはったそうや。病気でながいこと寝てはったのんが、急に悪うなってな」

どこからきいてきたのか、ビヤ樽を二つ合わせたほど腹をつき出したせきが外から戻ってくると、近所の噂を伝えた。きよは店の間に腰をおとして呆然としていた。

〈承石はんが死なはったんや……〉

きよは直感したけれど、しかし、昔のように真徳院へ走ってゆくことはしなかった。じっと耐えていた。仕事場から、才蔵の眼が光っていたからだ。

やがて、町の噂は、つぎのようなことを伝えた。真徳院の五番目の小僧である承石は病気で死んだのではなくて、法堂の須弥壇の欄干に首をくって死んだのだということであった。せきがまたこの噂をどこからかきいてきていった。

「蝉取りにいった子ォがな、法堂の柱へとりもちつけた竿をひっつけよ思うて近よっていったらな、暗いお堂の中に、白衣を着やはった小僧はんらしい人がぶら下ってはったそうや。子ォがびっくりして、お寺はんへ走ってしらせたんやそうや。小僧はんらが走ってきて、ようみてみると、承石ちゅう小僧はんやったそうや……病気を苦ゥにして首くくったちゅうことやがな。壬生の警察の人がお堂の中へ入って調べはったそうや。ほしたらな、死人は、あんた、眼ェむいて、阿弥陀さんとにらみっこしたみたいな恰好で……」

せきは見てきたようなことをいって、あとはもう気持ちがわるくて言えないというような眼つきをした。

「せき」

才蔵は大声でどなった。

「阿呆なことを大声でいうもんやないぞ。首つらはった小僧はんも、迷いがあったんや。死なはったら、もう仏さんやがな。仏さんをけがすような噂をいいまくるゝやないぞ」

才蔵はしかし、承石が死んでから、いっそう力を落したように黙りこくり、放心したように店に立っているきよが気になったのであった。

せきは死んだ承石がきよの相手であるとは知らなかったのだ。いつからか、自分から真徳院への散歩をしなくなったきよに安心していたので、ただそんな消息をつたえたかったものにちがいなかった。才蔵は複雑な気もちでいるにちがいないきよのほっそりした横顔をみて気をもんだ。

せきが産婆へ毎週の診察に出かけたあと、奥の間へきよをよんで才蔵はいった。

「すんだことやがな。かなしいと思うたかて、承石はんの命がもとへもどってくるちゅうことはないわいな。くよくよせんと、あきらめて、な、きよ、せきは留守や、こっちへこんかい」

才蔵は黄色いメリンスの三尺帯をほどいて、きよをひきよせる。きよは力なく、才蔵の体にもたれるようにしてしなだれかかると、さざえのフタのような病んだ眼を光らせて放心していた。

「きよ、わしは、お前が好きや。わしはお前とこうしてると働く気ィがする。もうじき、卸売りをもっと広くのばしてな、四条のチョボ屋にも負けんような下駄つくってみせたるわ。由良の桐はええ桐や。お前の育った尾根の柾目のとおった桐で、京じゅうの女子らァが履くようなええ下駄つくってやる……商売のばしたる。ええな。ほしたら、お前も……せきにわからんようにわいがちゃんと一軒家もたして商売さしたる。ええか、きよ」

才蔵はきよの体をいつまでもまさぐり、若者のようにうわずった言葉を吐いて、ぬれたきよの頬をなめていた。

五

真徳院の法堂が焼けたのは、前述したように昭和十×年の秋の中頃、十月二日の宵である。曲谷きよの放火によって焼失した。きよが火をつけたのは、欄干のある須弥壇の階段を上った如来像の前にある祭壇にかぶせられた打敷きである。打敷きは分厚い布でつくられた朱色のもので、乾いていたからすぐ火がついた。つづいて如来像の両側にたれ下った金襴の柱かけに燃えうつり、像を安置した厨子に火はのびた。法堂の天井には、狩野山楽の描いた飛竜の図があったが、両眼を爛らせて、牙をむき、爪を立てた飛竜は燃えさかる白煙の中で、怒り狂ったかのようにうごめいて見えた。

　法堂の火は隣にある舎利殿に燃えうつり、さらに庫裡と方丈に通じる渡り廊下の屋根をつたって、奥へのびようとしたが、京都全市から集まった消防員の努力で、夜半九時ごろに鎮火している。

　出火原因を調査した消防署員と壬生警察の刑事が、火元とみられた法堂の焼けただれた碁盤縞のタタキに散った鬼瓦や、たる木の焼け残りをかきわけていて、そこに一人の女の焼死体を発見した時、息を呑んだ。

　全裸になった黒こげの死体は、すでに男女の別もわからないほど、こげ切っていたが、うつぶせになった腹のあたりが、それでも女であることを判明させた。

「放火ですね」

　と壬生署員はいって、女の焼死体を鑑識係官に委ねた。

　解剖の結果、女は未だ二十になるかならぬかの年齢であることがわかり、しかも、妊娠していたことがわかった。医者は妊娠四ヵ月と断定している。

曲谷きよの死体とわかったのは翌日のことである。家出したものと思って探していた堀口履物店の主人、堀口才蔵が噂をきいて、きよではないかと警察に届け出たが、焼け跡から検出された変色した簪を係官に見せられて、きよの所持品と認定したのである。それは、才蔵に抱かれたきよの頭で妖しくゆれていたものだった。

警察の調べに対して、堀口才蔵は次のようにこたえた。

「あの子は由良の村に生れたかわいそうな子で、孤児でしたンや。うちへきて店番しとったンどすけれどな。いつやらほどから真徳院へあそびにゆくようになりましてな、寺の小僧はんで、富山の水橋やたらいうとこからきてはる承石さんといぅ坊さんと仲よしになりましたンや。毎日、散歩にいって、承石さんと庫裡であそんだり、法堂の中であそんだりしたいうてましたさかい、あの子は、承石さんとでけてたいう噂はほんまどしたんやろ。あんまり、噂が大きゅうなりましたもんやさかい、わたしと家内のせきが注意しますと、ぷっつり、真徳院へ行かんようになりました。ほしたと思うたら、承石さんちゅう小僧はんが、病気を苦ゥにして首つって死なはったということどした。きよは、葬式の日ィには、店から手ェあわして、拝んでましたけど、承石さんのあとを追いとうなったンとちがいまっしゃろか。葬式の日ィから、人間がかわったように、しずんでしまいました。飯も咽喉にとおらんらしゅうて……わたしらも心配していた矢先に……こんなことしてしもうて……ほんまに申しわけございまへん。大事な寺を焼くてなこと……ほんまに、申しわけありません」

警官はふかくうなずいて、才蔵のしょぼついた顔をみていたが、

「それでは、きよさんのお腹の子は、やっぱり、その承石の……」

「そうどすがな。腹は大きゅうなる。相手の小僧はんは死んでしもた。ヤケになったんどっしゃろな。ふーっと真徳院へいって死ぬつもりになった。同じ死ぬのんやったら、承石さんの死なはった法堂で思うて中に入ったんどっしゃろ」

「それにしても火をつけるというのは不思議ですね。何か、お寺に対して反感をもっていたというようなことに気づきませんでしたか」

「へえ」

才蔵はますますしょぼついた眼を伏せがちにしてこたえた。

「承石さんは、兄弟子にいじめられてはる。きよとのことも、寺では噂にのぼったらしゅうて、そのことで、兄弟子さんに折檻されたということや、きよはきいてきて、承石さんはかわいそうな人やというてましたさかい、ふっと、寺の人たちに対する憎しみが、死ぬまぎわに燃えたのんとちがいまっしゃろか」

警官は、才蔵を訊問する前に、真徳院の徒弟の調査はすませていたのである。承石が肺病を患って、孤独な生活をしていたこともわかっていたし、兄弟子たちの口から、門前の履物商の

女店員と、承石が仲よしになっていることもきいていた。病身な孤児の承石が、同じようなみなし児の履物商の女店員と、親しくなる経過も呑みこめたのであろう。片眼の顔ではあったけれど、どことなく沈みがちで、色白のむっちりした美貌の女であったということも、警官たちを納得させるに充分なものがあった。

万年山真徳院の火事は新聞に報ぜられたが、一履物店の女中がどうして、町内にそびえる古刹の大伽藍に火をつけたのか、その動機について、詳報するものは一紙もなかった。謎のままに付された。

真徳院の法堂は焼けたままで、再建のはなしはきかない。壬生の町は、まるで、そこにぽっかりと大きな穴のような広場をもった。町民たちは、押しかぶさるようにあった法堂の屋根が消えてなくなったことで、かすかなわびしさと、何か、空の広くなったようなすがすがしさを感じた。やがて、犯人曲谷きよの噂も絶えた。

堀口履物店はその後、一年ほどして、この町から姿を消した。主人才蔵の行方を知るものは誰もない。

しかし、一どあったことはまたあるもので、二十年たった最近になって、臨済宗真徳院のあった仏光寺通りから、わずかにはなれて建っていた壬生寺の本堂が炎上したのは昭和三十七年の七月である。不思議なことに、この本堂も放火だった。近所に住む一人の白痴女が、役僧に叱られたことに端を発して火をつけている。重要文化財であったことにも変りはない。

慕情と風土

野口冨士男

和田芳恵さんの一周忌の折だから、一昨年——昭和五十三年の十月五日であったことに間違いはない。会場は第一ホテルで、出席者は二百名ちかかったろうか。

私は司会役をつとめさせられていたので、しばらくのあいだは誰とも私談をかわす時間がなかった。そして、ようやく任務を解放されてから、来会者たちとの雑談の仲間にくわわった。

その雑談の最初の相手が水上勉と中上健次の両君であったが、二人と私とは親しい間柄なのに、三人で話し合ったのはそのときがはじめてであった。

「中上さんの郷里は、わしの郷里の真南にあたるんですわ」

どういうきっかけであったか、話の途中で水上君が私に言った。

言うまでもなく、水上勉の郷里——彼がこのんでもちいる表現にしたがえば在所は若狭で、若狭は福井県東部の越前に対する西部一帯のふるい国名だし、中上健次の生誕地は紀州、すなわち和歌山県の東南端に位置する新宮である。そして、水上勉には『若狭路』という著書が、中上健次には『紀州＝木の国・根の国物語』という著書があって、私は両君からそれを贈られているが、二人とも福井県とか和歌山県という地名を棄てて、ある意味では時代錯誤かとも思われかねぬ旧国名を採用している。

さまざまな理由があるに相違ないが、県というような行政上の区分をきらって、風土のもついわば皮膚感覚といったものをまさぐるためには、そうすることが不可欠だという認識の結果だろう。げんに、すくないとは言いがたい現存作家のうちで水上、中上の両君ほど強く郷土に結びついた作品の制作に、ほとんど終始していると言って誤りではない作家を私は知らない。しかも、東経でいえば一三五・五度から一三六度にかけて、日本海に面した北と、太平洋に面した南にこういう二人の作家がいるということは、私のような東京生まれで東京育ちの、郷里をもちながら郷里を喪失してしまっているような都会生育者にとっては、たいへん興味ふかい。

事典によって「北陸地方」の項を引くと〈中部地方の日本海側、新潟・富山・石川・福井の四県を含む地方。深雪地帯で水田単作地域。〉とあるが、中上健次の『紀州――』には、その北陸地方の一角である富山に触れて次のような記述がある。

富山には平野がある。もう刈り入れが終わっていたが、ここには稲作がある。農業がある。そして雪が降る。私は紀州に降り積もった雪を見た事がない。（略）雪が降ればすべてかくれる。いや、かくれなくとも、世界が白一色に一変し、ひょっとすると、背をのばして遠くをでも見ようと人は思うかもしれぬ。紀伊半島の人の性格が、ともすればガンコで、ゲキしやすいのは、この雪のせいかもしれぬ。つまり風景を変えるものは、ない。

その紀州——特に熊野が本宮、新宮、那智を中心とする神々の国であるのに反して、若狭が「海のある奈良」とよばれるほど国宝級のすぐれた仏閣や仏像を多く有する仏教圏であることは、南北二つの地方の文化がもつ大きな相違点だが、水上勉は書いている。

若狭は「わかされ」だという人がいた。「分か去れ」の意だろう。越前へゆく人が、敦賀から、背に若狭をふりすてた。ここが孤立していることを意味している。今日も、福井県だけれど、県庁所在地は越前にある。福井といえば、やはり越前文化が云々されるが、若狭は北陸文化の影響はあまり受けていない。すると若狭文化はどういうものだろうか。「わかされ」の若狭は、近江、丹波、丹後と隣りあわせている。近江からは、熊川の関。丹波からは堀越峠、丹後からは吉坂峠を経て、京、大阪文化をうけ入れてきている。北陸路の本道からはずされた国が、横道のかなしさを、京、大阪と結ぶことによって栄えたのである。栄えたといっても、広い米作田があるわけではなし、機業地があるわけではない。山に迫った海は美しいけれど、岬がいくつも出ているから、大規模な水産都市も繁栄していない。都からも分か去れていたのだ。県境の山は深い。近江へも、丹波へも丹後へも、ずいぶんと道は遠い。

水上勉の愛読者は、ここに彼の文学のふるさとを見るに相違ない。海があって、その海に山がせまって、人びとが海と山とのあいだにある小さな平地にしがみつくように生きている点では、紀州と若狭に共通するものがあるにしろ、〈私は紀州に降り積もった雪を見た事がない〉と中上健次の書いている点に、北と南の大きな相違がある。

また、水上勉は、次のようにも書いている。

若狭の家に生まれた二男三男は、みな京、大阪へ出て奉公し、他郷で暮らすことを夢にみた。というより、そうしなければ生きてゆけなかった。

大正八年（一九一九）三月、福井県大飯郡本郷村という寒村の岡田という山と山にはさまれた、谷あいの一集落に宮大工の二男として生まれた水上勉もその一人で、四十歳ごろまで三十いくつかの職業を転々とする一所不住の前半生をすごしているが、その第一歩は京都市上京区の臨済宗相国寺塔頭である瑞春院に徒弟として入ることによって踏み出されている。満十歳の誕生日をその直後にひかえた昭和四年二月のことで、貧窮の極ともいうべき状態にあった一家の口べらしのためであった。

翌年得度を受けて沙弥となった彼がその寺院を三年後に脱走したのは、僧侶としての修行に耐えられなかったからではない。形骸化した葬式仏教に対する絶望的な不信感と、僧院生活の腐敗しきった実態に対する幻滅が原因であった。そんな年齢で、彼は現世の地獄をみてしまった。直木賞受賞作『雁の寺』にえがかれた堀之内慈念という小坊主の手による住職殺害の完全犯罪は、少年僧であった当時の作者自身の深層心理の色濃い投影であったとみて、恐らく間違いない。

貧ゆえの冤罪がもとで病死した父の怨恨をはらすために殺人をおかす短篇『西陣の蝶』を引き合いに出すまでもなく、水上勉の文学を復讐の文学とみる考え方は、もはや私自身の内部でほぼ不動の固定観念にすら化そうとしている。もういちど中上健次の文章を引けば〈紀伊半島の人の性格が、ともすればガンコで、ゲキしやすい〉のに反して、北陸の人である水上勉の文学世界に登場する人物たちは、いかに苛酷な運命にしいたげられても、けっして激情をしめさない。泣きわめいて社会の不当をなじったりはしないけれども、ひたすら耐えてやぶれほろびていくことによって読者の心を真綿でしめつける。真綿の感触はやわらかいばかりか、あたたかですらあるが、腰はめっぽう強い。しめつけられれば、いよいよ深く喰いこんでくる。私が水上勉の文学を復讐の文学とみて、抵抗の文学、あるいは抗議の文学とよばぬゆえんは、そのへんにある。

住持をにくんで殺害に至る『雁の寺』の堀之内慈念は、住持の妻里子を思慕してやまない。それを思春期の少年のゆがんだ性意識であり、色情の発露とみても誤まりではないが、『五番町夕霧楼』や『越前竹人形』などを併せ読めば、寺院の廊下から庫裡の内部に展開される男女交合の姿態にそそがれる慈念の熱い視線が、母恋いの心情——エディポス・コンプレックスの屈折したかたちにほかならぬことが理解される。

年少の身で家郷をはなれ、母子のきずなを断ち切られた水上勉の母性思慕の念は、『五番町夕霧楼』の娼婦片桐夕子に対する青年僧櫟田正順や、『越前竹人形』の竹細工師氏家喜助が妻としてむかえた折原玉枝に対する異常なまでに精神的な心理に浄写されていると言っていいだろう。そして、彼の母恋いの情には、望郷と懐郷の念にかそけく通じ合うものがあって、それが水上文学を形成する母体となっている。

彼のえがく作品の背景は、現代小説と歴史小説とを問わず、若狭であり、越前、越中、越後で、すこし南下しても近江から京都あたりにとどまっている。〈「わかされ」の若狭は、近江、丹波、丹後と隣りあわせている〉と言い、さらに若狭が、〈京、大阪文化をうけ入れてきている〉と言っているように、たとえば『湖の琴』にみられるごとく、近江の風土には北陸のそれと切りはなし得ぬものがあるので、水上勉は北陸の風土をしっかりと抱きかかえた作家とよんで間違いない。

長い冬のあいだ、たえまなく降りつづく雪中に日をおくる北国の人びとは辛抱づよく、感情をおしころすことが習性になっているというが、そういうところに、若狭という風土によってはぐまれた水上勉の文学の陰湿な気風は根ざしている。明るい笑声は、彼の作中からきこえてくることがないのである。こんな悲しい女を世間はどうして死に追いこまねばならないのか、こんな苦しい男をどうしてこれほどいじめぬかずにはおかないのか、水上勉の文学は、そういう苛酷な人生へのうらみつらみの積り積った口説きの文学にほかならない。彼はそれを遠くから眺めているのではなく、そこまでいっていっしょに泣いている。その慟哭や嗚咽が、彼の文学である。

と、私はある場所に書いたことがある。『越後つついし親不知』など、その典型的な作品であろう。

私は昭和五十年の六月に、至れり尽せりと言うほかはないほどゆきとどいた手配をしてもらって、水上勉の郷里である若狭を訪問している。そして、彼の令弟の運転する自動車でさまざまな場所を案内されて、彼の母堂にもお目にかかった。その体験の上に立ってもなお水上勉の母性思慕の対象が、実在の母親——宮大工水上覚治の妻として四男一女を産んだ農婦水上かんでないとは言い切れない。が、やはりもうすこし象徴的なものだとみるほうがより正確であろう。年少にして生母の情愛を切断された水上勉が、せつない願望として母性を思慕してやまなかったように、郷里をはなれて今もある種の旅の途上にいる彼は、おのが在所としての北陸路にかぎりない愛着と慕情を寄せている。

それは、間違いなく日本の一地方に実在する土地でありながら、しかし、別の意味ではこの地上に存在しない土地でもある。福井県に生をうけた彼が常に若狭の生まれだと称して、新潟県、富山県、石川県、滋賀県、京都府などと表記することなく、若狭、越後、越中、越前、近江、丹波、丹後などとよんでいる理由も、そのへんにかかわっている。彼の現代小説の年代的背景が、たとえば『はなれ瞽女おりん』のように、しばしば大正期から昭和初年代におかれて、『霧と影』や『金閣炎上』のような一部の例外をのぞけばほとんど戦後にわたっていない理由も、そのへんにある。

彼の場合、それを逃避または現代感覚の欠如とみては誤認となる。彼はみかけだけの新しさの蔭にかくれている、ほんものの日本と、日本人の原形をさがしもとめている、数すくない現代作家の一人なのである。

川端賞を受賞した短篇『寺泊』の背景も、北陸である。北陸の寒さと貧しさにこごえながら、それでもけなげに生きている人間の姿を、彼はいとおしんで描いている。

（昭和55年1月）

（『面白半分』三月臨時増刊号「かくて、水上勉」〔一九八〇年三月〕より）

野口冨士男（のぐち　ふじお）

一九一一年、東京生まれ。慶應大学予科中退後、文化学院卒業。四〇年、最初の著書『風の系譜』を刊行。六五年、十五年をかけた『徳田秋聲傳』を刊行。翌年、毎日芸術賞、『わが荷風』で読売文学賞、『かくてありけり』で読売文学賞、『なぎの葉考』で川端康成文学賞、『感触的昭和文壇史』で菊池寛賞を受賞する。九三年、歿。

解説

掛野剛史

本書収録の九篇は、一九六〇年九月に発表された「崖」から、一九六三年一〇月に発表された「奥能登の塗師」までの、およそ三年間に発表された水上勉の社会派短篇小説作品である。この後、何度も変貌を見せながら続いていく水上勉の多面的な作家的履歴において、この出発期にあたる三年間は彼にとって重要な時期であり、その作品の様相と展開をみることは、水上勉という作家を、また当時の文学状況を考える上でも意味を持つだろう。

この時期の水上の状況を簡単に確認しておこう。まず、一九五九年八月に刊行した『霧と影』によって、水上はその年の下半期、第四十二回直木賞の候補に挙がった。受賞はできなかったが、翌年四月と五月に刊行した『海の牙』と『耳』で、再び第四十三回の直木賞候補に挙がる。現代のように候補になるだけで話題になるような時代ではなかったが、それでも、一九四八年の『フライパンの歌』刊行以来約十年ぶりに復活した作家ということもあって話題を呼んだ。

受賞は逃したものの、二度も推理小説で候補になったことは水上の作家としての最初の進路を決定づけ、以後は社会派推理小説作家としての顔で活躍することになる。続く第四十四回は候補には上らなかったが、この回では黒岩重吾の社会派推理小説『背徳のメス』が受賞し、社会派推理小説の隆盛ぶりを印象づけることとなった。

『別冊文藝春秋』一九六一年三月に発表した「雁の寺」で直木賞を受賞したのは、その年の七月であった。かつては「推理文学への手探りをしてみよう」(「推理文学への手探り」『朝日新聞』一九六一年一月一〇日)と、社会派推理作家として生きる意欲も見せていたのだが、この頃から「社会派推理小説作家」としての自己にあきたりない思いを抱いていたようで、「社会派といわれることにある空しさを感じ」(「わが小説」『朝日新聞』一九六二年五月一〇日)ていたと書いている。「私小説にしても探偵小説にしても「是非書かねばならない」とする作家の衝動に支えられていない作品は落第である」(「探偵小説は文学たり得るか」『産経新聞』一九六〇年一一月二五日夕刊)と述べる水上は、いわば「社会派推理小説」という形式に、「是非書かねばならない」という自らの文学的主題をいかに適応させるかに腐心していたといえる。

その試みの中で水上はどのように小説を書いていくのだろうか。本書収録の作品のうち、最も早く発表された「崖」は、そのからくりの一端を明かしてくれる作品である。作中時間は一九四八年で、作中人物の瀬野誠作ときみ子夫妻は、細かい違いはありながら、その当時の水上夫妻をトレースしたような人物として設定されている。失職した誠作に代わって、日本橋のダンスホールに勤め、人気になり羽振りが良くなるきみ子。彼女は故郷から姉を呼び、浦和の崖下の一角に家を建てることを考え、実行に移す。そんな時、きみ子はダンスホールの常連客佐沼からあることを頼まれて、外泊することになった。翌日遅く帰宅したきみ子を瀬野は問い詰めるがきみ子はしらを切る。嫉妬に狂った彼はきみ子の不貞の証拠をつかまえようとあることを思いつく。

それは、崖下の新築の家の床下に潜り込んで、きみ子とその姉の会話を盗み聞きし、浮気の証拠をつかもうというものであった。妻への嫉妬に狂うコキュとしての夫の存在は、この時期の水上作品の大事なモチーフの一つであった。

このモチーフの源はいうまでもなく水上勉自身の実生活にある。「崖」と同様に水上も一九四八年から浦和に住むが、夫婦と子供一人の生活は長くは続かず、翌年には妻が子供を残して家を出ることになる。一九五一年に離婚が成立するが、水上の懊悩は深刻なものだったようで、この時期の未定稿には、妻との関係を題材にした作品が並ぶ。筆者たちは水上の旧蔵資料を調査する中で多くの未定稿を発見したが、その中でも目立つのは、妻との関係を書いた私小説的な作品であった。そしてそれはたとえば「加代は私にだまって、男をつくり」（未定稿「海の上」）といった言葉で始まるなど、直接的な書き方が目立つ。自身の衝撃的な体験を消化しきれずに、対象との距離感をとりかねたまま書き付けていたのだろう。結果としてこれらの未定稿は発表されないまま終わり、十年もの沈黙期間を迎えたのであった。

自身にとって深刻な体験を創作の源泉として、そこから生まれたモチーフをそのままではなく、

「社会派推理」という枠組みに流し込むことによって完成させることができたのが、「崖」という作品であった。自らの体験をもとにしつつ、当時の水上に書くことが求められた推理小説の要素として「殺人事件」を流し込む。さらには「社会派」の要素として、松本清張が「黒い福音」（一九五九〜一九六〇）で書いた、外国人スチュワーデス殺人事件（一九五九年）を想起させる外国人犯罪の要素をちりばめた「社会派推理」小説として完成させる。妻は素性不明の外国人に殺され、そして自らは命を絶つという形で作品を完成させることに成功したのだ。

妻への嫉妬に悩み狂う夫という、水上にとって切実だったこのモチーフは、この後の「決潰」（『新潮』一九六一年九月）、「凍てる庭」（『サンデー毎日』一九六五年八月八日〜六六年六月二六日）という作品において変奏をみせる。その行方については、紙幅の関係でここでは詳述できないが、相対化し客観視することが難しかった自らの切実な思いに、「推理小説」「社会派」という要素を加えることによって「崖」を作品化した水上はこの後の作品では、体験から離れ、事実と虚構という対立構造が融解するような独自の作品世界を創り出していくことになる。

「崖」に見られるこうした作品化のメカニズムは、本書収録の「宇治黄檗山」でも同様に作用している。「宇治黄檗山」には、前稿にあたる未発表小説「黄檗山」（一九四九年執筆）が水上勉の旧蔵資料から発見されているのだが（本文は『水上勉の時代』に収録）、この未定稿においては辛く苦しい輜重兵体験という自身の切実なテーマが、「私」の体験として事実に即して私小説的に書かれている。だが、この作品は日の目を見ることなく未発表のまま終わっている。

「崖」と同様に、この未定稿に書かれた体験に「殺人」という虚構の要素を入れ込むことによって「推理小説」として完成させたのが「宇治黄檗山」になる。軍曹のしごきと部下の殺意を中心に据えて、一九四五年の敗色濃厚の段階で、故郷には戻れないかもしれないという瀬木の不安感とともに、部隊内の「殺人事件」を書くことで、自身の体験を相対化した形で作品化できたのである。さらに「宇治黄檗山」の十一年後の一九七二年に発表された「兵卒の鬃」において、このモチーフは再び変化を見せる。ここでは実際に水上が軍隊体験を送った一九四四年に作品内時間が設定し直され、「宇治黄檗山」の「殺人事件」は、「殺人」を除かれ、作品末尾の行軍の場面に組み込まれている。だが単に事実に即した未定稿「黄檗山」の状態に戻ったわけではない。ここでは、上官から暗記朗読させられる漢文調の『輜重兵操典』と『馬事提要』の無機質な文章が作品に挿入されることで、巧まざるユーモアをもたらす奇妙な空間を創り出し、一人の個人的体験を超えた独特の戦争文学の位置を獲得している。

自身の体験を創作の源泉にしながらも、そこから離れて異なる要素を入れ込むことで、作品化に成功する。その上で、さらにそこから事実と虚構がないまぜになったようなオリジナルな作品を作り出すという、水上の作品制作のメカニズムがこの時期から作用し始めている。そもそも直木賞受賞作の「雁の寺」自体、「我が旅は暮れたり」(『小説季刊』一九四八年一〇月)という、体験を素朴に書いた旧稿を大幅に書き直し推理小説として成立している作品であった。

さて「崖」で現れた、妻への嫉妬に狂う夫というモチーフは「案山子」にも流れ込んでいる。「自分の短篇のなかでは秀逸の部類に入る」（大伴秀司「水上勉の周囲」『別冊宝石』一九六二年一二月）と語る「案山子」では、福井県の農村を舞台に、仲睦まじい夫婦をうらやんだ隣人の気まぐれな讒言をきっかけに、妻の貞操を信じることが出来ず、嫉妬に狂った夫の暴力は殺気となり妻を殺してしまう。ただ、殺人にまで到った夫の内面は作中では詳しくは語られない。周囲の人が妻の不在に気づき、さまざまに詮索するが、彼らが見るのは「蒼ざめ」「うちひしがれた」夫の姿で、夫自身は何も語らない。彼の言葉の代わりに残されるのは、夫が作った案山子だ。

妻の首で作られたこの案山子は、嫉妬から生まれた狂気が作り出した作品といえるが、ものを作る職人という要素もまた、水上作品全体に通底する重要なモチーフだ。そういう意味では、本書収録の中ではもっとも「推理小説」結構を備えている「うつぼの筐舟」はこの時期の水上を象徴する作品である。棺桶のような大きな木箱の中に入っていた女性の死体が発見され捜査する刑事。この木箱は、木沼源造という孤独な大工が作った、死者を葬送する「作品」であった。

木沼源造が殺したとされる女は、七十二歳の相国寺塔頭の瑞雲庵の住職の「かくしおんな」で、源造は寺の普請で女と知り合い、その境遇に同情して自身の住む新潟県市振村に連れ出したのであった。「地方」から寺の普請で「都市」に赴いた源造は、女性を奪って「地方」に戻る。だが水上作品においてこの都市と地方の対立構造は、常に「都市」に収奪される存在として「地方」があるのが典型だ。女性は死に、源造は逮捕される。源造は黄泉の国への葬送のために「うつぼ舟」をつくったのだが、しょせん失われていた民間伝承の象徴として、現代では実現せず犯行は白日の下にさらされてしまう。

奪われる対象になる地方の男女があらがえない都市の力によって引き離される悲劇は、「真徳院の火」にも共通する。ただ、ここで男はやはり「都市」の寺によって死ぬものの、放火自殺した女をある意味で精神的に殺したのは、同じ地方出身者でありながら、都市に出てきて成功をもくろむ男であった。都市対地方という単純な対立構造ではなく、働き者で律儀者な「地方」出身者の成功願望を取り込みつつ増大していく「都市」の強大な力を過たず見据えており、それがこの高度経済成長時代の作品として一層リアリティを増している。

「奥能登の塗師」もこのラインの延長上に書かれた作品だが、様相はやや異なる。輪島からバスで一時間の曾々木という寒村出身の男が惹かれるのは、この寒村からさらに北へ行ったバスも通らない折戸という突端の村出身の女である。男は、自分よりもさらに地方の女に「都会で育ったような白い肌」に眼をみはると共に、同じ海続きの村出身であることに親しみを持つ。同じ「地方」の中の格差が二人を結びつけ、そして彼ら二人は、京都から来た寺の男に運命を変えられる。だが、女を「都市」に奪われた男は、職人としての自らの技によって復讐を果たすのである。結果的に二人は死ぬのだが、「無理心中」と断定した警察の調査に対し疑問を投げかけ、二人合意の上の死であることを仄めかす「作者」の拠って立つ位置は、都市に復讐を果たした「地方」の職人の側にある。

那智本宮の神官が記述した「那智滝投身人別帳」を読み、死んだ二人の男女の来歴を語る「作者」が登場するというメタ的な本作の構造は、福井県大飯郡岡田の西方寺にあるという「無縁仏過去帳」を読む「作者」が登場する「無縁の花」にも通じている。ただここでは「作者」がより積極的に顔を出し、彼の身元調査がストーリーを牽引する。しかもその「作者」は「推理小説などという人殺しの出てくる物語を書いて」いるという水上本人を投影した人物である。自殺した身元不明の娼妓が、自分と同じ時間と空間を過ごしたことのなつかしさを前面に出しつつ、探偵のように調査する作者の前に浮かび上がるのは、左官をして京都に仕事でよく行っていた嘉助という男であった。

この嘉助は、「無縁の花」と同じ時期に発表した「越前竹人形」(『文芸朝日』一九六三年一月〜三月)の「喜左衛門」を想起させる。水上の父がかくれたモデルになっている(『わが文学 わが作法』)竹細工職人の「喜左衛門」には、その馴染みの女性「玉枝」がいたが、「宮川町 鳥」という娼妓もまた若狭の嘉助を訪ねてきていたのだった。

「嘉助というその男に会ってみたい」という「作者」の踏査行は、まさに父を訪ね、自らの過去を遡行する水上勉の姿にも見えてくる。だが嘉助は行方をくらまし、その行方を知るものはだれもいなかった。誰もいない嘉助の家を前に「作者」は呆然として立ち尽くすしかなかったのである。水上が自らの父をストレートに語るのは、この後「冥府の月」(一九七三年)まで待たねばならない。

「推理小説各派競作」特集の『サンデー毎日』に発表された「雪の下」は、「本格派」の多岐川恭、「サスペンス」の佐野洋、「ハードボイルド派」の都筑道夫といった作家達に並んで「社会派」という称号で登場した水上が、「社会派ミステリー」というイントロダクションのもと発表したものである。その意味では、この時期水上に要請されていた「推理小説」という枠の中で完成させた典型的な作品といえるが、狡猾な教頭の言葉によって左遷させられ、女性教師の死を胸に抱えて終戦後に上京した水島勇吉という人物にも、水上の分身としての徴は現れている。水上は戦時中の一九四四年から四五年にかけて、福井県大飯郡青郷国民学校高野分校に助教として勤めており、「雪の下」と同じ状況で死んだ女性教師についても『働くことと生きること』（東京書籍、一九八二年）などに詳しく書かれている。過去の自分に関わる人々への懐旧の情をたたえつつ、事件をデフォルメし作品化したものであり、「推理小説」という枠組みだけには収まりきらない作品である。『別冊文藝春秋』の「長篇推理小説特集」として、梶山季之、多岐川恭、戸板康二と並んで掲載された「西陣の蝶」も同様に、「推理小説」という枠組みが設定された作品だが、ここで舞台となる六孫王神社付近は、下駄屋をしていた水上の伯父の家があった区域である。『私版　京都図絵』（作品社、一九八〇年五月）にはこの作品とこの地区との関わりが書かれているが、九歳で京都に来た時に初めて滞在し、寺から度々脱走しては逃げ込んだのがこの伯父の家であり、最後に蝶子の遺体が見つかる東海道線の線路そばの野原は、召集され東海道線で戦地に赴く従兄を伯父夫婦たちと見送った思い出深い場所でもある。「西陣の蝶」で、黄色い名も知れぬ花を野原で摘んでいた昔の蝶子を回想し、蝶子の人生を思いやるのは、久留島誠という六十四歳になる弁護士であるが、戦死し二度と戻ることはなかった従兄と伯父との日々を懐かしむ水上と、死んだ蝶子を思うこの老弁護士の距離は意外に近い。京都の町々を幼い娘を連れて屑拾いに出かけていた「西陣の蝶」の田島与吉は、水上自身が住人となって眼にした、貧しい人が多かったという六孫王地区で生きるすべての人々の写し絵でもあった。水上勉の社会派小説には、こうした人々が生きるリアルな姿が確かに写し取られている。

水上勉（みずかみ　つとむ）
1919年、福井県生まれ。38年、立命館大学国文科中退。種々の職業を経た後、48年、処女作『フライパンの歌』を発表。松本清張の影響を受けて推理小説を書き始め、『霧と影』『海の牙』が直木賞候補となり、61年、『雁の寺』で直木賞を受賞。ほか主な作品に『五番町夕霧楼』『越前竹人形』『宇野浩二伝』『一休』『良寛』『寺泊』などがある。2004年、歿。

＊

大木志門（おおき　しもん）
1974年、東京都生まれ。立教大学大学院文学研究科日本文学専攻博士後期課程満期退学。博士（文学）。現在、東海大学文学部日本文学科教授。著書に『徳田秋聲の昭和―更新される「自然主義」』（立教大学出版会、2016年）、共編著に『水上勉の時代』（田畑書店、2019年）などがある。

掛野剛史（かけの　たけし）
1975年、東京都で生まれ、金沢市で育つ。東京都立大学大学院人文科学研究科国文学専攻博士後期課程満期退学。博士（文学）。現在、埼玉学園大学人間学部教授。共編著に『菊池寛現代通俗小説事典』（八木書店、2016年）、『水上勉の時代』（田畑書店、2019年）などがある。

高橋孝次（たかはし　こうじ）
1978年、島根県生まれ。千葉大学大学院社会文化科学研究科博士課程修了。博士（文学）。現在、帝京平成大学現代ライフ学部専任講師。共編著に『水上勉の時代』（田畑書店、2019年）などがある。

※本文には今日からみれば不適切と思われる表現がいくつか含まれていますが、作品の時代背景、および著者が故人であることを考慮し、また歴史的資料として正確に伝える必要があるとの判断に基づいて底本のままとしました。

水上勉 社会派短篇小説集

無縁の花

2021年10月15日　第1刷印刷
2021年10月20日　第1刷発行

著者　水上 勉

編者　大木志門・掛野剛史・高橋孝次

発行人　大槻慎二
発行所　株式会社 田畑書店
〒102-0074　東京都千代田区九段南3-2-2　森ビル5階
tel03-6272-5718　fax03-3261-2263

本文組版　田畑書店デザイン室

印刷・製本　モリモト印刷株式会社

ISBN978-4-8038-0390-7 C0093
定価はカバーに印刷してあります。
落丁・乱丁本はお取り替えいたします。